生为女子

wisdomindependence

侯虹斌———著

中国友谊出版公司

图书在版编目（CIP）数据

生为女子 / 侯虹斌著 . — 北京 : 中国友谊出版公司， 2020.5

ISBN 978-7-5057-4894-1

Ⅰ . ①生… Ⅱ . ①侯… Ⅲ . ①散文集－中国－当代 Ⅳ . ① I267

中国版本图书馆 CIP 数据核字（2020）第 057001 号

书名	生为女子
作者	侯虹斌
出版	中国友谊出版公司
发行	中国友谊出版公司
经销	新华书店
印刷	三河市冀华印务有限公司
规格	880×1230毫米　32开
	10印张　238千字
版次	2020年6月第1版
印次	2020年6月第1次印刷
书号	ISBN 978-7-5057-4894-1
定价	46.80元
地址	北京市朝阳区西坝河南里17号楼
邮编	100028
电话	（010）64678009

如发现图书质量问题，可联系调换。质量投诉电话：010-82069336

穿越声音，想象这些风流绝代的女子

我习惯了在镜头前面表演，捕捉那些动作和表情的细节；而这一次，我是用声音，来揣摩和演绎历史当中的人物，她们的内心，她们的痛苦，她们的欲望。

这确实是一种新的体验。

我演过很多不同的女性角色，《琅琊榜》中的静妃、《天盛长歌》的秋明缨、《伪装者》里的明镜……而这一次，我化身为李清照、武则天、陈圆圆或张爱玲，演绎她们的内心独白，解读她们的时代与人生。

每一位女性，都有她们的个性与态度。我会想，如果这些女人，不是生错了时代，她们生活在今天，会有什么不同？然而，她们生活在古代，生活在女性不自由的时代，她们在深宫里，在后院里，有三从四德，有各种女德与女诫……古代女子活着，便是"步步惊心"……

那些女人，生活得并不容易，她们比任何人都想要冲破牢笼，解放自我。

实际上，女人的聪明才智，并不亚于男性。即使她们在这样严苛的环境下，还是有人能勇敢地出人头地。比如说，我们讲到的吕后、武则天、孝庄太后，她们都很努力地争夺权力，来保护自己，保护自己想要的江山。

后宫里面的明争暗斗和男人廷前的权势相争，是一模一样的。

我印象最深的，是吕后这个人物。她是变化的，立体的，有血有肉的。她原本是一个普通的乡下姑娘，并不知道权力为何物，那时，她最大的愿望就是与丈夫和孩子团聚。但是，吕后在战争中受了太多委屈、太多苦难，为了她的丈夫去坐牢、杀人，忍气吞声，背黑锅。可是丈夫却不理解，不支持。女人在这种情况下，要么是苦死、病死；要么就是保护自己，强大起来。

当我理解了这个人物之后，我一下子理解了作为一个女人，她是如何变成一个不择手段夺取权力的太后的。她是太苦了，必须自己保护自己，保护孩子；不如此，吕后就可能会万劫不复。

我找到了属于她的那种声音，领悟到了她的感情。

每一个人物，我都力图去寻找她们的密码。

这些人物，也是我的一个微型的演出；我珍惜每一个角色、每一句台词、每一场内心独白，想把她们认认真真地演好。

也谢谢这些人物，带我了解和遨游了历史。

刘敏涛

来，与我一起感受这些女性的血肉、呼吸和脉搏

前些年，我做过很长时间的历史研究，历史上那些女人的命运，一直牵动着我。

以往的历史，都是由男人写就，女人被严严实实地藏在深闺里。不管你是公主还是贵族小姐，从此深藏功与名。

所以，我们能看到的史书里，女性的名字都湮灭在历史的尘埃中，任车辙无情碾过，仿佛她们从未存在过，你看不到她们的痕迹、她们的美、她们的真、她们的苦、她们的贡献、她们的遭遇。

作为一位当代女性，我觉得很有义务去整理这些女性五彩缤纷的故事，把她们独特的人生分享给大家。通过文字，通过声音，留下她们的一缕香魂。

在这些丰满而美丽的故事当中：

有李清照，她才情卓绝，又有着世上最好的神仙眷侣，却不幸遇到了"国破山河在"的亡国之哀。这段婚姻，更是从金玉良缘走到"物是人非事事休，欲语泪先流"的境地。

有林徽因，世人只在意她的几段爱与被爱，却不知，她在用一生追寻理想；既耐得住学术的清冷和寂寞，又受得了生活的艰辛和贫困；既能在沙龙上作为中心人物被爱慕者如众星捧月般包围，又能在穷乡僻壤、荒寺古庙中不顾重病、不惮艰辛与梁思成考察古建筑。

有萧红，一个生错了时代的伟大作家，遭遇着那个时代女人的所有不幸，生育、病痛、渣男、战乱，依然靠写作勉力养活自己。她不仅不盲目依附，而且生命力旺盛，不断地向上攀援、成长。

有张爱玲，前半生从尘埃里开出花来，后半生在颠沛流离中安享静好。她的写作光谱，是时代、是战争，是幽深得不见底的人心，是浩瀚的心灵宇宙。而世人，却只知津津乐道她几十年前的前夫、一段狗血情，谁能真懂她？

有慈禧，她不是善类，既没有你们以为的那么残忍，也没有你们以为的那么愚蠢。但是，天下滔滔大势，非人力可阻挡，纵然有心，她也无法顶住历史前进的车辙。她不能，也没有别的帝王可以。

有卫子夫，她有天下最威严的夫君给她以荣耀，有世上最英勇的弟弟护她以周全，还有根深叶茂的政治家族的联姻，但是，留给她的，却只有恐惧和小心惕守。只因为她的丈夫，是残暴猜忍的汉武帝。

有武则天，她踏着男人和亲人的尸骸，走上权力巅峰，整个历史上，能挣脱束缚，与男人拥有同样广阔天地的女人，也是极为罕见。她以一人之力，让满朝看不起女人的男人，为她手中的权柄而臣服。

有卓文君，慧眼识英才，谱写着"私订终身后花园，落难公子中状元"的戏码，本质上更像是一场政治投资。挑男人就像赌马一样，只是，她有这样的运气，你却未必有。

有三毛，不断流浪，不断寻找意义，工作、流浪、写作，四处奔波，从不放弃。每次去爱，必定是全心全意，遍体鳞伤，不撞南墙誓不回头。

这样的故事，还有很多，很多。

读这本《生为女子》，我想让你感受到的，不仅仅是历史上这50位传奇女子的人生；我更想让你看到的是，这些女性，她们有怎么样的感受和思想，她们的痛苦，她们的犹豫，她们的感情。大历史中，人都是工具，人物的内心感受似乎微不足道，可这真实吗？

我们只知道貂蝉当了间谍，周旋于董卓与吕布、王允之间，却忘了一个女人要在几个杀人不眨眼的魔头的床榻上承欢，会有多大的恐惧和牺牲，她内心到底是如何挣扎的？

我们只知道歌颂文成公主入藏，缔造了民族团结，却不知，如果不是有女英雄的气概和情结，如何能让她主动去异邦和蕃？夫君同时有多位妻子，她孤零零的一个女人，如何在异国他乡，既维护大国尊严又能得到丈夫的爱情？

我们一直骂张丽华为"红颜祸水"，可谁能想到真正的亡国之君陈叔宝，还在为新的皇帝写颂诗，"全无心肝"，而女人却被挑出来斩首呢？从犯被斩，主犯封侯，仅仅因为她是女人吗？

每每想到世间的这些悖论，我又觉得，历史还未走远，因为人性还在，人心未变。

史书里寥寥的两行字，实在无法让人感受到这些女性的血肉、呼吸和脉搏。我的这本书，则希望借她们的独白、反思，来丰盈她们人格的肌理，让她们的存在更真实可感。

这些古代的女人，不论是以才华傲人，以美貌迷惑君王，以权力和霸道称雄，还是以悲苦和无奈令人惋叹，以忠贞和爱情警醒世人，她们本已是某些方面最出众的女性了，但是出路仍然非常少，没有几个能杀出一条血路的；就算勉强杀出了血路的，也不见得幸福。

感谢现代文明，今天的女性是幸运的，毕竟我们有了一定的自由，大大拓宽了人生的可能性。我们至少可以努力去塑造自己的命运，争取自己想要的东西。即便是普通的、平凡的女人，也应该有尊严、有自我地活着。这就是文明的意义。

这些女性的角色独白，既有我的理解，也有很多从阅读的传主作品当中遴选和修改成的内心戏；仿佛她就站在你的面前，跟你倾诉，告诉你，她们内心的波澜起伏和万千气象，告诉你她们的柔软与坚强。

感谢刘敏涛老师，赋予了这些女性很好的声音和情感，让作品更生动可信。希望它能抵达你们的内心。

侯虹斌

目录 |

Contents

第一章　唯有才情可以打败岁月

第二章　在颠沛流离的世界里霸气地活

第三章　流传千年的情爱潜规则

第四章　欲望是无底深渊

第五章　有情不必终老，暗香浮动恰好

第六章　自由是你孤独的站立

第一章

唯有才情可以打败岁月

李清照：你以为门当户对就够了？

我不求我的夫君显达，不求他高官厚禄。

只求，他能够听懂我的词，能与我唱和；

只求，他能够与我共枕清风，举杯吟诵；

他应该是我最好的精神伴侣。

这样的人，世上有吗？

有。只是你不知道将和他经历的命运有多么残酷罢了。少年时期的李清照对爱情充满向往，而她不知道，守护一段美好的感情，有多艰难。

知否，知否，娇嫩的花朵，怎能抵挡得住整晚不停的凄风苦雨呢？

李清照第一次知道赵明诚，大约在17岁。那时候，她满眼满心都是对爱情的憧憬。

见客入来，袜划金钗溜。

和羞走，倚门回首，却把青梅嗅。

一天，李清照正在后院荡秋千、拨弄花枝，微微出汗。突然听到门外有声响，家中进来一位客人。听那声音，好像是在元宵节相国寺上见过的哥哥的同学赵明诚。呀！可不能让他看到。她慌得顾不上穿鞋，穿着袜子抽身就走，慌乱中连头上的金钗都滑落下来了。李清照含羞跑开，要走却不走，倚靠门回头看，又闻到一阵青梅的花香。

金童玉女般的赵明诚和李清照，确实有过一段金玉良缘的爱情佳话。李清照的父亲是文学家兼礼部员外郎李格非，才十七八岁的李清照已是声名在外的写词高手。而赵明诚则是两度任宰相的赵挺之之子，他比李清照大3岁，年纪轻轻就做了太学生，在高官子弟中，皆认为他前途无量。

18岁时，李清照自认为收获了一桩完美的婚姻，门当户对，情投意合，连才学也相配。这样的感情，还会经不住现实的考验吗？

"怕郎猜道。奴面不如花面好。云鬓斜簪。徒要教郎比并看。"婚后，夫妻二人非常甜蜜，李清照还调皮地让丈夫评判到底是花美还是人美。李清照非常有才华，赵明诚将她视若珍宝。不料，他们很快面临双城奔波的婚姻，以及婚后婆媳关系不睦的家庭矛盾。世事无常，李家家道没落，全家被逐出汴京。她去求公公赵挺之帮助父亲，公公拒绝了。从此，两家不再交好。

李清照随父母离开汴京，两人开始了一段异地的婚姻生活。

赵明诚身在太学，学业繁重，每月只能回家几次。李清照大部分的婚后生活，都是跟丈夫异地分居。她在送别丈夫求学的时候说："一种相思，两处闲愁。"不过，那时的她对于他们的爱情非常自信，她相信丈夫与她，心意相通。

有一年的重阳节，李清照独自饮酒，从早上到深夜：

明诚，我从清晨开始在东篱饮酒，独自一人，就这样饮酒到黄昏。

屋子里，我们一起寻来的上好的龙脑香，香气缭绕，不过你不在，我只好一个人享用；

屋外呢，薄雾弥漫，云层浓密，难得的阴雨天气，有意境，不过也真的冷。

昨晚，我躺在纱帐中，半夜的凉气，把我全身都浸透了。

都说重阳赏菊，我也好好地赏了一天，把你的那份也赏够了。

我看菊花被露水压得掉落了几分，有些心疼。

只是帘子和风一起缱绻着吹进屋子的时候，我真觉得，人比花还要脆弱。

莫道不销魂，帘卷西风，人比黄花瘦。

李清照填了一阕词——《醉花阴》，寄给赵明诚。收到词后，赵明诚觉得妻子写得真好啊。于是他词兴大发，竟闭门三天三夜，写了50阕。他连同妻子的那一阕，让好友陆德夫品评。陆德夫再三吟诵，说："这50余首词里面，有三句真乃妙笔！"赵明诚很高兴，问是哪句，陆德夫深情诵道："莫道不销魂，帘卷西风，人比黄花瘦。"

自此以后，赵明诚对妻子甘拜下风。

李清照是千年不世出的天才，输给她没什么可羞愧的。难得的是，在那个时代里，赵明诚心胸坦荡，把妻子作为他的骄傲。

虽然异地分居、家族矛盾，但是这并没有影响两个人的感情。

夫妻俩在山东青州故第闲居时，收集了一屋子文物，金石、古画、古籍……两人的兴趣爱好一样，一起校勘书籍、品评书画、整集签题。两人还喜欢打赌，赌某句话在某书某卷第几页第几行，比拼谁的记忆力更好，猜中的可以先喝茶。李清照经常赢，因为太开心了，乐得人仰茶翻。

李清照是赵明诚的酒朋诗侣、知交挚友，他们琴瑟和鸣，过了段神仙般的日子。但这些佳话，不过是他们生活中的碎片而已。破坏佳话的却是现实世界最喜欢玩弄的伎俩。

渐渐地，赵明诚也和寻常官宦一样，蓄养侍妾和歌伎。在宋朝，这无伤大雅。但是，这伤了李清照的心，并成为他们婚姻的第二道裂缝。

除此之外，赵明诚又给了李清照致命一击。当时正值靖康之变，时局大乱，赵明诚在任江宁知府时，预知有叛变，却半夜从城墙吊下绳子，弃城逃跑。这个人格污点，想必也令敏感的李清照无地自容。婚姻的第三重考验到来的时候，他们的感情已经不堪一击。

明诚，这次你要亲自去向官家（皇帝）解释逃离江宁府的原因，你的仕途还没有完结。从哪里跌倒就从哪里爬起来。

我们分别的那天，你坐在岸上，穿着夏天的布衣，头上扎着头巾，露出明净宽阔的前额，精神如虎，目光射人。那时，你多么精神帅气！

到处都是战乱，我希望你能陪在我身边。可是，你却要向我告别。

我既慌乱又难过，问你，如果在城里我碰到紧急状况该怎么办？

我希望听你说，你会想办法赶回来保护我。

我们曾经一起度过26年的时光，那些携手偎依、诗酒伴读的情形，还历历在目。

可是你却说，你随大家一起逃走吧。如果遇到紧急情况，迫不得已的时候，就扔掉包裹行李；再不行，就扔掉衣服被褥；还不行，就扔掉书籍卷轴；实在不可避免时，就扔掉古董器皿；但是，那些宗室礼器，你要牢牢抱着，与它们共存亡。切记切记！

说完，你纵马而去，头也不回。

明诚，原来我的死活不重要。我的存在只是为了保护你那些心肝宝贝吗？你就不担心一个女人在战火中，穿越千里逃难的生死安危吗？

明诚，我以为，假如说世上真有"灵魂伴侣"的话，那就是我和你。但是，你的心里，原来装的都是金石古董，而不是灵魂。是不是这些年来，我的心都错付了？

这段文字出自李清照的《金石录后序》。但李清照没有想到，赵明诚病倒在逃离的路上，从此告别人世。

阴阳两隔，是这段婚姻的最后一道重击，想必也没有更狠的惩罚了。

"国破山河在"又如何？与丈夫天人永隔的李清照，不得不带着她那些珍贵的收藏，颠沛流离于半个中国。

就这样，一段婚姻从金玉良缘走到"物是人非事事休，欲语泪先流"的境地。

赵明诚已是罕有的能与李清照博大、聪慧的灵魂交流的人，但是还不够。他们只有善始，无法善终。

李清照后来改嫁赵汝舟，却所托非人。赵汝舟是一个只想骗她收藏品的骗子。虽然宋法中，妻告夫，妻子也得坐两年牢，但李清照毫不妥协，她冒着危险，告发了赵汝舟，只求离婚。

还好，经过四处周旋，李清照摆脱了牢狱之灾。才华到底是一种硬通货，这个世界是认的。她挺了过来，然而她也老了。

昙花一现，韶华易逝，美好的爱情终究敌不过时局。真是应了18岁那年，李清照在新婚燕尔之时写下的词：知否，知否？应是绿肥红瘦。

昨天夜里，听屋外的雨淅淅沥沥地下了一夜，

我也担心了一个晚上，

该有多少花被打落了呢？

早上起来赶忙问卷帘人，她说，海棠花还好好的。

可是昙花一现，韶华易逝。

你知道吗？凄风苦雨之后，一定是花凋零了，叶子还在。

把爱情的美好比作娇嫩的花朵再适合不过。爱情在命运的考验和凄风苦雨中，终究还是不堪一击。如果我们注定不堪风雨，那么曾经拥有过的美好，虽然最终绿肥红瘦，花朵消损，但是盛开过一次，难道这还不够吗？

谢道韫：即便出身显贵，也要自己打亮人生高光

觉得郁闷的时候，你不妨读一读《晋书》；想偷懒的时候，你不妨读一读《世说新语》。那些名士风流，狂狷有之、潇洒有之、不羁有之。当与周围男人的俗不可耐对比时，恨不得穿越过去，嫁给那些风流名士。

其实，两晋也有女名士。最有名的，当属谢道韫。

东晋某年冬日，大雪纷飞，谢安转身问侄子谢朗："白雪纷纷何所似？"谢朗毫无诗意地答："撒盐空中差可拟。"其堂妹道韫聪明，随即口占一句："未若柳絮因风起。"这时候，谢道韫不过七八岁，十足的古灵精怪，完全艺压其兄。

另一次，谢安问她："毛诗（毛亨、毛苌版《诗经》）何句最佳？"谢道韫答道："吉甫作诵，穆如清风。"吉甫是周朝的贤臣尹吉甫，帮助周宣王成就中兴之治。诗中寄予着他的政治抱负。常人很难理解，一介女子为何有这种雅人志趣。

天才少女是怎么修炼而成的？一介女流是如何修炼出这种气度的？如果仔细考究一下谢道韫的家庭背景，你就会明白：有些人，不是赢在起跑线上，而是直接出生在终点。

晋代极讲究身世种姓，高门大族，而谢姓，就是一个高贵的大姓。她身后，是一众名声在外的能人，她就生活在这样一个极品的圈层里，耳濡目染，自然也就气质脱俗。

她的父亲是安西将军谢奕，风流了得，一代大枭雄桓温对他极其欣赏。一次，谢奕喝高了，追着桓温喝酒，桓温不胜酒力躲到内室——南康公主房间。谢奕不得入，只好携酒到大厅，与桓温手下一兵帅共饮，还说："失一老兵，得一老兵，亦何所怪。""方外司马"（桓温语）的神采可见一斑。

她的叔父谢安，不愿做官，以清谈出名；后来家道中落，东山再起，官至宰相；还曾挫败桓温篡位，是淝水之战的总指挥。此人雅量非常，淝水之战时，他在家中与人下棋，前方捷报已到，他却能不动声色，一直端坐着把棋下完。

她的叔父西中郎将谢万，手握重兵，威震一方，一直刻意模仿谢安的风度。曾与谢安一同参加兰亭雅集。

她的亲哥哥谢玄，是著名的淝水之战的主帅，指挥8万人把骄狂不可一世的大秦天王苻坚的87万人马打得落花流水。

她的堂兄弟中，有封（谢韶）、胡（谢朗）、羯（谢玄）、末（谢川）四大才子。

而谢道韫的婚姻，连接了王、谢两家最显赫的门阀。他们家的孩子，出身高贵，而且个个名冠当时，甚至流芳百世。

谢道韫的公公王羲之，是超级书法家，也是格调大师，早早归隐。他常常搞怪，坦腹东床，用字换鹅，又玩曲水流觞，他的《兰亭集序》流芳千载。

她的小叔王徽之，就是那位雪夜访友，到朋友家门口却溜走的性情中人，"乘兴而行，兴尽而返"。然而，这样的人脱略形迹，讨人喜欢。

另一个小叔是王献之，风流为一时之冠，也是个超级书法家。他最大的缺点是尽心朝政，殚精竭虑，而不注意保养身体。

而她的丈夫王凝之，家学渊源，甚工草隶，先后出任江州刺史、左将军、会稽内史，行止端方。

谢道韫嫁给王凝之，年龄相近，身世相当，多么完美的结合。

但为什么谢道韫不快乐呢？

叔父谢安曾问我："王郎是王羲之的儿子，人品和才学也不错，你为什么竟这么不高兴？"

我怎么回答叔叔好呢？我谢家的叔父中，就有阿大、中郎这样的人物，同族兄弟中有谢韶、谢朗、谢玄、谢川，没想到，世间还有王郎这种人！我身边没有一个不是一流才子，我见惯了世间最优秀的男人，却没想到，要与这种庸才过一生！

虽然，叔父一直宽慰我说，王郎稳重、随和；小叔子徽之，虽然才华略胜王郎，但不拘小节，放浪形骸，不是一个当丈夫的好人选；可是，王家七子，为什么挑了一个最平庸的与我？

而我，明明是谢家子辈中最有文才的，谢家兄弟都对我心悦诚服。

说什么禀性忠厚，于我而言，不过是呆滞木讷；

说什么文学造诣极深，那不过欺我是女流，文章无法显扬，他之文采，如何能及我一个指头；

说什么书法一流，有公公在此，天下所有人皆黯然。

我只能忍受着一个庸碌的人，在不断拉低自己的智识。

可惜，我没有挑选的机会……开始没有，现在也没有。

有一次，谢道韫的小叔子王献之和朋友在家清谈，说到激烈处，不免词穷。正尴尬时，恰巧被经过的谢道韫听到，她便让侍女告诉王献之："欲为小郎解围。"但又不好亲自出面，便命人垂下一道卷帘，然后在王献之提出的观点基础上，引经据典，与在场名士舌战，立意高远，从容不迫。最终，客人词穷而甘拜下风。在座的人对谢道韫的才华无不折服。

当年，王凝之任会稽太守时，孙恩、卢循叛乱，战火绵延到会稽。千钧一发之际，王凝之居然祈祷神灵保佑百姓不遭涂炭，请求上天派天兵天将与叛军抵抗。结果，城门被破，百姓被屠，王凝之被杀，几个儿子也受此牵连。

而谢道韫出身军阀世家，王家男人被杀光，她手持利刃带领家中女眷奋勇杀敌。最终，因寡不敌众被俘。孙恩一度以杀她的外孙刘涛威逼她，谢道韫亢声而辩："事在王门，何关他族？此小儿是外孙，如必欲加诛，宁先杀我！"叛贼孙恩知道谢道韫才华出众、声名远扬，又见她如此大义凛然，不但没杀其外孙，还命属下善加保护，送她安返故居。

此时，谢道韫已逾知命之年，常在堂上设一素色帘帏，端坐其中，堂下诸人听其侃侃而谈，实际上谢道韫担任传道解惑之职。当时的会稽太守刘柳因为倾慕谢道韫，而特地前去拜访。谢道韫素闻刘柳之名，也不推辞，素衣素袍坐于帐幕中。刘柳则穿戴整齐，坐在另设的一张榻上。谢道韫依旧风姿高雅，气度脱俗，谈及家事，慷慨再三，言及义理，畅谈无滞。刘柳退出来之后感叹道："实在是前所未见啊，仅仅隔帐感受其说话和气度，就已经让人心形俱服。"谢道韫亦云："我的亲人和侍从都纷纷辞世，现在才有机会碰到此士，听他说话，真让人心胸开阔。"

幸福本是相对论，谢道韫的一点儿委屈，在世人看来，已是天使在为玫瑰花的枯萎洒泪，身在福中不知福，但越了解她，似乎越能理解她。兵临城下，堂堂太守，靠装神弄鬼退敌，被一刀两断；弱质女流，反倒能组织女眷抗敌。磊落、大方、无所畏惧，不仅王凝之配不上她，天底下又有几人能配得上她呢？

卓文君：她有的运气，你未必有

卓文君，是西汉时一个巨富的女儿，但她匆匆忙忙就跟当时还是穷光蛋的司马相如私奔了。这是一场豪赌，特别幸运的是，她赌赢了。司马相如后来成为皇帝身边声名显赫的大才子。但是，这个过程，也充满了风险。

他真的是一个穷鬼，

但仅仅听他的琴声，我怎么会知道他穷，还这么穷？

家里没有仆人，没有暖炉，没有地衣，

什么都没有，我需要的一切都没有。

他还等着我给他做饭！

可是在我自己的家里，光是侍候我吃饭的仆妇和厨役，就有

二三十个，

我怎么会知道如何做饭？

他还等着我给他洗衣呢！

可是在我自己的家里，几十箱绫罗绸缎都没有穿重过，每天

早上丫鬟都把衣服首饰配齐，

我都不知道衣服是需要洗的！我甚至不知道冬天的水是冷的！

只是，我从家里出来，就不会再回去了。

相如是穷，但他总是对我说好听的，还会给我写诗。

他那么睿智，怎么会一直穷下去呢？

一个真正有才华的人，老婆为他的事业助力，也无可厚非。李安和王小波，都有一段无所事事、依靠老婆养家的过往。这段岁月，在他们成名后，也被打上柔光，变成一段励志佳话。同理，像刘邦这样靠老婆发达的人，史书会如实记载吗？他们只歌颂男人的才能、见识和机遇，压根儿不会提他们背后的金主是谁。

司马相如就是一个典型，文君私奔、当垆卖酒的爱情佳话传颂了2000多年，可以说，没有卓文君，司马相如还不知道在哪个无名之地苦闷地做着小官，为五斗米折腰呢！

司马相如在汉景帝时代当上郎官，后来他又跟去梁国，和诸侯游士一起游玩，希望能混上一官半职。在此期间，司马相如创作了人生中第一部广为传颂的作品《子虚赋》。

但后来汉景帝死了，没有了金主，他回到成都，穷得叮当响。

不奇怪，当郎官本来就俸禄很低，以司马相如的家财，过寻常百姓的日子可以，但要过上和他所结交的达官贵人一样的生活，简直是天方夜谭。

花开两朵，各表一枝。他看中的卓文君，又是什么人呢？

临邛的富豪很多，卓王孙是其中之一，光是家童就多达800人。卓王孙让临邛令王吉把贵客请来做客，司马相如也被拉了过来。司马相如一眼看中了卓王孙刚刚当寡妇的女儿卓文君，他故意弹上一曲，用琴声挑逗卓文君。

卓文君从小生活优裕、衣食无虞，长得非常漂亮，眉如远山，面若芙蓉，通晓琴棋书画，17岁便出嫁了。可惜，半年之后，她便因丈夫去世返回娘家。卓文君懂音律，听到琴声挑逗，便偷偷地观察司马相如，发现他一表人才，便动了心。相如趁热打铁，重重地贿赂卓文君的侍女，以通款曲。

卓文君无视教化舆论，半夜三更跟随司马相如私奔。第二天索性跟他跑到成都老家。结果，推门而入看到的是，司马相如家徒四壁，一片破败。

说实话，卓文君还没被坑惨，一是命好，二是史书的美化。

在成都，司马相如"家徒四壁立"，时间长了，卓文君无法忍受，又回到临邛，卖掉车骑，买下酒舍，在其父眼皮底下做生意。不仅千金小姐抛头露面卖酒，相如还穿着穷人的大短裤当街干粗活儿。

因为人人都知道他们是临邛巨富卓王孙家的女儿女婿，卓王孙丢不起人，只好分与文君家童百人，以丰厚的嫁妆，接纳了这位把生米煮成熟饭的女婿。卓文君这才与司马相如一起回到成都，买下田宅，快乐地当起了有钱人。

不过，仅仅富有并不是他的终极追求，司马相如还想实现梦想。汉武帝有一次读《子虚赋》，非常喜欢，旁边侍候的狗监杨得意不失时机地推荐了司马相如，由此司马相如受宠。粗看起来，相如能被武帝相中，是运气。可仔细一想，一个狗监平时主管皇帝猎犬，怎么会对赋那么有研究，又怎么恰巧能知道武帝喜欢什么样的赋呢？很可能是被人买通了！相如再有才华，但是如果没有钱，又怎么能使唤皇帝身边的狗监？

后来司马相如被拜为中郎将，到了蜀地，太守以下官员都亲自郊迎。卓王孙看到此景，知道这个女婿有了出息，感叹一番，把钱财都分给了女儿女婿。

司马相如的一生，离不开一个"钱"字。和卓文君结婚之后，司马相如家财万贯，经常称疾闲居，不慕官爵。但是"饱暖思淫欲"，司马相如后来想纳妾，卓文君怎能乐意呢？！

> 没想到，我们琴瑟和鸣多年，
>
> 他老了，我也老了，
>
> 他却希望能纳妾，再找一个比我更年轻的女人。
>
> 他的一饮一食、一蔬一饭莫不是我们卓家所赐予；
>
> 他的仕途，也是我们卓家不惜财物，给他铺好的金光大道。
>
> 我离开他，我还是卓文君。
>
> 他离开我呢？
>
> 皑如山上雪，皎若云间月。闻君有两意，故来相决绝。
>
> 今日斗酒会，明旦沟水头。蹀躞御沟上，沟水东西流。
>
> 凄凄复凄凄，嫁娶不须啼。愿得一心人，白头不相离。
>
> 竹竿何袅袅，鱼尾何簁簁！男儿重义气，何用钱刀为！

卓文君的这首《白头吟》，要求司马相如对她一心一意。她说的是，感情那么珍贵，钱财是买不到的；你如果做不到，我就跟你一刀两断。司马相如读了她的诗，不得不打消纳妾的念头。

中国古典文学多是"私订终身后花园，落难公子中状元"，看来这个传统是以卓文君和司马相如为蓝本的。"慧眼识英才"的爱情佳话，其实内在本质是涎着脸的政治投资。历史上的诸多戏文，女人舍身割肉地供养男人读书，哪里是追求爱情，倒像是伯乐当了裤子去赌马。既然是赌，肯定有输有赢，这种时候，挑男人真的有点像赌马。

卓文君是一个高高在上的孔雀女，而年轻时的司马相如则是一个贫穷的凤凰男。当孔雀女把家里的资源全都用来投资凤凰男的时候，既有可能凤凰男是个草包、是个扶不起的阿斗；也有可能凤凰男借着妻子和岳父飞黄腾达之后，抛弃妻子迎娶新人。风险非常大啊！

劝君莫学卓文君，她有的运气，你未必有。

蔡文姬：于颠沛流离中自我救赎

东汉时，有一位女神童，叫蔡琰，也就是蔡文姬。

蔡家是当地望族，广有良田。蔡文姬的父亲蔡邕，既是文学家、书法家，又官居左中郎将。作为独生女的蔡文姬备受父母宠爱，有一个幸福的童年。

其实，聪慧的蔡文姬有足够写上10本《陈留女孩蔡文姬》的天资，她父母也早该带着她四处开讲座，讲演如何调教女儿，开一个"成功学"的专修班。

10岁时，文姬就显现出音乐方面的天赋。蔡邕在室外弹琴，文姬在室内听到父亲的弦断之音，马上就能说出是第二根弦断了。蔡邕非常吃惊，又故意弄断第四根弦，文姬马上分辨出来。蔡邕开始教女儿学琴，两年之后，文姬琴艺出众，还赢得了父亲最珍爱的焦尾琴。

12岁时，文姬的书法已得蔡邕真传，既稳重端庄又飘逸顿挫。传说，蔡邕的字是神人传授，传给文姬，再由文姬传给钟繇，钟繇传给卫夫人，卫夫人传给王羲之。

14岁时，文姬的文学才华已光耀一方，诗书礼乐无不通晓，人先知有文姬，方知有蔡邕。既没出书，也没有大肆宣扬，蔡文姬凭借口碑声名远扬。

16岁时，文姬嫁给河东世族卫仲道，卫家的先祖是卫青，卫仲道也是出色的大学子，夫妇两人非常恩爱。

一直到16岁，她拥有的都是开挂的人生。但很快，人生急转直下。

婚后不到一年，卫仲道咯血而死。蔡文姬不曾生下一儿半女，才高气傲的她只好回娘家。

东汉末年，各方混战，家破国亡之际，父亲死于狱中，文姬被匈奴掠去。她的神童生涯，变成悲痛、屈辱的人生。此后，她又经历两次婚姻，生过两个孩子，颠沛流离上万里。

厄运让蔡文姬不再是一个普通的文学少女，而是被载入文学史的诗人。

猎野围城邑，所向悉破亡。

斩截无孑遗，尸骸相撑拒。

马边悬男头，马后载妇女。

长驱西入关，迥路险且阻。

还顾邈冥冥，肝脾为烂腐。

这首诗描绘的是一个胡羌乱兵践踏中原的可怕景象。

蔡文姬也是被掳掠者中的一个。即便看到亲人，也不敢吭声，士兵们说："杀死俘虏不要客气，正当刀刃有空闲，我辈本来就不想让你们活下去。"

"且则号泣行，夜则悲吟坐。欲死不能得，欲生无一可。彼苍者何辜，乃遭此厄祸。"

白天哭着走，晚上哭着坐。想死死不成，想活活不好。

到了边地荒蛮，长年霜雪，北风呼呼，我经常思念父母，哀怨无法止息！

23岁，蔡文姬被左贤王纳为王妃，居于南匈奴12年，生下两个孩子。不幸的是，文姬与左贤王刚刚培养出感情，有了可爱的孩子，得势的曹操不早不晚地想起了她。

曹操作为文学家，尊崇才女，希望借此笼络人心，打造一个文化大国的形象。他下足本钱，用"白璧一双，黄金千两"交换文姬，看这种情形，如果索要不成，估计就要派兵强抢了。

匈奴此时的实力早已不济，除归还文姬外别无选择。文姬也没办法，既思念故国、渴望完成父亲未竟的事业，又无法舍弃亲生骨肉。她知道，这一走，生离便是死别。

是回还是不回？蔡文姬在理智与情感的挣扎中，一唱三叹写下了彪炳中国古代诗史的《悲愤诗》和《胡笳十八拍》。

我想回家，回到那个有春天、夏天，有山水河流、戈壁森林的家。

可是回去，我却要面对母子永别。

从此以后，不管是活着还是死去，我们母子将永远天各一方。

这叫我怎么忍心？

10岁的儿子跑过来抱住我的脖子，问：

"母亲啊，你要去哪里？你是不是要离开我了？你以后还会回来跟我相聚吗？

"母亲，你一向善良仁慈，今天为什么这么无情？我还没有长大，你怎么能忍心丢下我？"

我心痛得五脏崩裂，精神恍惚，除了哭泣着用手抚摩儿子，还能怎么办？除了一次又一次地回望孩子，我还能怎么办？

曾经一起被掳掠来的那些伙伴，他们都赶来送我，羡慕并痛惜只有我一个人能够回去，哀叫声和哭泣声让人悲痛欲绝。

马为立踟蹰，车为不转辙。天哪！漫长的3000里，何年何日才能回来与我的儿子相会！

这段独白，摘自蔡文姬的《悲愤诗》。

蔡文姬怀着撕裂般的疼痛，3000里迢迢返家，却发现家人都已早早死去。城里城外一派荒芜，眼前白骨交错，门外人烟稀少，只有豺狼呜嗥哭叫。除了悲痛和哭泣，只能挣扎着勉强活下去。

她的不幸，是因为战乱。在曹操的安排下，文姬嫁给了屯田都尉董祀，这年她35岁，而董祀鼎盛年华，生得一表人才，通书史、谙音律，也算是佳偶。

可是厄运并没过去。婚后第二年，董祀犯罪当死。蔡文姬顾不得嫌隙，来到曹操的丞相府，当时他正在宴请公卿名士，她披散着头发光着脚，叩头请罪，说话条理清晰，情感酸楚哀痛，满堂宾客都为之动容。

曹操说："可是降罪的文书已经发出去了，怎么办？"

蔡文姬说："你马厩里的好马成千上万，勇猛的士卒不可胜数，还吝惜一匹快马来拯救一条垂死的生命吗？"

曹操终于被蔡文姬感动，派人快马加鞭，追回文状，并宽宥其丈夫的罪责。

谁也无法否认蔡文姬的才华，而且是不世出的天才。曹操很羡慕蔡文姬之前家中的藏书，蔡文姬说："原来家中所藏的4000卷书，几经战乱，已全部遗失，但我还能背出400多篇。"曹操大喜过望，立即说："既然如此，我派10个人，把你记的抄下来。"蔡文姬说不用。很快，她凭记忆将400多篇文章全部默写出，文无遗误。只有这种人，才能像虔诚的班昭一样，安安静静地坐下来，完成《续汉书》。

蔡文姬的每一场婚姻都不是自己做主，但她竭尽全力地适应环境。她的悲恸，或许正是无数普通女性的悲恸。但至少她还有才情，还有名望，还有可以自我拯救的力量，这是罕有的幸运。

胡蝶：内心始终保有澄澈清明

　　胡蝶是民国时期最有名的影后，被称为第一美女。她扮演过很多出色的角色，包括爱国电影里的悲壮女性。不过，围绕她的桃色新闻，也从来没有间断，尤其是与张学良跳舞，与戴笠同居，都是民间传奇。这些都是真的吗？

　　1908年3月23日，胡蝶出生在上海。她出身优渥，父亲曾出任京奉铁路总稽查，母亲是大户人家的小姐，小胡蝶进入天津天主教圣功女学就读，这在当时很时髦。胡蝶随父亲在天津、广州、北京辗转生活过一段时间之后，回到上海定居，并考进中国第一所电影演员训练学校——中华电影学校。

　　胡蝶在学校系统学习了影剧概论、电影行政、西洋近代戏剧史，以及化妆、舞蹈、唱歌等10多门功课，还有骑马、开车等技能。毕业后，胡蝶便开始演配角，第二部剧就上升到了女主角。

　　胡蝶气质富丽华贵，既娇俏又优雅，尤其是一对梨涡，令人印象深刻，被称为"民国第一美女"。她拍了很多非常有影响力的电影，包括令她声名鹊起的《火烧红莲寺》，红遍全国的第一部蜡盘配音片《歌女红牡丹》，等等。胡蝶还是较早投身于左翼电影创作的演员之一，对20世纪30年代左翼电影的贡献，功不可没。

比如，胡蝶饰演了左翼电影《狂流》中的农村姑娘秀娟一角，这部电影堪称她演艺生涯里程碑式的作品，也是中国黑白影片的经典之作。而一人分饰两角的《姊妹花》，则是她表演艺术的高峰和代表作。胡蝶被誉为"中国的葛丽泰·嘉宝"，是横跨中国默片时代和有声片时代的电影皇后，但这些殊荣来之不易。

我似乎天生就喜欢演戏。

能够一直表演，是我的幸福。

从小，我就喜欢学各种方言，北京话、广东话、上海话，学什么像什么。

甚至连叫卖声，我都会屏气凝神好好琢磨，模仿得很像。

当了演员，我还找过梅兰芳，学标准普通话。

每天开工，我总是最早到的；中场休息的时候，别人都在喝咖啡聊天，我却喜欢找导演谈戏。

为了能演更多的戏，我还学会了开车、骑马。

我要演《狂流》里的农村妇女，可我从小娇生惯养，不像，怎么办？

我可以学。

我跑到江浙的农村，去看乡下女人如何生活，琢磨她们平时的穿着打扮、言谈举止、日常劳动。

我要演电影《永远的微笑》里的歌女，可我不懂她们在想什么。

只能跑到南京孔夫子庙，实地体察她们的真实生活。

还差点被小混混调戏。

冬天穿薄纱、夏天穿棉袄。这就是我的工作。

可我不觉得演戏辛苦，因为我热爱它。

爱，就是不问值不值得。

1933年元旦，上海《明星日报》发起"电影皇后"评选，胡蝶以21334的最高票数当选，力压阮玲玉。同年，英商中国肥皂公司发起的"力士香皂电影明星选举"，以及1934年中国福新烟草公司发起的"中国电影皇后竞选"中，胡蝶都是冠军。她的地位可见一斑。

这么优秀的女子，一定是各界名流追踪的目标吧？但实际上，胡蝶真正承认的恋情，只有两段，而且都不是什么名流。

胡蝶的第一位男友，是她第一次担纲女主角的《秋扇怨》中，与她演情侣的林雪怀。林雪怀英俊潇洒，两人因戏生情，胡蝶很快坠入爱河，并高调晒恩爱。但随着胡蝶的演艺之路越来越顺利，而林雪怀却毫无进展，两人的差距越来越大，林雪怀的心态失衡，因此产生了越来越多的矛盾。胡蝶为了安慰他，毅然高调宣布订婚。后来，还拿出巨款为他开设了胡蝶百货商店，并给他买了车。

结果，林雪怀不仅把钱款败光，还包养妓女。胡蝶心灰意冷，决意分开。为了摆脱订婚合同，两人八次对簿公堂，打了一年多官司，才解除婚约。

作为"民国第一美女"，追求胡蝶的人一定不少。不过，胡蝶的第二位男友，更令人意外。他叫潘有声，只是一位普通的茶叶小商人，经济条件很一般，但胡蝶看中他的善良、踏实、讲信用，又喜欢动脑筋。

有了上一次的教训，胡蝶很低调，不再公开恋情，直到与潘有声恋爱6年之后，才宣布结婚。潘有声虽然没钱没权，但他肯用心，很快升职：从普通雇员到洋行总经理，他只用了一年时间。同时，他对胡蝶也是真心好，不管风风雨雨，后半生他们一直生活在一起。

不过，比起胡蝶踏踏实实的婚姻态度与生活，大众更感兴趣的是，她与少帅张学良和中统特务戴笠的桃色新闻。

1931年"九一八"事变后，国民党元老马君武斥责胡蝶是为张学良伴舞的"赵四、朱五、胡蝶"三名交际花之一。"商女不知亡国恨"，他写的"赵四风流朱五狂，翩翩胡蝶正当行。温柔乡是英雄冢，哪管东师入沈阳"一诗，也成了投向这几个女人的利刃。

实际上，并非如此。胡蝶在《申报》上登载辟谣声明："蝶亦国民一分子也，虽尚未能以颈血溅仇人，岂能于国难当头之时，与负守土之责者相与跳舞耶？'商女不知亡国恨'，是猪狗不如者矣！"明星电影公司导演张石川及全体演职员，也在《申报》等报刊上发表声明为胡蝶做证：

> 明星影片公司为赴北平拍外景，一行40余人于1931年9月中旬离开上海北上，"九一八"事变发生后才到达天津。胡蝶到北平已经9月底、10月初。时间上根本对不上。所谓"九一八"事变之夜，胡蝶与张学良翩翩起舞一事，纯属虚构。

而胡蝶与戴笠一事，则更复杂了。"戴笠霸占影星胡蝶"这一说法，确实也有依据。从深得军统长官戴笠信任的沈醉写的回忆录《我所知道的戴笠》和黄康永的《军统兴衰实录》来看，有一个大致的线索：

1942年，胡蝶自香港返回内地，途中行李被劫。戴笠借为胡蝶找行李的机会，将参与运作胡蝶一家逃离香港的杨惠敏打入监狱，讨好并霸占了胡蝶。杨惠敏后来在书中说："胡蝶小姐从惠州辗转到达重庆以后，她向军统局局长戴笠将军报告和哭诉，硬说是我抢了她的行李。人世间之无道义良心，没有比这件事更令人伤心的了！"为什么会在这个节骨眼上出现如此纠纷和误解？杨惠敏与胡蝶各执一词，胡蝶只好找戴笠帮忙。

据地下党人黄慕兰回忆，胡蝶曾来找她，说大批行李在途中不见了。其实这些"行李"之中，只有几件是真正的行李，绝大部分都是诸如后方紧缺的进口西药、化妆品等。也就是说，丢失的物品里包括军用物资。

而沈醉也多次强调，戴笠为胡蝶在重庆置办公馆，还大费周章地向其他权贵索要地皮，修建了一座十分考究的花园，"以近一万银圆的代价购买各种名贵的奇花异卉，经他亲手设计布置"。

胡蝶的心里是怎么想的不得而知。除了成为流言蜚语的中心以外，她选择了沉默。

在重庆的这一段生活，有过很多传言，而且以讹传讹，成了有确凿之据的事实。

都认定，"胡蝶后来在太平洋战争中，成了特务头子的情妇"。

可你们看到的有几分是真，几分是假？谎言传多了就像真的了。

军统力邀我自香港北归，而战乱期间，亦应由军统安排我住所。

住所旁，均为当地军阀或洋行商人的公馆，全然没有秘密性，我如何可藏？

且抵达重庆后，我即应中国电影制片厂之邀，参加电影《建国之路》的拍摄，并前往广西一带拍摄外景。

只是不幸在桂林遇上日军最猛烈的湘桂公路总攻去。

外景队仓皇撤退，挤入了盈千累万的难民群中，

后面是炮火连天，四周是儿啼女号，寻爹叫娘……

我们只能仓皇回到重庆，电影拍摄也中断。

如果我被软禁，如何还能自由地离开重庆，冒死去拍摄爱国影片？

在那段时光里，我记得轰炸和逃难途中那一张张惊恐和痛苦的脸，

你们却只记得我在销金窟里逍遥？

算了，人言可畏，随他吧。

我并不大在乎，如果对每个传言都那么认真，我也就无法生存下去了。

我和张学良跳舞的事情，闹了近半个世纪。现在不都澄清了吗？

个人生活琐事，虽有讹传，也不必过于计较，

要紧的是，在民族大义的问题上不要含糊。

对于民族大节问题，胡蝶确实立场很坚定。1937年，抗日战争爆发，日本人找到胡蝶，重金请她拍一部《胡蝶游东京》。日本人说该

片绝无政治内容，但聪明的胡蝶知道不宜接受，她委婉地表示自己有孕在身，恳请日方考虑推迟行程。

暂时骗过日本人后，胡蝶立刻逃离香港。这是胡蝶的大智慧。

从香港回重庆，又从重庆迁居香港，1946年，胡蝶与丈夫在香港定居。几年后，潘有声去世。

胡蝶并没有放弃演艺事业，仍然继续拍片，并在52岁的时候，以影片《后门》跃登"亚洲影后"的宝座。1986年，年近80岁的胡蝶又获得台湾金马奖。胡蝶不仅拥有很多出色的影视作品，也拥有在乱世之中保全自己的胆识，同时，又有随遇而安的豁达。直到今天，她仍然是中国早期电影中最广为人知的影后。

林徽因：用一生追寻理想之光

在金庸的武侠小说里，有一句很有名的话："一见杨过误终身。"而对于徐志摩来说，这句话应该改成："一见徽因误终身。"

林徽因的故事要从她与徐志摩的相遇开始。

1921年，林徽因跟随父亲游历欧洲。在英国期间，她结识了正在英国留学的徐志摩。当时，24岁的徐志摩已经和江南巨富之女张幼仪结婚，还有了一个2岁的孩子，但徐志摩却疯狂地爱上了林徽因。

平心而论，两人的确才貌都相当出众，互相欣赏和吸引并不奇怪。只不过，林徽因那时年龄尚小，对于爱情还很懵懂。所以准确地说，应该是徐志摩单恋林徽因。

徐志摩说，他在遇到林徽因之前，与诗"完全没有相干"，是林徽因激发了他的诗歌创作。而徐志摩也成了林徽因文学道路上的引路人，林徽因曾经对她的子女说过，徐志摩写过很多诗送给她，最有名的是那首《偶然》：

> 我是天空里的一片云，
>
> 偶尔投影在你的波心——

你不必讶异，

更无须欢喜——

在转瞬间消灭了踪影。

你我相逢在黑夜的海上，

你有你的，我有我的，方向；

你记得也好，最好你忘掉，

在这交会时互放的光亮！

诗中饱含的感情当然是美好的，但这份美好背后的代价却是要残酷地伤害另一个女人。为了追求林徽因，徐志摩残忍地向正在怀二胎的妻子提出离婚，这件事给了张幼仪很大的打击。林徽因也没有因此答应徐志摩，她和父亲一起回国，并与梁启超之子梁思成订婚。林徽因年纪虽小，但从小就展现出了理智的一面。

　　很多人都问我，为什么不选择志摩。是他不够好吗？

　　我只能说，我不是一个浪漫的人，志摩的浪漫和激情也曾让我迷惑和感动，我一度以为那是爱。

　　可是，我想要更安静的生活，我无法整天都跟他一样热血燃烧。

　　我想要一张平静的书桌。

　　我是天空里的一片云，偶尔投影在你的波心——总之，你会忘记我的。

　　志摩的一片深情，不过是引领我进入英国诗歌和戏剧世界的导师。

或者，志摩爱的并不是真正的我，而是他用诗人的浪漫情绪想象出来的林徽因，而事实上我并不是那样的人。

就让我永远理想地存活在诗人的梦里吧。

志摩的出现，只是我生活里的一次奇遇。

不过，虽然与梁思成订婚，但林徽因与徐志摩并没有老死不相往来，她反而把这段关系经营在阳光下。林徽因经常参加新月社的文艺活动，而徐志摩正是新月社的创立人之一。小小年纪的林徽因，登台演出印度诗人泰戈尔的诗剧——《齐德拉》，流利的英语和俊秀的扮相，在文艺界留下了深刻的印象。

1924年4月，64岁的印度诗人泰戈尔访华，徐志摩和林徽因共同担任翻译，并精心安排泰戈尔的行程。在北京欢迎泰戈尔的仪式上，徐志摩、林徽因陪同左右，当天北京的各大报纸都开辟醒目的版面报道——泰戈尔衣袂飘飘，身边一对青年男女形容俊美、诗书自华，一时传为美谈。

更有意思的是，费慰梅在《梁思成与林徽因》一书里写道：5月20日，是泰戈尔离开中国的日子。徐志摩私下对泰戈尔说，他仍然爱着林徽因。泰戈尔曾代为求情，却没有使林徽因动心。泰戈尔只好爱莫能助地作了一首诗："天空的蔚蓝，爱上了大地的碧绿，他们之间的微风叹了声：'哎！'"

与徐志摩交朋友是一回事，和他谈恋爱是另一回事，林徽因心里的边界感很强，她并没有越界。

在这之后，徐志摩陪同泰戈尔去了日本。林徽因与梁思成去了美国宾夕法尼亚大学攻读建筑学。林徽因之父林长民是段祺瑞内阁中的司法总长。梁思成之父梁启超，则做过熊希龄内阁的司法总长、段祺瑞内阁的财政总长，两家门当户对。

但是，两人之所以订婚，主要还是梁启超等人的意愿。1925年，林父死于流弹。之后，林徽因的学业、生活，及其生母的赡养，全依赖梁家照料，有了这一层恩情，她也只能如约结婚。

1928年春，林徽因与梁思成在渥太华的中国总领事馆举行婚礼。婚后，梁思成问她："这个问题我只问一遍，以后再也不提。为什么你选择的人是我？"林徽因回答说："这个问题我要用一生来回答，准备好听我回答了吗？"

林徽因和梁思成看似美满的婚姻，实际上并非一帆风顺。

按林徽因弟弟林宣的说法："梁思成、林徽因结婚后，家庭生活充满矛盾。从性格上来讲，两个人很合不来。和林徽因在一起，梁思成处处让着她，经常沉默。林徽因对此很反感。"

在徐志摩飞机失事后，梁思成应林徽因所求，捡回来一片飞机残骸，这片残骸长期挂在他们卧室的墙上，林徽因一直纪念着徐志摩，对此，梁思成未必没有心生芥蒂。

　　我曾将我在北平协和小礼堂，为外国使者举办中国建筑艺术的演讲一事，告知志摩，志摩临时决定飞往北平给我捧场站台。

　　就是这一次，飞机失事，徐志摩遇难。

　　都是我的错，我害死了他。

　　我很想去徐志摩失事现场看看他，可是被家人拦住了。

　　思成与岳霖等人一起去了现场，还捡回一块飞机残骸交与我。

　　志摩对我的爱，我永远不会忘怀。我欠他的。

这块残骸我要挂在床头，让我时时思念他。

当然会有很多嚼舌根的人，谁在乎他们呀。

早有无聊人士问过思成，他难道不介意吗？

思成说："徽因若不重情，反倒不值得我爱了。"

这样的回答，你们满意了没？

新婚的摩擦并不是林徽因人生的主调。即便她偶尔会怀念徐志摩的浪漫，但她个性里有科学家严谨的一面，经常把她拽回现实。

1928年春天，林徽因同梁思成一起回国，受聘于东北大学建筑系。从1930年到1945年，15年的时间，梁思成、林徽因夫妇共同走了中国15个省，190多个县，考察测绘了2738处古建筑物，很多现在有名的古建筑就是通过他们的推动才得以保留了下来。至今，还能看到许多林徽因瘦弱的身躯，在各种建筑和屋梁爬上爬下的照片。虽然是贵族家庭出身的娇小姐，但林徽因始终奔波在一线的工地现场，与梁思成一起，用现代科学方法研究中国的古代建筑。

长久来看，沉默的梁思成更适合做林徽因的伴侣。但是，徐志摩去世后，又有一位不速之客闯进了他们的二人世界，他就是金岳霖。

金岳霖是哲学家、逻辑学家，获得了哥伦比亚大学的博士学位，在留学多个国家之后回国，执教于清华大学和北京大学。那时，他们家几乎每周都会举办沙龙，金岳霖始终是梁家沙龙座上的常客。他们文化背景相同，志趣相投，长期以来，一直毗邻而居。

若干年后，梁思成这样描述他们的关系：

可能是在1932年，我从宝坻调查回来，徽因见到我时哭丧着脸说，她苦恼极了，因为她同时爱上了两个人，不知怎么办才好。我想了一夜，我问自己，林徽因到底和我生活幸福，还是和老金一起生活幸福？我把自己、老金、徽因三个人反复放在天平上衡量。过了几天，徽因告诉我说，她把我的话告诉了老金。老金的回答是："看来思成是真正爱你的，我不能去伤害一个真正爱你的人，我应当退出。"从那次谈话以后，我再没有和徽因谈过这件事。

不得不说，林徽因的思想很开放和西化，她尊重自己的真实感受，并且能坦诚地与丈夫交流感情的变化，并不是每个女人都能做到这点。或许，这也是为什么他们的感情虽然时有小插曲，但仍然能够长久走下去的原因。

金岳霖生性浪漫，感情热烈。此后10余年，从北京到昆明、从昆明再回北京，金岳霖都一直坚持与梁思成、林徽因夫妇比邻而居。他终身未婚，不管是他自己，还是后世评论，都在强调他是为了林徽因而终身未婚。但事实并非如此，金岳霖的身边并不缺女友。

所以，说他爱林徽因而不得，是真；但说他是痴情到死，未免有点夸张。林徽因或许也曾被金岳霖的狂热打动过、迷惑过，但她很快醒悟过来，留在梁思成身边更适合她。可以说，林徽因是一个能真实面对自己的女人。

随着战争的爆发，梁思成和林徽因不得不中断考察，辗转于山西、北平、云南、四川等地。糟糕的生活环境和繁重的压力，严重影响了林徽因的身体健康。

一年又一年过去，战火从这里烧到那里，烽烟遍及大江南北。

我们可以幸免于难，可是那些从唐代就屹立在那里的木质建筑呢？

那些历时千年不倒，却永远无法重建的古建筑呢？

眼睁睁地看着它们坍塌焚毁，这一次还在，或许过一年就消失了。

我心急如焚，却又无可奈何。

当时，家世优渥的林徽因与梁思成不是没有别的选择，但两人仍然愿意回到一穷二白的中国参与建设，胼手胝足，历尽辛劳，爱国之心令人感佩。因为传统社会的规训，在过去，我们很少能看到女性有职业理想、高远目标，她们用家庭的幸福或感情的温馨、子女的成才代表了自己的梦想。而林徽因则不同凡响，她用一生追寻理想，并且做到了极致。

林徽因应中国政府的邀约，编写《全国文物古建筑目录》，是中国现代建筑学的奠基人之一；应美军邀请，划出日本奈良需要保护、避开轰炸的古建筑群落。此外，她还主持设计了中华人民共和国的国徽，挽救了景泰蓝传统工艺，参与设计了人民英雄纪念碑。

同济大学的陈从周教授回忆道："林徽因为了保护北京的古建筑，曾指着当时北京市市长吴晗的鼻子，大声谴责。虽然那时她肺病已重，喉嗓失音，然而在她的神情与气氛中，真是句句深情。"陈从周说："牌楼今日早已随着文化浩劫烟消云散，但林徽因当日的金刚怒吼，必将永远环绕在每一名具有良知和血性的中国学者心头。"

这么多评价，也许李健吾的话，最得我心。他说：

也恰恰就是这样的林徽因，既耐得住学术的清冷和寂寞，又受得了生活的艰辛和贫困。

沙龙上作为中心人物被爱慕者如众星捧月般包围，穷乡僻壤、荒寺古庙中不顾重病、不惮艰辛与梁思成考察古建筑。

早年以名门出身、经历繁华，被众人称羡；战争期间繁华落尽困居李庄，亲自提了瓶子上街头打油买醋。

青年时旅英留美、深得东西方艺术真谛，英文好得令人赞叹；中年时一贫如洗、疾病缠身，仍执意留在祖国。

此生，爱过、叹息过、奋斗过，留下了印迹，又有什么可遗憾的呢？

无论如何，今天那些肤浅、粗陋的文章里，把林徽因说成"绿茶"，一位周旋于多个男子之间卖弄风情的轻浮女子，简直让人笑掉大牙。

即便从感情的角度讲，林徽因也只是被别人追求，她并没有出轨。试想一下，如果没有梁思成的点头和接纳，金岳霖怎么可能自由出入梁家。而被徐志摩抛弃的张幼仪，也并没有责怪林徽因，反过来，她替徐志摩感到惋惜，不明白林徽因为什么不接受他。

而从更广阔的角度来说，林徽因是一个才华出众的学者，她不仅是中国现代建筑学的奠基人之一，同时还有诗人、作家、剧作家等身份，在每一个领域里的成就都十分出众。就像林徽因兼备学术研究的理性思维和写诗写作的感性能力一样，她能真实地面对自己。她的人生可以说是一部中国版的《理智与情感》。

萧红：孤独的人渴望爱的灵魂

出生在东北的萧红是勇敢的。她的童年充斥着与父亲的抗争。在初中毕业之际，她被指婚给地主的儿子汪恩甲，她为此曾做出激烈的反抗，甚至不惜与人私奔到北平。可是，她很快被抛弃。为了活下去，叛逆的萧红又做出了一个大胆的举动，主动联系与她有婚约的汪恩甲。但汪恩甲的到来显然另有目的，在与萧红发生关系后，汪家却取消婚约，而此时的萧红已经怀上汪恩甲的孩子。

汪恩甲失踪了。当萧红大着肚子感到绝望的时候，报社编辑萧军来找她，他看中了萧红发表在报纸上的文章。两个人一见如故，萧军也是萧红一直期盼的伴侣的样子，同样钟爱文学，他们很快坠入爱河，开始在旅店里同居。迫于生计，萧红在生下汪恩甲的孩子后，将其送人。

随着社会动荡，他们的生活一直颠沛流离，从哈尔滨到青岛，再到上海。

在上海，为了省钱，萧红用一袋面过了一个月，天天烙油饼，煮菜汤，生活非常拮据。第一次见鲁迅先生时，萧红为了给萧军赶做一件新衣服，一个晚上不眠不休。因为用不起暖气，两人住在上海冰洞一样的屋子里，萧红一边咳嗽一边通宵达旦为萧军抄写《八月的乡村》。

产后本来就很虚弱，又得不到休养的萧红，健康怎么可能不被损害呢?

> 我的衣襟被风拍着作响，我冷，
>
> 我孤孤独独地好像站在无人的山顶。
>
> 每家楼顶的白霜，此刻不是银片了，而是些雪花、冰花，
>
> 或是什么更严寒的东西在吸我，像全身浴在冰水里一般。
>
> 我总是感觉到冷，感觉到饿，感觉到疼痛。
>
> 饥饿的人啊，会变得更冷，肚子会咕噜咕噜响;
>
> 我害怕它响，用被子来遮住，不要听。
>
> 我拿什么来喂肚子呢?
>
> 桌子可以吃吗? 草褥子可以吃吗?
>
> 我不是少女，我没有红唇了，我穿的是从厨房带来的、油污的衣裳。
>
> 为生活而流浪，我更没有少女美的心肠。

这是萧红的《商市街》，直击在饥寒交迫之下的生存困境。但是，在这种苦难之中，萧红除了要照顾萧军，还笔耕不辍，写下了大量的文字。

鲁迅很欣赏萧红与萧军的文学才华，帮助他们的著作写序并出版。鲁迅对萧红尤其看重，评价《生死场》是"力透纸背"，有"越轨的笔致"。并且，他在一个公开场合说过，以后萧红将取代丁玲，

正如丁玲取代冰心一样。

有了鲁迅的提携，萧红的作品开始畅销了。但这个时候，萧红与萧军之间的矛盾也多了起来。

鲁迅的夫人许广平，在《追忆萧红》里写道："萧红有一个时期，烦闷、失望、哀愁笼罩了她整个的生命里，然而她还能振作一时，替萧军先生整理、抄写文稿。有时又诉说她头痛得厉害，身体也衰弱，面色苍白，一望而知是贫血的样子。她同时还有一种宿疾，据说每次月经都会肚子痛，痛起来好几天不能起床，好像生大病一样。"

其实，萧红一身病，经常发烧、头痛、失眠、咳嗽、肚子痛。与健康、强壮的萧军在夫妻生活上并不和谐，两人的关系逐渐恶化。

另外，萧军很"大男子主义"，看不起萧红的才华，他不能容忍一个倔强、不听话、才华在自己之上的妻子。萧军的绯闻越来越多，他移情别恋了。

萧红得知萧军与许粤华有私情，而且已经导致对方怀孕，实在无法忍受，开始频繁地与萧军吵架。萧军非常气愤她的吃醋，他在日记里写道：

> 萧红会为了嫉妒，捐弃了一切同情，从此，我对于她的公正和感情有了较明确的估价了。
>
> 原先我总以为，她会超过于普通女人那样的范围，于今我知道了自己的估计是错误的，她不独有着普通女人的性格，有时甚至还甚些。总之，我们是在为工作生活着了。

在萧军眼中，那个不能包容自己有多角关系的萧红，简直不可理喻！他起了分手的念头。于是，变本加厉，每与萧红吵架，就施以家暴。

在许广平纪念萧红的文章里，她提到萧红脸上弥漫的忧愁，提到她那曾被拳头打得青紫的脸，欲言又止的眼神，以及下身流血的妇科病症。在"二萧"的关系中，萧红是个"被保护的孩子、管家，以及什么都做的杂工"，她做了萧军多年的"用人、姘妇、密友，以及出气包"。

　　　　六年了，我身体虚弱、贫穷，得不到你的温暖。

　　　　我不知道你们男人为什么那样大的脾气，

　　　　为什么要拿自己的妻子作出气筒，为什么要对妻子不忠实！

　　　　忍受屈辱，已经太久了。

　　　　你不喜欢我的文字，不认同我的创作理念和精神追求，对我的写作不屑一顾，

　　　　你不爱我。

　　　　你却问我为什么要离开你？

　　　　我在北平给上海的你，写最后一封信。

　　　　前天去逛了长城，站在那里觉得眼前的一切真伟大，那些山比海洋更能震惊人的灵魂。

　　　　到日暮的时候，起了大风，那风声好像海声一样，

　　　　《吊古战场文》上所说"风悲日曛"、"群山纠纷"，正是这种景况。

　　　　但是，我们终是不能在一起了。

看完这封信，萧军明白，他和萧红的缘分已经山穷水尽了。分手那天，萧军在车站对朋友说："萧红单纯、淳厚、倔强、有才能，我爱她。但她不是妻子，尤其不是我的！"

二萧相恋六年，最终分手。但是分手的时候，萧红遇到了同样的窘境，她已经怀了萧军的孩子。在近乎绝望的时候，端木蕻良出现了。端木蕻良也是著名的东北作家，他与萧红举行了婚礼。

婚后不久，日军大举进攻武汉，端木和萧红决定撤离武汉，前往重庆。可惜，此时去重庆的船票早已售罄，萧红委托朋友帮忙买票，但三个人只买到两张票，这就意味着端木和萧红两个人只能走一个，谁去谁留，令人难以抉择。怀有身孕的萧红仍然坚持让端木先行入川，端木同意了。

然而，武汉被日军的飞机轰炸，萧红成了孤家寡人。几个月后，萧红才买到船票，不得不独自赶船，历经十来天的坎坷终于抵达重庆。试想，就算是一个健壮的人，独身一人在逃难途中是何等凄惶？何况一个身体虚弱、快要生产的孕妇？

有人猜想，萧红一定有一种"钝感"，她不容易对痛苦有感觉。但是，看她的文字，分明她是知道的，且非常敏感。她投入十二分心力爱过的人，为萧军、端木，倾心付出，无怨无悔，但只换来更深的伤害。

萧红不仅在日常生活中，无微不至地照顾萧军，而且在生病时，还给萧军通宵抄写文稿。即便远走日本，还不厌其烦地写信关心萧军的生活，一会儿让他买一个软一点儿的枕头，一会儿又让他多吃水果，早点儿睡觉，不要喝酒，体贴入微。就连许广平也说："如果有一个安定的、相当合适的家庭，使萧红先生主持家政，我相信她会弄得很体贴的。"

萧红与端木结婚后，虽然怀孕生着病，但仍处处为端木着想，为他操心受累。

萧红有着女作家非凡的敏感，如果她写的文字让你感到难过和伤痛，那么，她本身承受的更是十倍、百倍的伤痛。

度过了在武汉的艰难时期，萧红和端木在香港重聚。可没安稳两年，又遭遇了战乱。在炮火连天中，端木再次不辞而别，留下在医院里病重不能动弹的萧红，她第二次被抛弃。

此时，一直欣赏萧红的作家骆宾基站了出来，悉心照料被病痛折磨的她。

萧红的一生，确实令人感伤。她生错了时代，遭遇着那个时代女人的不幸，但她靠写作勉力养活自己。她不仅不"盲目依附"，而且生命力旺盛，不断地向上攀缘、成长。

著名作家聂绀弩非常赏识萧红，他说："飞吧，萧红！记得爱罗先珂童话里的几句话吗：'不要往下看，下面是奴隶的死所！'"

萧红始终是一位杰出的作家，远远超越与她同时期的绝大多数男性作家。她的语言美丽而丰赡，在一个个的细节当中，读者可以感受到她强烈的生命力，以及深深的悲怆。

就像她在《呼兰河传》里描写的那样：

> 花开了，就像花睡醒了似的。鸟飞了，就像鸟上天了似的。
> 虫子叫了，就像虫子在说话似的。一切都活了。

都有无限的本领，要做什么，就做什么。

要怎么样，就怎么样。都是自由的。

倭瓜愿意爬上架就爬上架，愿意爬上房就爬上房。

黄瓜愿意开一个黄花，就开一个黄花，

愿意结一个黄瓜，就结一个黄瓜。

若都不愿意，就是一个黄瓜也不结，一朵花也不开，也没有人问它。

玉米愿意长多高就长多高，它若愿意长上天去，也没有人管。

蝴蝶随意地飞，一会儿从墙头上飞来一对黄蝴蝶，一会儿又从墙头上飞走了一个白蝴蝶。

它们是从谁家来的，又飞到谁家去？

太阳也不知道这个。

三毛：在生死边缘流浪

虽然三毛已离去多年，但她笔下《哭泣的骆驼》《撒哈拉的故事》《万水千山走遍》等浪迹天涯的故事，激励了多少人爱上流浪，追逐远方。三毛与荷西的爱情故事，更是感动了无数人。

读三毛的文字，总会觉得她对生活充满热爱，但是为什么，她却一次次选择自杀，最终，也是以自杀辞世的呢？她的人生，充满了对生命的喟叹。

我知道我离去之后，会有无数人揣测我的死因。

我偏不告诉你们。

人与人之间永远无法感同身受。

一个人无法体谅另一个人的苦，也无法品尝他人的甜。

我曾留下一封信给父母，或许是我留给世人最后的眷恋了。

我什么都没有拿走，包括我走路穿的平底鞋。

父亲看完了我的信，伸头看看那人去楼空的房间，

里面堆满了我心爱的东西，我一样都没有动，包括我放在床头的那张丈夫的放大照片。

我这一次的境界是没有回头路可言了。

父亲问我："平儿、平儿，你何苦要那白茫茫大地真干净？"

我说："好就是了，了就是好，若不了便不好，要好必须了。"

我只想飞向天空，飞向虚空。

这一生，我很幸福，很满足。

1991年1月4日，因子宫内膜增生症住院治疗的三毛，被发现在台北荣总病房内逝世。她被发现的时候，是以丝袜缠绕在脖子上。台北警方判断是自缢，填写在"验尸申请书"中的死因却是"因病厌世"。

这种死亡方式，也很像"三毛"的做派，不同于凡俗。但三毛的父母又澄清，她不是自杀。她的情绪稳定，并无异状。另一种可能是，三毛处于精神衰弱的状态，可能是服用安眠药过量，不慎被丝袜缠住颈部窒息而死。甚至还有人说，三毛可以通灵，也许跟她的死因有关。

三毛的离去，就像她48年的短暂人生一样，充满传奇。但是她的情感浓度和烈度，又比许多人几辈子积累得还多。

初二时，三毛因为遇到一位不称职的老师导致抑郁。

她那时候数学很差。于是，她背下课后的习题，拿了100分。结果老师怀疑她作弊，当着全班同学的面，用毛笔在她的眼睛周围画了两个代表零蛋的大圈，并用语言羞辱她。她屈辱不堪。之后，她频频晕倒，经常逃课，甚至逃学到公墓看小说，最后终于休学，再退学。

父母也曾把三毛转到别的学校，学习诗词、钢琴和国画。但备受打击的她患了抑郁症，还曾割腕自杀，情感上很脆弱。

三毛还被关在家中一段时间，后来，她跟随姐姐的朋友，向画家顾福生学画油画，结果，少女三毛对顾福生一见钟情。顾福生是当时唯一能跟自闭又有抑郁症的三毛沟通的人。他带三毛进入了文学世界，开启了她对文坛的认知，指导她写作，并带她结识了《现代文学》杂志主编白先勇先生。从此，三毛陆续发表文章。

经人介绍，三毛进入文化学院读书。在这里，她碰到已出版两本书的才子梁光明，她主动给出联系方式，之后两人开始交往。那时的三毛满脑子都是爱情。三毛是一个过于缺乏安全感、自卑的女孩，一个过于浪漫的、诗性的女孩，只想牢牢地把爱情系在手里。

谈恋爱两三年之后，两人在爱情、婚姻观上始终不能达成一致，三毛开始逼婚，但那时，两人都二十一二岁，梁光明不想结婚。三毛说，他如果不跟她结婚，她就马上去西班牙。结果，梁光明选择了不结婚。三毛因此自杀，被抢救过来，缝了28针。

对三毛来说，爱情就是她生命的全部，得不到，就想一死了之。这是她第二次自杀。

醒来后，三毛痛苦地选择去西班牙。三毛赴西班牙留学后，先学西班牙文，半年后入马德里文哲学院，就在这时，她遇见了还在读高三的荷西·马利安·葛罗。两人相识后，荷西经常约三毛外出散步、聊天。一次约会时，荷西认真地看着三毛的眼睛说："Echo，你再等我6年，我读大学4年，服兵役2年，6年后，我就娶你，好吗？"三毛还当他是小孩子，笑了，说："好啊，既然这样，我们就疏远一点，不要常常见面好了。"

但故事并未来得及展开，三毛就到美国芝加哥伊利诺伊大学，一边读书一边打工赚学费。在没有联系荷西的6年中，三毛又轰轰烈烈地爱了两次。

1971年，三毛返回台湾之后，在台湾"中国文化学院"德文系、哲学系任教。她先是结识了画家邓国川，答应了他的求婚，却遭到家人反对。三毛坚决要结婚。在即将举行婚礼前，却发现对方是有妇之夫。三毛几乎冒着众叛亲离的风险，最终却被愚弄、被欺骗。

同年，三毛又认识了一位年龄较长的德国教师，两人相爱。一年后，两人准备结婚。有一天，他们一起去订制结婚的名片，结果当天晚上，德国教师心脏病突发猝死。三毛伤心欲绝，吞下过量的安眠药自杀，幸好抢救及时。这是她第三次自杀。三毛似乎走在生与死的边上，活得不热烈、不幸福，就想到自杀。

有人认为，三毛并不像是殉情，她的几次恋爱并没有强烈到这种程度。她更像是借着爱情表达对生命的态度：有爱情，我就活着；没有爱情，我马上死去。爱情可能不是最重要的，而是借着这种热烈宣告活着的意义。

那时的我，是一个美丽的女人。

我知道，我笑，便如春花，必能感动人的——任他是谁。

我一直在寻找我之所爱。

你看到的，或许是我总是在与男人交往，

可你们没有看到的是，我每次去爱，

必定是全心全意，遍体鳞伤，不撞南墙誓不回头。

我一边工作，流浪，写作，四处奔波，从不放弃。

但我竭尽全力，却无法遇到我的良人。

心若没有栖息的地方，到哪里都是流浪……

三毛在婚姻、恋爱上一再遭受打击。她再度远走西班牙，在那里，她与荷西重逢。6年间他们很少联系，再重逢，荷西已经大学毕业、服完兵役，也拿到了潜水师执照。他们重拾爱火。

原本，荷西计划与一群朋友乘帆船去希腊地中海一带潜水旅游，因为三毛喜欢撒哈拉沙漠，荷西放弃了向往已久的大海和潜水，随她来到撒哈拉沙漠，在西属撒哈拉磷矿厂找到工作。

1973年7月，三毛与荷西在撒哈拉沙漠的阿尤恩小镇登记结婚。在去小镇的法院公证结婚之前，荷西手捧一个纸盒子送到三毛面前。三毛很兴奋，打开才发现那不是花束，而是一个完整的骆驼头骨——两颗大眼睛像深邃的黑洞，一大排牙齿对着她。这可真是一份意外的、豪华的结婚礼物。荷西为了三毛，几乎跑遍整个撒哈拉沙漠，才找到这副完整的骆驼头骨。两人在沙漠里度过了一段幸福的时光。

只是，好景不长。1975年11月，摩洛哥组织绿色进军，35万名志愿者开进西属撒哈拉，西班牙军队撤离当地，政府疏散群众。而荷西要去工作，两人不得不暂时别离。分离的每日每夜，对于三毛来说，都是揪心的，她时时刻刻担心着荷西是否能活着回来。

三毛先被安排到大加纳利岛等候荷西，全无音信。整整过了11天，荷西才开车赶过来。

经过战争的生离死别，两人更加相依为命。他们先是住在非洲西北部的大加纳利岛上。3年后，三毛又跟随荷西来到拉芭玛岛，过着世外桃源般的日子。此时，他们结婚已经6年，非常恩爱。

1979年9月，三毛陪伴父母到伦敦。住在伦敦的那晚，突然有人来电，像是有心灵感应一样，三毛接起电话，连向对方发问："是不是荷西死了，你是不是要告诉我荷西死了……"

不幸的是，这一次的预感是对的。荷西在潜水时遇难。当荷西的尸体被打捞出来的时候，三毛已经悲痛欲绝。她在荷西的遗体旁，哭泣着握着他的手，为他守灵。那是他们在一起的最后一晚。

埋下去的，是你，也是我。走了的，是我们。

爱人已去，流浪便再也没有意义。

许多个夜晚，我躺在床上，住在一栋海边的房子里，

总是听见晚上的风，带着一种呜咽的呻吟，划过我的窗口。

我坐在那个地方，突然发觉，我原来已经没有家了，是一个人。

每一个晚上，我坐在那里等待黎明。

那时候，我总以为这样的日子过不下去了。

许多的夜晚，许多次午夜梦回的时候，我躲在黑暗里，

思念几成疯狂，相思像一条虫一样慢慢啃着我的身体，

直到我成为一个空空茫茫的大洞。

夜是那样长，那么黑，窗外的雨，是我心里的泪，永远都没有滴完的一天。

先走的是比较幸福的，留下的，也并不是强者，

可是，在这彻心的苦，切肤的疼痛里，我仍旧要说，

为了爱的缘故，这永别的苦水，还是让我来喝下吧！

荷西去世后，三毛回到台湾定居，结束了长达14年的异乡生活。

在服丧期间，三毛有过极其强烈的自杀欲望。后来，好朋友琼

瑶苦苦相劝，直到三毛答应绝不自杀，她才放心离开。三毛重新开始写作，并且在台湾做环岛演讲。她的名气越来越大，作品也被引入大陆，她的爱情故事成为口口相传的传奇。

但是，在荷西去世12年之后，三毛还是用丝袜结束了自己的生命。也许，是三毛太强烈的情感，在俗世已无所皈依。只是，人的生命不在于长短，而在于是否痛快地活过。三毛的人生虽不长，却活过了普通人的几辈子。

为了追寻心中的那棵"橄榄树"，她踏遍万水千山。她曾有内心所爱，但始终是"琉璃易碎彩云散"，好物不长久。不过，三毛为荷西写下的故事，早已流传大江南北，成为很多年轻人向往的生活样本。她也成为好几代年轻人的精神偶像。她的人生，早已超值。

张爱玲（上）：前半生从尘埃里开出花来

张爱玲是清末名臣李鸿章的曾外孙女，虽然出身名门，但她的童年和少女时期并不幸福。父母离异，父亲是个顽劣子弟，而且有暴力倾向，甚至扬言要杀死她。

在张爱玲中学毕业时，父亲娶了新妻，后妈因为一点儿小事就动辄打骂，张爱玲本能地想要还手，结果后妈哭闹着："她打我！她打我！"父亲从楼上冲下来，不问青红皂白地对张爱玲说："我今天非打死你不可！"

张爱玲被打趴在地上，过了好久，才站起来想出门报警，可她伤得太重，根本出不了门。父亲知道她想去报警，拿起大花瓶掷了过去，瞬间屋子里飞了一地的碎瓷片。

张爱玲的姑姑赶来说情，结果被父亲打伤进了医院。父亲把张爱玲囚禁在房间里，扬言要用手枪打死她。张爱玲病了半年，几乎死掉。最后，终于从家里逃出来，投奔母亲。

但是，张爱玲的母亲日子过得也不容易，她忙于出国和谋生，对女儿很冷淡。如此情形之下，张爱玲虽然考取了英国伦敦大学，但是太平洋战争爆发，只能退而求其次，去香港大学读书。

可惜珍珠港事件导致港大也停课了。1942年，张爱玲不得不回到上海，开始了写作生涯。

《沉香屑·第一炉香》是张爱玲发表的第一部小说，在上海文坛一炮打响。接下来，《沉香屑·第二炉香》《心经》《倾城之恋》《红玫瑰与白玫瑰》《金锁记》，这些名篇，陆续发表。很快，张爱玲走红了，那时她才24岁。

等我的书出版了，我要走到每一个报摊去看看。

我要问报贩，装出不相干的样子：

"销路还好吗？太贵了，这么贵，还有人买吗？"

呵，出名要趁早啊，来得太晚的话，快乐也不那么痛快了。

所以更要催，快，快，迟了来不及了，来不及了。

时代是仓促的，已经在破坏中，还有更大的破坏要来。

我见过战争，见过汽油弹坠落在身边的死亡，

见过一切坚硬的东西，可以瞬间败坏。

可我还是急需要钱，我想好好挣够学费，还能回去念书，

我想面包上的奶油厚一点，我想买一块喜欢的布。

父亲的家，我是不会再回去了。

母亲送我上学的钱，我一分一厘都算清楚，我要还钱。

总之，生命是残酷的。

看到我们缩小又缩小的、怯怯的愿望，

我总觉得有无限的惨伤。

仿佛有一阵悲风，隔着十万八千里从时代的深处吹出来，吹得眼睛都睁不开。

年轻的张爱玲，在春风得意马蹄疾的时候，遇到了胡兰成。

那时，胡兰成是汪精卫政府宣传部的部政务次长。经苏青介绍，他对张爱玲的文章大为赞赏，并亲自登门拜访。第一次，张爱玲闭门不见，胡兰成只好从门缝递进一张字条。隔了一天，张爱玲才打来电话，说来看胡兰成。两个人第一次见面，就在胡兰成的客厅里聊了五个小时，爱情的种子开始萌芽。

第二天，胡兰成去张爱玲家见她。回到家后，胡兰成写了第一封信给张爱玲。她回信说："因为懂得，所以慈悲。"

胡兰成是一个懂女人的男人，很能体恤女人的美和好。他在《杂志》月刊上发表文章《评张爱玲》中写道："是这样一种青春的美，读她的作品，如同在一架钢琴上行走，每一步都发出音乐。""她的心喜悦而烦恼，仿佛是一只鸽子时时想要冲破这美丽的山川，飞到无际的天空，那远远的、远远的去处，或者坠落到海水的极深去处，而在那里诉说她的秘密。"在《今生今世》里还说："张爱玲是民国世界的临水照花人。"每一句都熨帖着张爱玲的心。

胡兰成声称离开张爱玲的时间不能超过两天，两个人如胶似漆，话总是说不完。他们在一起坐看《诗经》，谈中国诗词、聊西洋油画……

一次，胡兰成说起曾经在杂志上看到张爱玲的一张照片，她第二天便取出给他，并题字："她见了他，变得很低很低，低到尘埃里。但她心里是欢喜的，从尘埃里开出花来。"

在上海沦陷区，张爱玲度过了一段短暂而美好的生活，但两人相识的时候，胡兰成还有一段婚姻在身。第二年，胡兰成才与第二任妻子离婚，娶了张爱玲。两人写婚书为定："胡兰成、张爱玲签订终身，结为夫妇，愿使岁月静好，现世安稳。"

而身为汪伪政府官员的胡兰成，随着日本兵败，他知道大限已到，于是四处奔走，颇为仓皇。张爱玲知道胡兰成自恃风流文人，一直都喜欢拈花惹草，并把这视为个人魅力，但没想到结婚后的他丝毫没有收敛。逃亡路上，他先与17岁的护士小周同居，又与范秀美同居。胡兰成曾对张爱玲说过的百般赞美和情话，全都不打折扣地赠送给了小周和小范。

开始，张爱玲并不知情，只是女人的直觉告诉她，胡兰成有了别的女人，他们的感情不可能再回到从前。一次，张爱玲特意从上海赶到温州看胡兰成，临别时，她对他说："倘使我不得不离开你，不会去寻短见，也不会爱别人，我将只是自我萎谢了。"此时的张爱玲已经在慢慢下着分手的决心。

1947年6月10日，胡兰成收到张爱玲寄给他的最后一封信。张爱玲写道："我已经不喜欢你了，你是早已经不喜欢我了。这次的决心，我是经过一年半的长时间考虑的。你不要来寻我，或写信来，我也是不看的了。"

张爱玲与胡兰成的爱情故事，在这里似乎已结束，他们不复相见。

在传统的审美里，总是刻意缅怀和营造一种"我只是枯萎了""低到尘埃里，开出花来"，以及"一个苍凉的手势"的凄美失意。把张爱玲假想为饱读诗文，只知道谈情说爱，这其实低估了她。

殊不知，一个贵族少女，17岁离家出走；18岁考了整个远东区第一名，一人孤身就读香港大学；22岁凭借写作获得大名；26岁离婚，只身离开中国，远赴美国。可以说，张爱玲的每一步都在跟坏运气做斗争，而且赢了，这样的人能活得差到哪里呢？

胡兰成，是张爱玲的一道疤，她知道他的不忠，试图挽回过，还去乡下找他，但一旦明确了这个人不值得爱，她会抽身而退，也不眷恋。

就在胡兰成另有新欢、张爱玲在诀别信中提出离婚的时候，她还在信里还了胡兰成30万，只因为他曾给过她钱，这在当时是很大一笔钱。虽然那时候的女性普遍不工作，丈夫给妻子钱天经地义，但张爱玲为了能与胡兰成彻底分开、从心理上斩断对他的任何歉疚，咬牙还了钱。张爱玲对胡兰成的鄙薄，显而易见。

> 大众的窥私癖，仅仅对可供猎奇的作品感兴趣，
> 总是喜欢把女作家的文本放在感情的坐标上衡量。
> 不管写出什么东西，总被以为，
> 她是因为情感受到刺激或伤害才写的吗？
> 似乎除了闺阁与私情，她们就没有别的空间了。
> 是的，以前的女性只能活在闺阁当中，
> 不允许她们进入雄性主宰的世界里抛头露面。
> 即便有文字才华，眼界狭窄在所难免。
> 然而，我生逢中国的大时代，
> 一个"有几个狼奔豕突的燕和赵，有几个狗屠驴贩的奴和盗"的时代，

一个百姓流离失所、随时天上飞来炸弹，不知道生在哪里死在哪里的时代。

而我，一颗不安的心跌跌撞撞地寻找出路，

辗转于中国内地、香港和美国，亲身经历了战乱，

被当作"汉奸妻"，被视为全民公敌。

在美国的无数个城市中奔波，旁观了中国与美国的多次政治运动，

结交着20世纪杰出的一批中美学者——这是多大的惊涛骇浪和人生奇遇啊！

我的写作光谱，是时代、是战争，是幽深得不见底的人心，是浩瀚的心灵宇宙。

你们津津乐道的只有几十年前的一个前夫、一段狗血情，岂不是笑话？

1952年，张爱玲去了香港；3年后，又辗转去了美国，从事专职写作，并与美国学者赖雅结婚。

张爱玲在20世纪40年代，才20多岁时，就已经是中国杰出的小说家。虽然婚姻不幸，但她主动决断，胡兰成还曾写信想重续前缘，她干脆连信都不回，断得干干净净。而如今，多少号称独立的现代女性，还拖泥带水地虚掷青春呢！

张爱玲（下）：后半生在颠沛流离中安享静好

1981年的一天，61岁的张爱玲写信给宋淇，信中说：

"《大成》与平鑫涛两封信都在我生日那天同时寄到，同时得到7000美元和胡兰成的死讯，难免觉得是生日礼物。"

胡兰成的死讯对她来说，竟是一份生日礼物。这时，他们已经离婚34年。这段话果然很张爱玲。对于前夫，绝情决然，不黏滞、不怀旧，连惆怅也无。

中华人民共和国成立后，张爱玲曾经受邀参加上海文代会，以"梁京"为笔名，在报纸上连载小说《十八春》，这部描述城市中上层旧家庭的小说引起巨大轰动。1952年，她以继续在香港大学未完的学业为由去了香港。3年后，又去了美国，拿到一个文艺营的补助，继续进行写作。

1956年3月，也就是到美国半年后，36岁的张爱玲遇见了65岁的剧作家甫南德·赖雅。赖雅是哈佛大学文艺硕士，任教于麻省理工学院，曾与著名女权运动家结婚，并和著名文学大师庞德、乔伊斯、福特、康拉德、刘易斯、布莱希特是文友。

他们相遇不久，就开始热烈地交谈，在大厅中共享复活节晚餐。

接着，互相到对方的工作室做客。张爱玲还把小说《秧歌》和《粉泪》拿给赖雅看，让对方给她提意见，两人一见如故。

两个月后，张爱玲与赖雅正式交往，两人虽然有短暂的分别，但经常通信。后来，赖雅正式向张爱玲求婚。

我为什么会和赖雅在一起？

他比我大29岁，身体差，穷；

也没有写出过什么有影响力的作品。

我要忙着赚钱，只好经常分居。

赖雅持续地在中风—好转—中风—好转当中，我就生活在这种崩溃里。

我们在一起，生活只有颠沛流离。但是我依然爱他。

在我拮据的生活中，有他在的地方，就像有夜明珠一样，闪烁着温润的光。

他给我看稿、改稿，他是我的作品最好的读者。

有他在，我心里就有了底。

他是不是我的佳偶有什么关系呢！

在这里，我们互相取暖，互相慰藉。

人生也不过如此。

我的灵魂在彼处，在我的笔下人物里，在那些深不见底的文字里。

躯壳，安放着就好了。

张爱玲不停地写作，要么用中文写，要么用英文写。她非常勤奋，作品非常多，而且还有大量的作品像宝藏一样，没有被读者看到过。

张爱玲就是靠着这一笔笔的收入，维持她和赖雅的生活开支，以及赖雅的医疗费用，还时不时在美国—香港，以及美国不同的城市间往返，有时难免有点捉襟见肘。

两人在一起的时候，生活轻盈而安宁。三餐通常是赖雅做，张爱玲帮忙做些赖雅喜欢吃的中国菜。两人一起到电影院看电影，一起笑出眼泪，然后步行回家。他们常搭顺风车到市区，张爱玲还常去比华利山的时髦公司看橱窗。他们买了一台电视，多半待在家里看电视，还养了一只叫雪尔维亚的猫。

爱情向来是如人饮水冷暖自知，但在艰难时世里，两人互相需要、互相取暖。当然，赖雅需要张爱玲甚于张爱玲需要赖雅，只是这种"被需要感"，本身也是感情的一种。

但赖雅的身体状况越来越糟糕，得过几次中风，又摔倒过一次，最终导致瘫痪和大小便失禁。这无疑给张爱玲增添了很大的压力。她每天除了辛勤写作，赚取家用之外，还要承担起看护赖雅的重任。

张爱玲每天睡在起居室的行军床上，悉心照顾赖雅，毫无怨言。虽然她已经尽力，但仍有一种力不从心的内疚感深深困扰着她。

两人昔日的爱巢里也少了温馨和快乐，取而代之的是阴郁与沉默。赖雅变得越来越寡言，看着心爱的女人为自己如此受累，他感到深深的内疚。

最终，在两人一起生活了11年之后，赖雅去世了。

在这不可靠的世界里，要想抓住一点熟悉可靠的东西，那还是自己人。

时代就是那么沉重，不容那么容易就大彻大悟。

这些年来，人类到底也这么生活了下来。

可见疯狂是疯狂，还是有分寸的。

所以在我的小说里，全是些不彻底的人物。

他们不是英雄，他们可是这个时代广大的负荷者。

因为他们虽然不彻底，但终究是认真的。

他们没有悲壮，只有苍凉。

悲壮是一种完成，而苍凉则是一种启示。

时代的车轰轰地往前开。

我们坐在车上，经过的也许不过是几条熟悉的街衢，

可是在漫天的火光中也自惊心动魄。

就可惜，

我们只顾忙着在一瞥即逝的店铺橱窗里找寻我们自己的影子——我们只看见自己的脸苍白渺小，我们的自私与空虚，我们恬不知耻的愚蠢。

谁都像我们一样，然而我们每一个人都是孤独的。

赖雅去世后，张爱玲又孑然一身了。看起来，她的生活没有太大的变化，仍然一直在写作。想必以张爱玲的理性，她不会一直沉湎在伤痛中，但那种怅然若失一直干扰着她，哀伤变成一种日常。她至死都以赖雅夫人的身份自居。

张爱玲在香港的朋友宋淇与邝文美夫妇，一直帮她打理着各种各样的中文稿约和出版经纪，为帮助她而全身心付出。也是因为他俩

的全力帮助，张爱玲的小说得以出版，编剧的电影得以在台湾或香港上映，而且还成了超级畅销片。张爱玲的生活，他们也隔着远洋在照顾。他们早已如亲人一般。

此外，张爱玲还有很多长期通信的朋友，夏济安、庄信正、林式同、苏伟贞、司马新、平鑫涛……她并不孤单。

1995年，张爱玲在美国一栋小公寓里去世，被发现时，已去世一周。坊间一直有一种声音说："张爱玲多可怜，虽然这么有名，不还是很孤独吗？""张爱玲后半生非常潦倒。"

这当然不是事实。况且，什么叫"过得糟糕"？只有那种"嫁为富家媳、子孙满堂"才是完美的收梢吗？这种思维惯性，应该被否认才对。她并不穷，尤其在赖雅去世之后。

张爱玲的遗产执行人是宋淇的儿子宋以朗，在他的《宋家客厅：从钱锺书到张爱玲》一书中透露，张爱玲不仅在美国账户有28107.71美元，而且还有外币存款约32万美元。此外，遗物也不少。这在90年代中期，美元还没有贬值的时候，真不是一笔小数目啊。

其实，80年代之后，张爱玲的稿费源源不绝，收入颇丰。只不过，她上了年纪，特别怕跳蚤，非常敏感，所以不断地搬家。她住在洛杉矶期间因为恰逢1984年奥运会，旅馆价格很高，她最后还是找了小街上一套最贵的公寓，准备长期居住。后来又一再搬家，房租从300多美元、530多美元，到最后临终时住的房子，房租为900美元，在1995年，可以说是相当昂贵了，但她支付得起。大家都知道，张爱玲是那条街上的"贵族"。

当时，还发生过一件事：

不断有记者骚扰、窥探张爱玲。有位台湾记者来到美国，还住在张爱玲公寓隔壁一个月，试图采访她未遂。于是，这位记者去翻张爱玲丢掉的垃圾，从中了解张爱玲的生活习惯，并发表了一些内容。张爱玲当然感觉恶心，就更不愿意跟人来往了。

1995年9月8日，张爱玲被发现于公寓中去世。5天后，《纽约时报》刊登了张爱玲去世的消息，而《洛杉矶时报》更是详细报道，还提及张爱玲有可能获诺奖。

张爱玲是幸运的，她这么孤僻的人，却有不少倾心相助的好友。她不缺钱，也不缺爱。怎么会有人敢对一位写出过20世纪杰出小说的作家说"你活得潦倒"呢？那只是世人不懂得而已。

第二章

在颠沛流离的世界里霸气地活

慈禧：后宫版的权力游戏

慈禧，叶赫那拉氏，是清朝咸丰帝的妃嫔、同治帝的生母，也是晚清的实际统治者。

中国近代史上几乎每一桩丧权辱国的事件都与她息息相关。

慈禧的不一般，在很小的时候就已经显山露水了。

14岁时，她家里出了一件大事：道光皇帝为了调查一件金库亏空案，派人抓了她的祖父，一时之间，家人方寸大乱，唯独年少的慈禧，表现得异常镇静，知道动用祖父的人脉救人。在她的指点下，祖父才顺利地被营救出来。

选秀入宫后，慈禧很快得宠，在生下咸丰帝唯一的皇子载淳之后，一再晋升，被封为懿贵妃。

咸丰帝有多宠爱慈禧呢？当时，咸丰帝的身体状况不好，无心治国，虽然慈禧不算多有文采，但因为写得一手好书法，咸丰帝常常让她代笔批阅奏折，发表意见。这些，已经让大臣们对她心生不满。其实，代皇帝批阅奏折的举动，可以说是"无心插柳柳成荫"，在慈禧心中埋下了一颗渴望权力的种子。

从小阿娘让我让着男孩，不要跟他们争斗，不要跟他们吵闹，要顺从他们的意见。

还要我安下心来，好好绣花。

可我不喜欢。

看到那些男孩那么蠢，我就忍不住在心里冷笑，

我没办法听他们的。

进宫这几年，皇上身体差，

他喜欢我，让我帮他看奏折，每次都说我说得对。

但是，朝上那些大臣啊，像我小时候看到的那些蠢男生一样，

又想让我闭嘴，又想让我服从他们。

他们说，妇道人家，只会绣花和生小孩，

什么都不懂，根本就不该关心朝政。

可是，你们虽然号称饱读诗书，见解却远远不如我这个"妇道人家"。

皇上都听我的，我凭什么听你们的呢？

皇帝一天天衰弱下去，我知道，我只有靠自己。

26岁时，慈禧真正走上政治舞台。当时，英法联军攻入北京，慈禧随咸丰帝逃往热河。在那里，咸丰帝的病情越来越重，于是，秘密召见户部尚书协办大学士肃顺，商谈身后之事。据当时官员潘祖荫的笔记所载，肃顺竟建议效仿汉武帝杀钩弋夫人的先例，提出把慈禧杀掉，以免子少母壮，权力落到女人手里。咸丰帝不同意，因为皇帝不仅怕后宫干政，也怕大臣篡权。

但咸丰帝做了一个互相牵制的安排：立慈禧年幼的儿子载淳为

帝，就是同治皇帝，一方面给慈禧和慈安一人一枚代表皇权的印，两枚印章同时盖上才能生效；另一方面，还定下怡亲王载垣、郑亲王端华、景寿、肃顺等一共八位顾命大臣，希望他们与两位太后互相制衡。

咸丰帝的如意算盘谋划周全，可他没想到他刚死，以肃顺为首的八大臣就动手了。

他们提出，皇帝的谕旨应该由他们拟定；两宫太后只负责盖章，不能改动；呈上的奏折一律不进呈两宫太后阅览。

慈禧知道后据理力争，但这件事也让她明白，她如同砧板上的鱼肉。这时，她想到了奕䜣，咸丰帝的弟弟，那个留在北京与英法联军谈判的恭亲王。

据说，慈禧派出贴身太监，用苦肉计才把密信从肃顺防守严密的势力中，送到北京的奕䜣亲王手中。咸丰十一年八月初一，恭亲王以吊祭为名赶到咸丰帝的灵堂，并见到了慈禧和慈安两位太后。当时，肃顺没有拦住，他轻敌了，觉得两个弱女子无足轻重，不足为惧。

密谋结束后，恭亲王急速回京。实则，他是秘密联络驻扎在京、津一带掌握兵权的兵部侍郎胜保，做好了发动政变的一切准备。

九月二十三日，安置咸丰帝遗体的棺木起运回京。慈禧请求让两宫领着小皇帝由间道先行回京，那时的肃顺仍然觉得她孤儿寡母势单力薄，便安排载垣、端华护送先行，而肃顺等人在后面护送棺木回京。

五天后，慈禧一行提前抵达京郊石槽。她没有进城，而是第一时间在郊外召见了奕䜣，再次确认发动政变的可行性。慈禧第二天进宫，在朝中控诉肃顺欺凌孤儿寡母。一时间群情激愤，一直被肃顺欺压惯了的大学士周培祖站出来说："何不重治其罪？"并建议说，

"皇太后可降旨先令解任，再予拿问。"

就这样，恭亲王立即发动早已笼络好的文武重臣，尤其是掌握兵权的胜保，抓捕了载垣、端华两位亲王。当天夜里，还抓捕了返京路上的肃顺。接下来便是速战速决，两宫皇太后下旨将肃顺斩首，载垣和端华赐自尽，其余几位辅政大臣被革职。

慈禧的高明之处，还在于这么大的一场政变，只杀了三个人，没有大肆牵连，就把大家降服了。

这就是著名的"辛酉政变"，慈禧小试牛刀，大获全胜。

那段日子，也是慈禧母子最困难的时期。因为在那几年里出现了足以威胁朝廷安全的大动荡：太平军占领了长江下游，捻军遍布黄淮流域，西南有苗乱，西北有回乱。此外，还有地下组织天地会，在两粤闽台等地伺机而动。而且，在鸦片战争之后，英、俄、日等国也对中国虎视眈眈。

两宫皇太后面临着一次又一次生死危机，慈禧不得不物色、思考她能倚仗的新人选。

其实早在咸丰帝在位时，像曾国藩这样的优秀人才就应该被提拔重用。可是，因为"重满抑汉"的祖制，再加上民间传说曾国藩是"癞龙转世"，这位"湘军"创始人一直郁郁不得志。

但慈禧心里清楚，想要树立自己乃至清王朝的威信，必须先平定太平军等各地起义，那就一定要重用以曾国藩为首的汉人。既然"八大臣"都被扳倒了，难道现在还怕用汉人吗？

慈禧显然不怕。不仅如此，她还推行"洋务派"，训练海军和陆军，工商业也有了初步发展。慈禧与慈安太后垂帘听政时期，在议政王奕䜣的辅佐下，整饬吏治，重用汉臣。这段时期，被称为"同治中兴"。

不过，慈禧虽有力排众议推行"洋务"的胆魄，但她身上又有很封建的一面。比如，她不许别人提她的名字，甚至连属相也不能提及。

慈禧属羊，所以《变羊记》《苏武牧羊》等带"羊"字的戏一律不能唱，每一句唱词中也不准出现"羊"字。当时惯演的剧目《玉堂春》里有一句："好比那羊入虎口有去无还。"为了避开"羊"字，伶人在供奉内廷的时候只得改唱："好比那鱼儿落网，有去无还。"

现代与封建，仿佛是慈禧的两副面孔，互相打架，彼此共存。

不过，不管后人如何评说，在慈禧的运作下，清王朝的统治危机暂时得到了缓解。

可惜，同治帝载淳英年早逝。之后，年仅4岁的载湉当了皇帝，即后来的光绪帝，两宫仍旧以太后的身份垂帘听政。不久后，慈安太后暴亡，而羽翼已丰、政治经验丰富的慈禧太后，把议政王奕䜣也逐出了权力中心，将权力系于她一人之手。经历了那么多风风雨雨，她早已不是当初那个只会代皇帝批阅奏折的贵妃了。

谁能懂我呢？

一个从27岁开始就当上皇太后的女人，她心里想的是什么？

她的人生词典里，早已不再有爱，或太多的感情。

大半生里，她面临的问题永远是：

有人会动摇我安排的政局吗？政敌如何除掉？叛军如何消灭？外邦如何安抚？国家要往哪里走？

我半生劳碌，为天下操心，很累很累了。

我只想舒舒服服，吃好一点儿，穿好一点儿，仅此而已。

但是那帮家伙，总是说这也不行，那也违反规矩，怎么也不肯吐点钱出来。

我体面一点儿，皇家的门面风光一点儿，

不也是给朝廷长脸吗？

唉，真是太不懂事了。

清政府早已腐朽不堪，首当其冲的就是慈禧本人。慈禧曾几次想重修被英法联军焚毁的圆明园，命人从军队的粮饷中克扣钱财，并向海关征收鸦片税，以此为圆明园筹集工程资金，但终因花费巨大，在一批王公大臣或明或暗的联手反对下不了了之。

但她不甘心。1886年，慈禧即将结束垂帘听政，为庆祝60岁生日，她挪用了高达2400万两白银的北洋水师军费，建造颐和园。

没多久，甲午海战爆发。面对日本大炮，军费不足的北洋舰队，已经多年没有更新军舰，大败而归。虽然现在有学者认为，慈禧只是借着海军的名目募捐，没有挪用那么多，但无论哪一种说法，都是一笔天文数字。

有人认为，挪用军费是慈禧愚蠢的"贪婪"。也有学者分析，她的这一举动，后面还埋着棋呢。北洋舰队因缺乏军费无法参战，可以顺势除掉一些李鸿章的力量，以便更好地控制他。并且战败后，光绪的威望跌落，慈禧的权力又得以更加集中。也许在慈禧的心中，国破不要紧，只要权力在。更何况，她还有美丽的颐和园。

我并没有你们以为的那么残忍，也没有你们以为的那么愚蠢。

但是，天下滔滔大势，非人力可阻挡。

老祖宗几千年的祖制，到我手里，也只能是个收梢了。

没了，大清啊，守不住了。

君主立宪，我们的皇上啊，就是个中看不中用的虚衔了！

权力没了！

不独如此，1000多年的科举，也该废了，

没了状元、进士，没了举人、秀才，

要兴西学、开学堂、办洋务。

女人呀，也不能再裹脚了，

那些女洋人、大使夫人、贵妇，都不裹脚。

她们说，女人也该有自由。

唉，我不想变也不行啊。

看到他们的船坚炮利，我就知道，咱们大清就快要成为人家砧板上的鱼肉了。

你们反对，可反对有用吗？

就像没人能阻止大江向东奔流，我也无法阻挡历史翻篇啊！

腐败的大清王朝，终于在内外交困之下，走向帝国的黄昏。

光绪皇帝于光绪三十四年十月去世，时年38岁。不到一天，慈禧太后也去世了，年仅3岁的溥仪登基，成了末代皇帝。

慈禧在帝国内部集权力于一身，长达47年，打破了中国所有女性掌权的历史纪录，比吕后、武则天专权的时间都长。

但有趣的是，权力再大，慈禧作为一个女人，一生都是爱美的，哪怕到了古稀之年也没有减弱半分。

1903年，一位叫凯瑟琳的美国画师意外进入颐和园为慈禧画像，据她后来回忆，慈禧"身材匀称恰到好处"，"手非常美，小而优雅"，"精致宽阔的前额上方，乌黑的头发平伏地分成两半"，"眉毛弯而细长"，"神采奕奕的黑眼睛十分整齐地嵌在脸上"，"两片灵活的红唇在坚毅的白牙之上分开时，使她的笑容产生了一种罕见的魅力"。

　　那一年，慈禧69岁，而距离大清王朝的寿终正寝，只剩下不到10年的时间。

卫子夫：在皇帝的手掌上翩翩起舞

卫子夫，汉武帝刘彻的第二任皇后，也是大将军卫青的姐姐。卫子夫稳居汉武帝的后位38年，从歌女到皇后，再到自杀谢幕，她的一生过得并不平静。

当卫子夫以歌女身份入宫的时候，有谁知道，她会成为大汉最尊贵的女人呢？她本来只是平阳公主用来讨好弟弟汉武帝的一份礼物。

一天，汉武帝刘彻去平阳公主家里做客，十几个舞女中，刘彻一眼看中了旁边的歌女卫子夫。他借机更衣，平阳公主见机行事，让卫子夫伺候弟弟更衣，就这样，卫子夫被刘彻临幸了。

进宫以后，卫子夫很久都没有再见到刘彻。过了大半年，卫子夫才终于见到刘彻，她恳求他放自己出宫。刘彻一看，卫子夫美貌动人如初见，又心动了。于是，卫子夫又被留在了宫里。

没想到这一留下，卫子夫居然得宠，并且生了两个女儿。

刘彻在28岁之前，都还没有皇子，他非常在意，所以一度把错怪在陈皇后阿娇身上。

陈皇后本就膝下无子，加之被指下蛊诅咒刘彻的子嗣，使皇帝勃然大怒。于是，陈皇后被废，巫师也都被处死。在陈皇后被废一年后，卫子夫生下第一个皇子，受到刘彻的极大重视，他讴歌一曲，命当时的大辞赋家作了《皇太子生赋》。后来，还把他立为太子。

卫子夫不仅母凭子贵，在此之后，她同母异父的弟弟卫青，也为姐姐加码。

立姐姐为后这件事，不用卫青说话，自然有人替他说。朝堂上，提出立卫子夫为后的人是谁呢？不是卫家的人，也不是霍家的人，而是中大夫主父偃。主父偃曾经受过卫青的提携，可见卫青在朝中的地位很高。

汉武帝欣然答应立卫子夫为后的建议，并且在立后当天大赦天下，还发表了"天地不变，不成施化；阴阳不变，物不畅茂"的感叹。意思是，一成不变，不一定是好的，换个皇后，也许明天会更好。

卫子夫长得倾国倾城，性格温顺，跟骄纵的陈阿娇正相反。在外人眼中，卫子夫当上皇后如此顺利，可谁又懂她内心的恐惧呢？

从平阳公主府到未央宫中椒房殿，

她们都说，我是这个世上最幸运的女子。

我有天下最威严的夫君给我荣耀，

还有世上最英勇的弟弟护我周全，

但是，我只知道，

我头上的珠花、步摇，越来越沉了。

沉得我走路的时候，眼睛都不敢乱瞟，生怕跌倒。

我不会忘记，被立为皇后的那天，皇帝找人为我写了一篇《戒终赋》。

他说，你是一位好皇后，但是不要学习陈阿娇啊，行巫蛊之事，自毁德行。

意思是让我善始善终。

我怎么能听不懂呢？

我看待皇帝，从来不能像一个妻子看待丈夫一样，

我是在看待决定我命运的天神啊，

我琢磨他的每个态度、动向。

那些恃宠而骄的大臣和妃子，坟头草都已三尺高了；

我和卫青，必须小心谨慎，殚精竭虑，

其实，我一直在恐惧，越来越恐惧，

从没有一天，像今天一样恐惧。

汉武帝刘彻是一位强权皇帝。如果从心理学上分析，他的父亲景帝、祖母窦太后、母亲王皇后、姑妈馆陶公主都各有强烈的权力欲望，但刘彻不仅没有被压制，反而迅速学习、成长，很快掌握了权术的技巧，比这些人的权力掌控力更充沛、更强大。

卫子夫不是一个强势的女人，但她深知与"丈夫"的相处之道，获得了汉武帝15年的荣宠。

不过，随着卫子夫容颜逐渐老去，大约在她被封为皇后的6年之后，王夫人开始受到刘彻的宠幸，后面又陆续出现了李夫人、尹婕妤、赵婕妤等人更替受宠。

如果说，前期卫青是依靠卫皇后才得以封侯拜将，那么，后来就是卫青和霍去病在保卫皇后与太子。卫子夫的弟弟卫青是大司马大将军，外甥霍去病则是大司马骠骑将军，实际上他们都是地位最高的辅

政大臣，权力超过丞相。

但在霍去病死后，汉武帝再也没有派卫青出征。接下来，卫家的几个爵位渐渐被削掉，开始的一门五侯，到最后只剩下卫青一个。卫青默默忍受，不发一言。至少在相当长一段时间里，在他的庇护之下，皇后与太子平安无事。

曾经有一次，刘彻特意找卫青谈话。那时卫皇后和太子已经感觉到太子位不稳。刘彻对卫青说："我知道现在皇后和太子内心都不安，但请你转告他们，我现在不得不有所作为，四处征伐，是为了打下稳固的江山。但我的继位者必须仁厚，不能像我一样劳民伤财，而太子敦重好静正合适，他一定能安天下。"

武帝是想让卫青、卫太子、卫皇后放心。由此看出，武帝除了是一位万人仰仗的君王，他身上仍然有一个丈夫温柔和爱的影子，只是很难被捕捉到罢了。

武帝的多疑也并非空穴来风。当一个家族权力大到一人之下，万人之上的时候，早已是树欲静而风不止，再怎么小心翼翼，也必然会与其他权力关系枝节勾连，牵一发而动全身。

比如，当朝丞相正是卫青和卫子夫的姐夫。这也侧面说明，就算卫青对结党营私再无兴趣，但政治结构注定了统治高层的家族之间必然是互相勾连、难以分割的。卫家基本上是内外朝通吃，必定会引来嫌隙。

在卫青去世之后，卫太子与武帝的不同政见越发明显，武帝"嫌其才能少不类我"。而此时，其他皇子渐渐长大成人，太子之位的变数也越来越大。但从他找卫青谈话这件事来看，武帝对卫子夫、卫青仍然非常重视。

这些，聪明的卫子夫又怎能不懂呢？

　　我也爱他，我也懂他。

　　皇帝会抬举他喜欢的女人和男人，当作权力的昭示；

　　他有本事把他喜欢的女人，从身份低贱的歌女，擢升为皇后；

　　他有本事把他女人背后的兄弟姐妹，统统都封侯拜相，

　　卫家一门五侯，前无古人的三万户侯，加上卫青、霍去病领兵的数十万；

　　就算再加上太子、皇后、长公主、公主，

　　所有人加起来，都比不过皇帝的一个念头。

　　兴盛或灭族，他似乎一只手就可以决定。

　　其实，他也曾从噩梦中惊醒，说哪个大臣要杀他，

　　我倒是愿意祈祷，他永远可以用一只手翻云覆雨。

　　如他所愿，我就在他的手掌中翩翩起舞。

卫氏出身寒微，但从卫子夫入宫开始，卫氏一门，五人封侯，姐姐做皇后，弟弟娶公主。卫子夫的身后，是一张巨大的权力关系网。

这也预示着，作为这个权力关系网的重要节点，卫子夫的一生，并没有真正轻松的时候。

况且，卫子夫的压力，根本不是来自其他妃嫔的竞争，因为100个妃子的心眼都没有皇帝本人多。

汉武帝晚年多疑，小人借机诬陷卫子夫，说她兴起巫蛊之祸。刘彻本就是有神论者，对巫蛊之事深恶痛绝。于是，卫青的儿子被斩，

卫家被抄，卫子夫的大姐夫，当朝丞相公孙贺父子被杀，公孙家族被灭，然后是卫子夫的两个女儿诸邑公主、阳石公主被斩。接着，巫蛊的血迹延伸到皇后和太子。绝望中，太子据和卫子夫奋起反抗，可惜兵败，卫子夫以自杀谢幕。

从入宫到当皇后，卫子夫一直都是被动和隐忍的。而奋起反抗、叛乱一事，虽然也有史学家否认确有其事，但我倒更希望这一切是真的，顺从了一辈子的卫子夫如果真的能为自己和儿子的命运，反抗高高在上的汉武帝，这种行为看似毫无胜算、螳臂当车，但也算是真实勇敢地主动搏了一回，值得敬佩。

卫子夫和汉武帝这一对"夫妻"，从未像正常夫妻一样站在相互匹敌的高度，妻子在丈夫面前，不过是大象面前的一只蚂蚁，这样卑微的婚姻，实在太累了！

卫子夫开心过吗？幸福过吗？爱过吗？只能靠后人去猜想了。

独孤皇后：别把唯一拿来分享

隋朝开国皇后独孤伽罗，作为隋文帝杨坚的皇后，既是一个辅助丈夫打下江山、巩固江山的贤内助，也是一个要求皇帝忠诚于她的"醋坛子"。这一点，在历代的皇后当中可以说绝无仅有。

《仪礼·丧服》贾公彦疏：有几种情况，丈夫可以休妻，这就是"七出"。其中一条，就是嫉妒。古代做女人比较倒霉，无过错方还得不到任何同情和赔偿。丈夫一口气娶七八个小老婆，可以；女人吃点小醋，不可以。独孤皇后作为一名古代女子，却对专一有着极高的要求。

> 男人有几个女人不是错，但妻子的嫉妒却错了。
>
> 天底下为何竟然有这样的道理？
>
> 有没有人想过，反过来会怎么样？
>
> 为什么为人夫者，绝不能允许妻子有几个男人；
>
> 而为人妻者，却一定要支持夫君多娶几个女人？
>
> 但凡我还在人世，必不能容忍。
>
> 谁能忍受枕边恩爱的夫君，转身就与别的女人相拥相吻？

他日，若此女再生子嗣，必将侵害我儿。

相争相侵，鸡犬不宁。

而对于男人来说，每个孩子都是他的种，谁生谁死，他并不介怀；

而我的孩子与其他女人的孩子，则是你死我活。

古往今来，女人到底有多么愚蠢，才会放弃自己的生死与利益，完全站在男人的角度想问题；

才会给夫君找别的女人，让她们置自己和孩子于死地。

我，绝不！

不过，也因为嫉妒是"七出"之一，历史对这位独孤皇后的评价比较复杂。

早年，隋文帝杨坚还未一统天下时，北周宣帝几次想要赐死皇后杨丽华，也就是杨坚和独孤氏的女儿，进而诛杀杨坚一家，如此危急关头，妻子独孤氏毅然决然地闯宫面圣，"诣阁陈谢，叩头流血"，宣帝碍不过情面，才使得杨家免于大难。等到宣帝驾崩的时候，杨坚掌握兵权，又是独孤氏对杨坚说："大事已然，骑兽之势，必不得下，勉之！"意思是说，所有的障碍都扫清了，劝杨坚自立为帝。

于是，杨坚称帝，建立隋朝，是为隋文帝。封妻子独孤伽罗为皇后。

所以隋文帝对她充满感激，两个人伉俪情深。杨坚称帝时已40岁。他上朝时，与独孤皇后同辇而进，皇后在阁外守候。等他退朝之后，两人又一起回宫，同吃同睡。皇后平日生活俭朴，不好华丽，专喜读书，识达古今。

一次，皇后表兄大都督崔长仁触法，按律当斩，隋文帝有意赦免其罪。皇后进谏说："国家之事岂可顾私。"于是，隋文帝把皇后的表兄崔长仁处死。

而另一次，皇后的异母兄弟独孤陀因为受到过皇后指责，故而怀恨在心，常诅咒皇后，按律当斩。皇后虽然大为光火，三天没有进食，但最后还是请求文帝赦免其罪，说："如果独孤陀蠹政害民，妾不敢为其说情。但如今独孤陀是因为诅咒我而犯罪，所以我请求赦免他。"于是独孤陀被免死。

看得出来，隋文帝非常听从妻子的谏言。在公众领域，独孤氏是一个让大臣省心的好皇后，敢于直言进谏，反而让大臣少费了不少口舌。朝中并称皇帝与皇后为"二圣"，这也是"独孤皇后"这个称谓响当当的缘由。

其实，独孤伽罗要求感情专一的意识也不是当了皇后才滋长出来的。成亲时她就让丈夫发誓，"你必须忠于我，不纳妾，不乱爱"。20年后，杨坚当了皇帝，独孤伽罗还是如此要求他，形影相随，朝夕相伴。她废除三妃六嫔之惯例，提倡简朴，禁止宫中女子浓妆华服，并对她们的言行举止有严格的规定，不允许嫔妃随意亲近皇帝。她与隋文帝约定："此生誓不愿有异生之子。"

于是，独孤皇后给皇帝生了五子五女。

有人说，帝后深情款款，独孤氏不愧为一夫一妻制的先锋，开了后宫的新局面。有人却说，隋文帝内心苦闷不已，别人都三妻四妾，他身为皇帝多找个女人都不敢。

有一次，年近花甲的文帝和宫女尉迟氏春宵一度。独孤皇后知道后，愤怒地杀了尉迟氏，文帝负气出走。最后在尚书左仆射高颎、杨素的调和下，独孤皇后主动请罪，才和好如初。

但经此一役，两败俱伤，像碎了的古董花瓶，就算粘好，仍有裂痕。

独孤皇后不仅不许自己的夫君纳妾，也容不得别人。

史书上说，她每次看到大臣和诸王有妾怀孕，都要求皇帝下诏斥责他，觉得这样的臣子不尊重妻子，不应受重用。宠臣高颎本来是开国元勋，为大隋江山立下汗马功劳，其父还是独孤皇后父亲的好友。但他的妻子死后，他与姬妾生了儿子，独孤皇后就非常讨厌他，总在皇帝面前说他的坏话，让他的日子很不好过。

不明白别人生孩子，和她有什么关系？那是因为，独孤皇后对于一夫一妻的忠诚要求，不仅作用于丈夫身上，还成为她衡量他人人品的标准。

如果单凭吃醋这一点，历史对她的评价也不会像现在这么复杂，真正把独孤皇后推上历史审判台的是，她强力干涉儿子的价值观，进而产生了严重的后果：废长立幼。

皇后给太子杨勇选了元氏为太子妃，云氏为昭训。但是，太子喜欢的是偏妃云氏。后来，太子妃早逝，云氏却生了个儿子。皇后很愤怒，因为她希望太子只宠太子妃一人，不应沉迷于男女之欢。从此不再喜欢太子。而次子晋王杨广，看穿母后的心思，做出一副不好声色的样子。于是乎，她心里的天平倾向了次子，觉得杨广人品好。

终于，独孤皇后敦促文帝，废长立幼。

杨广登基当了皇帝，成为史书上的荒淫皇帝之一——隋炀帝，隋朝江山葬送在了他手上。独孤皇后看走了眼。

至此，个性强势的独孤皇后突然明白了斗争的方向，男人才是造成多妾的祸首，应该从源头上解决问题。不像别的后妃，只晓得女人之间斗个不亦乐乎，而男人在那里看得欢乐开怀，毫不在意。我们能看到的大多数后宫戏，都是后宫女子之间互相陷害、打胎、下毒，就是为了争抢后宫里唯一的男人。

只有独孤皇后，敢于直接跟皇帝提要求，禁止他亲近其他妃子，从源头上解决问题。

虽然我不是很赞成她杀死宫女的做法，也不赞成她用性道德作为评判大臣和太子的标准，但作为古代女子，她倒是比绝大多数人都勇敢得多。

如果一个女人连表达自己情绪的权利都没有，也别指望她还能有什么尊严了。

无盐：贫穷丑女也能当王后

一般人眼中，能当上王后的，不是出身高贵名门，就是长得如花似玉特别讨大王喜欢。但是，春秋时期，就有一位长相以"丑陋"出名的贫穷女子，没有生育，却当上了齐国的王后。她就是无盐。

身居中国古代四大丑女之列，无盐是怎样当上王后的呢？

无盐本名钟离春，长相奇丑，臼头深目、长壮大节、印鼻结喉、肥项少发、折腰出胸、皮肤如漆、声如夜枭，令人望而却步。她已经30岁，不仅没有婚配，而且还很贫穷。

30岁，古代的女人都当上奶奶了。如何才能出嫁呢？无盐有一个大计划，她要去做王的老婆。

一天，无盐鼓足勇气，前往临淄求见齐宣王。无盐到达宫门后，大言不惭地说："我是齐国嫁不出去的丑女，今自荐愿做国王的妻室。愿执箕帚，听从差遣！"

如果无盐是一个美女，要进谏的话，机会就太渺茫了。春秋各国，戒备森严，诸国对于间谍都严防死守。那时，没有户口政策，人员随意流动，三天两头有不得志的人才千里投奔：不要，怕错过；要了，怕睡不着。这里面有1/3是诚意投靠，1/3是间谍，另外1/3是双重间谍。其中，以美女间谍最危险，一旦中计，就意味着死无葬身之地。所以，齐宣王见美女自荐，就怀疑人家没安好心，如果是有背景的人，通常一斩了事。但无盐的长相丑陋无比，没有做间谍的资本。

齐宣王见了无盐，禁不住哈哈大笑。无盐一本正经地说："大王，你太危险了，太危险了。"齐宣王让她说说。无盐抬眼四顾，咬牙切齿，挥手抚膝。大家都愣了，不解何意。无盐这才卖着关子说："抬眼看四周烽火，自孙膑用兵魏国以来，王自傲，却忘了秦兵不日必出函谷关；咬牙切齿是代王张口纳言，不绝谏阻之路，诸大臣屡次陈章而不能用，齐国必亡；挥手是代王去除奸佞；抚膝是代王拆除奢靡的渐台。王啊，不深谋远虑，齐国何以强大？人民何以为安？无盐言尽，得罪于王，愿正死以明天下。"

齐宣王听罢钟离春的谏言，深受感动，长叹道："沉痛啊！你的话使我如梦初醒。"当即请钟离春乘车入宫，封无盐君，并立长相丑陋的无盐为王后。

接着，齐宣王在无盐的劝谏下拆渐台、罢女乐、退奸佞、选贤才、实府库、强兵马、立太子。史称："齐国大治，丑女之功也。"后来，齐国任用田忌、孙膑等大将，成为实力最强的"千乘之国"，临淄成了战国时期的文化中心。无盐也成了齐国的标志、符号、象征，是齐宣王的贤内助、老师、臣子。

不过，这个故事，要认真地想想，真是齐王的审美特别吗？为什么后来的朝代，有找贤惠后妃的，有找名门望族的后妃引为助力的，为什么再没有帝王专选有治国才能的呢？

我们要了解一下时代背景：列国相争，求贤若渴，各国为了能抢到人才用尽各种手段。人才可以自由出入各个国家，良禽择木而栖。

在战国七雄中，魏国一度实力最强大，而齐国经过励精图治之后，两次围攻魏国，都取得了巨大的胜利，后来居上赶超魏国。这是齐威王时代的功劳。但是到了齐威王的儿子齐宣王的时候，他认为齐国已经十分强大，就不再专心于扩张国家势力，而是贪图享受，在国内大兴土木，建造雪宫。不仅如此，齐宣王还任用奸臣小人，任凭这些人吹嘘功绩，满足虚荣心。问题是，逆水行舟，不进则退，七个国家的实力此消彼长，齐国的国力却日渐衰微。

无盐很着急，只好冒着杀头的危险，当面向齐宣王谏言，请求他励精图治。

但无盐的勇敢，是有前提的。一方面，七国争雄，最宝贵的资源就是人才，他们是各国争相礼聘的对象。那时的士子还没有"忠君"的观念，此处不留爷，自有留爷处。像无盐这么深谋远虑、能说会道的人，不管是男是女，是美是丑，按当时的政治方略，就是要抢过来聚拢，否则就是把人才拱手送给敌国。另一方面，那时候针对女人的三从四德、三贞九烈，无才便是德，后宫不得干政……这些理论和实践一概没有出现。固然没有多少女性有机会识字读书，也没有机会出门为将为帅，但是整体来说，对她们还没有那么多束缚。这也是无盐有机会以治国之方略被纳为后的原因。

常听说"红颜薄命"，其实，长得不漂亮的女人命更薄。

只不过，大美人的悲伤还会让人哀怜，

而普通女人如何生如何死，根本没有人关心，连一句嗟叹都不会有。

像我这种长相丑陋的女人，也许还会觉得我早走早好呢。

我习惯了。

我不是男人，我不能出将入相，也不能当谋士。

但是，靠我的才能和见识，我能做皇后。

我一样可以向大王进谏，可以实现我的朝堂抱负。

因为我这个王后的存在，大王吸引了很多人才，成就了他的霸业。

很好，很好。

我能看到生活的地方百姓安康。我能成为他们的国母。

这就是我的历史使命。

我很满足啦。

后来，齐宣王的儿子齐愍王，也依样画葫芦，娶了另一个丑女宿瘤，号称"以德治国"。可惜宿瘤死得早，未能帮他一展宏图。

像许允、诸葛亮、梁鸿这些名流，都娶了史上有名无貌而有德的女子。

这些其貌不扬，长相平凡的女孩子，看似无野心，但她们最能花精力、时间去思考。当别的女子花枝招展、涂脂抹粉的时候，她闲着；当别的女子勤奉箕帚、侍奉公婆的时候，她闲着；当别的女子围着孩子转的时候，她闲着。人家需要整天想着捕获男人、讨好男人、跟别的女人互相斗法，可是她不需要。

但长得不美，并不代表没有才智，她们只是把别的女人用在男人身上的时间、伺候一大家人的时间，用在别的地方。无盐不是聪明，而是明智。这些学识的修养、事理的观察、道德勇气的涵养，是数十年培养出来的。

并非没有美貌就没有灵魂生活，没有精神向往。至少，披着才华的外衣，她们可以去更广阔的世界。外表只是命运馈赠的鲜花，而不是命运本身。一人以兴邦，无盐是不靠颜值、靠才华吃饭的古代女子典范。

武则天：踏着尸骸，走上权力巅峰

　　武则天是中国古代历史上前无古人，后无来者的女皇帝。关于她的争议一直很多，她却不在乎。她想赢得的并不是宫闱之间的权力斗争，而是大唐江山，君临天下。

　　武氏的出身不低，是功臣武士彟的次女，14岁入后宫，成为唐太宗的才人，赐号"武媚"。不过，在太宗时期，武媚娘并不受宠，她便偷偷地与年轻的晋王李治眉来眼去。唐太宗驾崩，没有生育过的武媚娘依唐后宫之例，入感业寺削发为尼。

　　当时，李治已当上皇帝，有了后妃阵营。当尼姑五年之后，李治再次碰到武媚娘。此时的她荆钗布裙、缁衣光头，但依旧不掩美貌。

　　一个皇帝，后宫里的绝色美女不要，偏要去尼姑庵和父亲的小妾偷情，衡量一下他付出的机会成本和道德风险，那是真爱啊！武媚娘的杰出成就并不在美貌，而在她的不屈意志。

　　在别的女尼自暴自弃，以一种了此残生的姿态生存的时候，她每天早起，收拾庭园，挑水养花，生机盎然。想必，她始终怀着一颗不屈的野心，才让她的面孔熠熠生辉。

　　缺什么爱什么。同样强悍的唐太宗，对这种美没什么兴趣；而懦弱的唐高宗，对武媚娘很景仰、倾慕，试图在她身上寻找母爱和依赖。

那时，正值王皇后与萧淑妃争宠。王皇后打定主意，创造机会让武则天亲近高宗，以新人来转移高宗对萧氏的厚宠。却不料，渔翁得利的武则天步步走运，转身便把二人打入冷宫。

《新唐书·王皇后传》记载，有一次李治去探望王皇后和萧淑妃，看到两人的惨状，心生怜悯，打算把两个人放出来。武则天的亲信把消息告诉她之后，她把王皇后和萧淑妃各打了100大板。然后把她们手脚砍下，身体泡在酒里折磨致死。萧淑妃在死前说："武氏狐媚！我来世一定要生为一只猫，让武氏转生为鼠，我要活活掐死她报仇！"

据说，武则天晚年怕猫就是由于这个缘故。

打完板子砍下手脚，再泡到酒里，如此狠毒，让人背后发寒，但是谁又知道这不是稗官野史的杜撰呢？骆宾王的《讨武曌檄》就说过武则天毒杀王皇后的论据。王皇后贵为一国之母，她的死关乎国体，不可能如此体无完肤地走完生命旅程，她也有可能是被毒死的。

所以说，历史究竟有没有客观地评价过武则天，我们不得而知，但是无法忽略的史实是，武则天做了28年皇后，参与朝政，与高宗并称"二圣"。高宗死后，她对儿子李显和李旦几度废立后，自立为则天皇帝，改国号为周，在66岁的时候当上了皇帝。

史实是一回事，但如何理解这位千古一帝？众说纷纭。比如，一部备受关注的电视剧，就借武则天之口说：媚娘只想当贤妻良母，努力只是为了能配得上我爱的男人，能并肩站在他的身边。谁料到，命运却逼着媚娘当上女皇帝了呢？

武则天肯定不是这样的人。

她得到这个中国历史上前无古人、后无来者的天子之位，如果不得罪天下人，包括至亲，如果少半分魄力和智慧，她早就死无全尸了。

> 女人当道，是男人们最不能容忍的，
>
> 他们会无限地苛求，夸大他们同样能犯的错误。
>
> 他们还怪女人偷走了他们的精气，甚至智慧。
>
> 你不可以这样做女人，更不能被男人的道德所操纵，
>
> 不能成为他们用以完善自己德行的工具。
>
> 这往往比服从他们的命令更可怕。
>
> 王位是什么？只不过是治国者的资格。
>
> 现在，我要用我的能力，赋予女人这样的资格。
>
> 女人不能称帝，只不过是一个过时而不合理的传统，
>
> 我要废除这样的传统，这也许是我一生之中，最伟大的政绩。

这是电视剧《大明宫词》里的一段话，武则天对女儿太平公主陈述她的价值观。

她以一人之力，让满朝看不起女人的男人，为她手中的权柄而臣服。

在刘晓庆主演的《武则天》里，她也对上官婉儿重述了这样的话：

> "婉儿，你说说，此刻我心里想的是什么？"
>
> "婉儿以为，神皇心里想的是改朝换代。"
>
> "自古以来，没有女人想过做这样的事。只怪我们心太软，也太窄。殊不知古往今来，哪一次改朝换代，不是杀姊屠兄，血

流成河？莫非天下就是男人坐的吗？"

武则天当然不是善类，她也会踏着别人的尸体往上走，也会起兵平叛。但是，抛却性别不论，她并未比其他的皇帝特别是开国皇帝更残忍。

在她手上，大唐帝国顺利地从"贞观之治"进入"开元盛世"，全国的户口从贞观时的380万户增至她统治后期的615万户，社会的繁荣景象，可见一斑。

从政治上来说，武则天的罪孽主要有两条：一是任用酷吏，把反对她的肱股旧臣逐个清洗，一共杀了四个亲兄弟，一个亲姐姐，两个亲儿子，一个亲外甥女，让人脊梁飕飕地发冷。

另一个是私生活。除了先后嫁给父子俩之外，她招纳男宠，"洎乎晚节，秽乱春宫"。她的男宠还得意忘形，试图影响朝政，被她找机会以除后患，但这应该不算她的软肋。男人当皇帝可以三宫六院，武则天一辈子的娈臣却屈指可数，并不为过。

右补阙朱敬则曾上疏公开批评武则天的私生活，武则天说，谢谢你告诉我，并赏了他彩缎。骆宾王讨檄她，"蛾眉不肯让人"，"狐媚偏能惑主"，她只遗憾，没把这个才子笼络至麾下。

其实，在必要的时候，武则天同样能做到心胸宽广。

武则天有残酷的一面，但在她的治理下也基本上国泰民安。她死后的"无字碑"，任世人评说。千年以后，还难以盖棺定论。

武则天招致的批评，之所以比别的帝王多，很大一个原因是，这个社会对女性的道德要求极高。同样是权力斗争，女性在后宫里斗死的人数，远不及前朝政治斗争死去人数的百分之一、千分之一，但是，宫斗却被用来佐证女人的坏，而朝廷斗争却被看成是一种必要的智慧。

出色的女政治家鲜见。可女人并不是天生就热衷于鸡零狗碎，只是古代的女人生活空间过于狭小，要想抢到仅有的几颗糖，不得不越发显得狭隘。而能挣脱束缚，与男人拥有同样广阔天地的女人，在几千年历史中，也就只有辽景宗萧皇后、武则天和孝庄太后等寥寥几个。她们在驾驭一个帝国的过程中创造了无穷的乐趣，这比驾驭一个男人更有成就感，也更艰难无比。

公元705年，宰相张柬之趁武则天年老病危，拥立中宗复位，同年冬，武氏崩，享年82岁，遗诏："去帝号，称则天大圣皇后。"与高宗合葬。

此时，终于些微地看到了武则天妥协的痕迹。然而，这也是一整套封建男权制度下的不得已。武则天打败了所有的政敌，打败了强行压在女人身上的道德感，却打不过年龄，打不过时间，最后不得不与整个皇族和社会制度媾和。

她是权力史上的女性之光，可惜，只是昙花一现。

吕后：糟糠之妻不下堂

都觉得我太狠心吗？我下嫁于刘邦，一个人，在烈日下背着装有小儿子的竹筐，幼女在旁边玩，我在田间锄地，挥汗如雨。而你，一个壮汉，在小酒馆里喝酒，和别的女人眉来眼去，还等着我拿钱回家，给你还酒债。

我，对你的汉室江山有大恩，如今却成了深宫怨妇。永远不知道我的夫君在哪座殿里风流快活；那未成年的儿女，在我身边发抖，生怕醒来，他们的父亲就成了别人的父亲。

我，站在大殿上，已经是一个女君主，但是，群臣的附和声，一个都不能信，一个都不敢信；只要我的声音里有一丝疲惫，他们就会联合起来，把我掐死。

我，轻轻松松地让一代枭雄韩信、彭越身死族灭，再无人敢威胁动摇汉室；朕拥有天下，四海咸服，百姓安乐。

可是，我做了那么多，你们为什么只记得戚姬？只记得我害惨了她？我不对她下手，她就会对我下手！因为这个女人，我害怕得夜不能寐，你们有谁替我说过一句话？那个负心汉吗？呸。

可是，盈儿、盈儿，他怎么能这么对待他的母亲呢！我都是为了他好呀……

世人一想到刘邦的皇后吕雉，想到的都是，她是一个如何凶残的政治家，如何把戚夫人做成"人彘"（把人的手脚剁掉，熏瞎眼，毒哑，扔在厕所）。吕后不仅开启了后世皇帝对后妃、外戚专政的恐惧，也是"最毒妇人心"的生动演绎。确实如此吗？

"人彘"之事不假，但只知道吕后"狠毒"的一面，不知她的政治能力，不知她为什么会变成这样，恐怕是不够的。吕后的经历不仅是一只小白兔如何转变成大灰狼的故事，也是一个女性的逆袭史。

在《史记》和《汉书》的正史里，对吕后的政治才能评价很高，认为她和汉惠帝掌政的时候，黎民得离战乱之苦，君臣可以休息，天下晏然太平。"刑罚罕用，罪人是希，民务稼穑，衣食滋殖。"史书里，她被当作皇帝，当作政治家。

那为什么吕后偏偏对戚夫人那么狠心呢？因为女人的嫉妒吗？其实，问题的根源在刘邦那里。

吕雉的父亲，在沛县有一定的名望，沛县县令还曾向吕雉求婚。结果，在一次吕公请客的时候，小小亭长刘邦也来骗吃骗喝。虽然刘邦年龄大，有个私生子，又是公认的混混，但吕公看上了他，就把女儿许配给他。其实，开始的时候，吕雉跟刘邦感情基础薄弱，刘邦到处喝酒，吕雉则一边带孩子一边下地干农活儿，妥妥的"丧偶式育儿"！不但如此，刘邦还造反、起兵了。

吕雉对刘邦有几项贡献：养育一双儿女；赡养双亲；在刘邦逃亡期间，沛县县令抓住吕雉给刘邦顶罪，在监狱里，殴打凌辱；刘邦跟项羽对抗的时候，项羽抓住吕雉和刘太公，还威胁说要烹了他们，刘邦都不去救，两人在军营中做了28个月的人质；吕雉的两个哥哥都参与了刘邦的起义，而且立下汗马功劳，属于军功集团的重要代表。

这些功劳或苦劳是吕雉重要的政治资本，连太子太傅也说："吕后与陛下攻苦食啖，其可背哉！"刘邦登基之后，立吕雉为皇后，儿子刘盈为太子。

吕雉对刘邦的政权稳定，立下汗马功劳。史书中记载"吕后为人刚毅，佐高祖定天下，所诛大臣多吕后力"。不过，吕雉的"功劳"却是给功臣栽赃，然后杀了他。

吕后一直在帮丈夫刘邦做脏活儿——杀掉曾经的忠臣。

首先，她杀了韩信。韩信是何等人物？当初楚汉争霸时，韩信据齐地，与楚王项羽和汉王刘邦三分天下，助汉则楚亡，助楚则汉亡，连项羽都劝他自立。韩信选择了臣服刘邦。但后来，刘邦不信韩信，把他的封号一降再降。韩信选择了很不服气，准备有所图。是吕后，趁刘邦不在的时候，把韩信骗进未央宫，令人把他杀死，并夷韩信三族。

其次，吕后还冤杀了功臣彭越，把他剁成肉酱分发给各诸侯王，震慑天下。

刘邦经常出门征伐，每次都是吕雉固守后方，他带着宠妃戚姬出征。刘邦看着戚姬的儿子刘如意长大，越来越喜欢，经常想着要换太子，举国上下皆知。吕后心急如焚，只要听到有大臣劝谏刘邦不要换太子，她就感激地向他下跪："你救了我们母子啊！"

后来吕后找来几位世外高人，营造了一种太子刘盈羽翼已丰的错觉，刘邦才无奈地放弃换更太子的念头。而因为放弃，刘邦和戚姬哭成一团。刘邦似乎忘记刘盈也是他的亲生儿子！

这说明刘邦和吕后的夫妻关系极差，刘邦和刘盈的父子关系也很差。后来，吕后在刘邦死、儿子刘盈当皇帝之后，终于翻身做主人。

刚开始，吕后罚戚姬在永巷里做苦役。戚姬一边劳动，一边唱歌，歌词大意是："我儿子赵王啊，快快长大，回到长安替我报仇呀。"吕后知道，赵王是她的心腹大患。她用了很多办法，诱使10岁的赵王回到长安，住在宫里。

赵王的皇帝哥哥是个好人，知道母后要对弟弟下手，就与他同食共寝，导致吕后没了下手的机会。终于有一天，惠帝早起，看弟弟正在酣睡，不忍叫醒他，就自己出门了。回来的时候，弟弟已经被毒死。

年幼的赵王死后，吕后把戚夫人做成"人彘"，还请儿子惠帝观看。惠帝看了大哭，说："我的母后做出这种事，她还算个人吗？我也不配当皇帝了。"

他大病一场后，意志消沉，只是饮酒作乐，不理朝政，几年之后驾崩。

可以说，吕后不仅在夫妻关系上很失败，在亲子关系上，也很失败。

吕后独立掌政15年，她是一个合格的统治者吗？

是的。她颁布过很多惠民政策，轻徭薄役，与民休息。她主政的那些年里，人口增长，经济快速发展，百姓安居乐业。所以，史书上对她的评价是正面的。

但是，她的丈夫不爱她，她的儿子怨恨她，而她那些当了诸侯王的庶子，战战兢兢地防着她、厌恶她，她的侄子侄女们利用她……

吕后，是一个孤家寡人。

吕后的这种变化，也不难理解：如果不是铁石心肠，先下手为强，兵荒马乱里一个贤惠的弱女子，压根儿就没法活下来。吕后被贬斥、被压抑、被忽略了那么久，她以后再怎么心理变态、基因突变，都事出有因。

罗马不是一天建成的，心肠也不是一天黑起来的。

其实，皇帝手上的鲜血怎么会比吕后少呢？只不过，女人的狠更容易被历史记住罢了。

孝庄太后：用一生成全一代盛世

清朝顺治五年，也就是1648年12月，年少的顺治皇帝尊多尔衮为"皇父摄政王"，从"皇叔父摄政王"加封为"皇父"。然而，当时顺治帝的生母孝庄太后还年轻。把"皇叔"变成"皇父"意味着什么？一时之间，议论纷纷。

第二年，张苍水所作《建夷宫词》（收录于《奇零草》）之一，流传开了：

> 上寿觞为合卺尊，慈宁宫里烂盈门。
>
> 春宫昨进新仪注，大礼恭逢太后婚。

这首诗，写的是太后大婚的煌赫场面，仿佛看到正当壮年的皇叔与年轻的太后，一起喝着合卺酒，慈宁宫宾客盈门，大臣们纷纷庆贺这桩太后嫁小叔子的奇特姻缘。

不知道，身为皇太后的孝庄，不断地听到宫里宫外传来的信息，是怎么想的呢？她是否会心中委屈？她的儿子福临登基5年了，地位仍未稳固，最大的威胁是谁？她都心知肚明。

13岁的时候，孝庄的闺名还是布木布泰，她由哥哥吴克善送往盛京嫁给后金贝勒皇太极，为其侧福晋。大福晋其实是孝庄的姑姑哲哲，姑姑对孝庄比较照顾。孝庄连着生了3个女儿，她本以为，会因此得到皇太极的怜爱，但是，皇太极陆续娶了两位林丹汗的遗孀，地位都凌驾于她之上，而且，她的姐姐海兰珠也嫁给了皇太极，从此获得皇太极几乎所有的宠爱。皇太极对海兰珠须臾不愿分离。孝庄很难过，但她知道，不能表现得心有不满。

崇德元年（1636年），皇太极在盛京称帝，册封崇德五宫后妃，皇后是姑姑哲哲；关雎宫宸妃海兰珠，居第二位；接着是麟趾宫贵妃、衍庆宫淑妃，都是来自阿霸垓博尔济吉特氏；而永福宫庄妃，即孝庄，居第五位。孝庄生下一子三女，而且进宫较早，可无论政治地位，还是在皇太极心目中的位置，她都越排越后。她心里有没有过挣扎和不满呢？我想是有的。

从小父亲就告诉我，亲族才是最重要的。

我们蒙古族之所以能受到庇护，就是因为我们团结一致。

姑姑和姐姐能跟我一起来到宫里，侍奉皇上，本该互相照应，姑侄、姐妹和和气气才对。

可是，我高兴不起来。

姐姐来了，皇帝两个月都没有来看我。

姑姑曾婉言对姐姐说，你该劝皇帝，多亲近其他妃子，雨露均沾。

布木布泰是四个孩子的母亲，皇帝应该多关心她。

但姐姐说，皇帝不想走，我又不能绑着皇帝让他去别的女人那里呀!

　　唉，姐姐呀，我们流着相同的血，草原上的姑娘就当同心协力。

　　你却视我如仇敌，不过是因为我已生下四个孩子。

　　你可知，身为妃子，如此贪恋情爱，不能行劝谏之职，后宫妃子们恐怕不能容你。

　　我们原本可以和姑姑互相依靠，但你连对姑姑都毫不客气，以后谁还能庇护你呢?

　　孝庄的姐姐海兰珠虽然备受宠爱，但可惜，她的儿子1岁多就夭折了。不久后，海兰珠也抱病而亡。

　　不到两年，52岁的皇太极也去世了。《清实录》中记载："是夜亥刻，上无疾，端坐而崩。"没有提什么原因。不少说法称其为，遭受丧子之痛和丧妻之痛，备受打击。可问题是，皇太极驾崩，事发突然，并没有留下遗旨，也没有立储。

　　众宗室旗主大加争夺皇位。作为皇长子的豪格屡建军功，成为众人拥立的对象，而多尔衮是皇太极的弟弟，功劳同样很大，支持者众多。两边各掌握了八旗的一部分，互不相让。朝廷内所有的王爷和重臣，毫无例外地都卷入多尔衮与豪格为夺皇位进行的斗争旋涡里。

　　两虎相斗，必有一伤，得找出第三条道路。经过多日磋商，决定由孝庄6岁的小皇子福临继帝位，郑亲王济尔哈朗和睿亲王多尔衮摄政。济尔哈朗是豪格的支持者，出任第一摄政，多尔衮任第二摄政。这样，两边都无话可说了。

　　1638年，年幼的福临当上皇帝，为顺治帝；31岁的庄妃被尊为孝庄皇太后，姑姑也被封为皇太后。

儿子登基当了皇帝，也预示着孝庄需要解决的问题与麻烦，已远远超越宫闱之争。他们母子再无安宁之日。

5年之后，明崇祯十六年，也就是1643年，李自成领导的农民起义军攻陷燕京，即今天的北京，崇祯帝自缢，明朝灭亡。而在关外拥兵自重的吴三桂，也在犹豫是否要投降李自成。

很快，消息传到盛京，对于一直想占领中原的清兵来说，这可是大好时机。孝庄皇太后与大臣议定，当机立断，由摄政王多尔衮率领大清所有兵马大举入关，问鼎中原。多尔衮率清军与明降将吴三桂合兵剿灭李自成军，很快占领了北京。

1644年9月，清廷自盛京迁都北京。十月初一，也就是10月30日，顺治帝继位于武英殿，告祭太庙社稷，成为清朝入关的第一位皇帝，实现了清太祖努尔哈赤和清太宗皇太极的遗愿。

而孝庄在其中出了多少力呢？她虽没有垂帘听政，但许多建议都是她谏言多尔衮的。比如，任用汉臣、接纳明朝官员、学习汉朝儒家文化。除了一如既往地延续满蒙联姻以外，为了使清朝得到汉族官吏的支持，她还冲破满汉不通婚的祖制，促使联姻。比如，孝庄把为清朝战死的汉族定南王孔有德的女儿孔四贞加封为和硕格格；将和硕恪纯公主下嫁给吴三桂之子吴应熊。此举使绝大多数汉军将领效忠清廷。

同时，孝庄还注意平衡贵族之间的利益关系，对八旗子弟和王公子弟许以各种承诺。虽说，实际掌权的是多尔衮，但孝庄太后经常出谋划策。对于孝庄与多尔衮的关系，后人有无数的遐想。可实际上，多尔衮未必是孝庄的情人，我更愿意相信，孝庄是一个深明大义的女政治家，而不是为情所困的小女子。

多尔衮率清兵大举入关，入主中原，是第一大功臣。

他又击败李自成，杀死史可法。

渡长江，大明故都不战而克。大清打下的江山，多尔衮当然功不可没。

然而，我和福临越来越战战兢兢了。不知道他哪天就要把福临废了。

那些以为我与多尔衮有染的闲言碎语，无一日无之。

以为多尔衮是怜惜我退出竞争，让福临上位。

怎么可能呢？

爱情从来就敌不过江山啊，有谁会为了爱情放弃江山？

多尔衮只是竞争不过而已。

如今，天下稳了，他就开始使用跟皇帝等同的仪仗了！

还把皇帝玺印搬到自己的府中，收藏备用。

下一步，恐怕就要问鼎神器！

多尔衮啊多尔衮，你难道不知道，当初你都做不成皇帝，今日你要废帝自立，又怎么可能？

八旗各部只能四分五裂，不得安生！

多尔衮的权力越来越大，他的欲念也越来越多。他曾找理由让豪格下狱，把济尔哈朗降为郡王，排除异己，结党营私。如此看来，他已有了废帝自立的野心。孝庄太后意识到，如果发生政变，他们母子将性命不保，大清江山也可能断送。也就是在这种情况下，孝庄建议顺治帝，尊多尔衮为"皇父摄政王"，以父礼视之。

关于"太后下嫁皇叔"的各种各样的故事和演绎，也就从这里开始了。

关于"太后下嫁"有很多种说法：一种说法是，孝庄与多尔衮早就有情意，只是迫于无奈而分开；多尔衮不再争夺帝位转而支持福临，也是因为孝庄。孝庄感恩，于是下嫁。另一种说法是，孝庄眼看着多尔衮有废帝自立的野心，而顺治年少，根基不稳，为了拉拢多尔衮，保住顺治的皇位，孝庄下嫁多尔衮。

但整个清朝历史对"太后下嫁"都没有记载。实际上，"太后下嫁"的可能性也不大。天聪五年（1631年，一说是三年），皇太极下令："凡娶继母、伯母、弟妇、侄妇，永行禁止……同族嫁娶，男女以奸论。"顺治四年（1647年），颁布《大清律》，"若兄亡收嫂弟亡收弟妇者，各绞"。也就是说，弟弟娶嫂子，这是死罪。

顺治十三年（1656年），顺治帝主持编纂《内则衍义》一书，并亲自作序，强调"礼"，其中包括"守贞、殉节"，以"广教化而美风俗"，从而使"圣母皇太后休声盛德，炳若日星，永作则于万世矣"。

可以想象作为著名政治家的孝庄太后，不可能公然犯法、公然改嫁、族内相婚，还颁布大婚诏书。这显然不符合她的政治利益。

皇父不一定相当于"太上皇"，也不代表太后下嫁，古有"尚父""仲父"之说。何况，写出"大礼恭逢太后婚"的诗人本身就是反清斗士，他说的话未必可信。

顺治尊多尔衮为"皇父"这一招，收效了。他表面上索求的待遇，太后都给了他，再也找不到理由苦苦相逼，而且他也意识到八旗子弟未必都服从他。多尔衮暂时收敛了野心，没有再觊觎帝位。另外，孤儿寡母确实也听到许多质疑"太后改嫁"之类相当难听的声音。

> 福临听到那些风言风语，试探过我，问我对多尔衮的看法。
> 是不是觉得他威仪无双，英雄豪杰。
> 我只能说，我们都在这个位置上，个人的爱恨与情感并不重要。
> 权力的分配和国家的利益，才重要。
> 我，或者多尔衮，都不蠢，
> 这些情啊、爱啊，根本不会在我们人生中排得很重要。
> 我希望福临听懂了。我希望他也能做到。
> 我不是不懂他，他是我怀胎十月生下来的亲骨肉，
> 我怎么会不关心他，不疼爱他？
> 可他现在是皇帝，督促他当好一国之君是我的职责。
> 谁都可以误解我、猜忌我，我不在乎，
> 他们的闲言碎语伤不了我。
> 但只要福临稍微流露出一个怀疑的眼神，
> 就像一把利刃狠狠地扎在我的心上。

顺治七年，也就是1650年，多尔衮病逝。为笼络多尔衮两白旗的势力，太后安排顺治帝率诸王、贝勒、文武大臣身披重孝在东直门5里之外，迎接多尔衮的灵柩。6天后，顺治帝追封多尔衮"诚敬义皇帝"，庙号"成宗"。

只不过，这样的情形只维持了很短的时间，政权的更迭从来都是成王败寇。不久后，顺治帝成人、亲政，很快宣布多尔衮"谋篡大位"等种种罪状，削爵毁墓并撤去太庙牌位，没收家产，并清洗了多

尔衮的党羽。为了防微杜渐，孝庄还防止济尔哈朗干政，消除了可能产生的隐患。顺治帝整顿吏治、与民休息，开创了清初政治新局面。

好不容易渡过政治危机，新的问题又接踵而至，孝庄母子的感情遭遇了前所未有的危机。

顺治亲政当年，举行了大婚仪式，皇后是孝庄的亲侄女。皇帝的婚姻往往是政治联姻，但顺治不愿意接受包办婚姻，于是跟母后与大臣抗衡，非要废后另立。万般无奈之下，孝庄把皇后降为静妃，另外挑了一位蒙古贝勒之女为后，可顺治仍然不予理睬。

顺治把内大臣鄂硕的女儿董鄂氏接入宫中，并疯狂地迷恋上了她。而且，顺治还不立董鄂氏为后就誓不罢休。

对此，孝庄坚决不同意。

福临，是我宠坏了他呀。

他说，治国方略，用人任贤，什么都可以听我的；

唯独他的身体，他要自己做主，他只跟他喜欢的女人在一起。

唉，我不操心福临治理国政，他宅心仁厚，又不易被人蒙蔽，凡事顾大局、识大体。

他亲政，我是放心的。

然而，在立后纳妃这件事情上，他怎么能这么糊涂呢？

两次废掉蒙古公主，蒙古族人该与大清决裂了！

我怎么向阿哥交代？怎么向草原上的人民交代？

没有蒙古的军队支持，我们大清怎么战无不胜？

董鄂氏贤淑明慧，我不讨厌她，但是啊，你虽不杀伯仁，伯仁却因为你而死。

你方才生下儿子，福临就要立他为太子。

皇后正宫夜夜在哭泣，我这个姑妈，却毫无办法。

如今，福临为了威胁我立你为后，竟然病倒不上朝。

难道，我真的要永远失去我的福临了吗？

他小时候，我曾孤独地抱着他哭，他替我擦去眼泪；

我曾在他高烧的时候，跳进冰水里，用身体冰着他。

无论多忙，我每天都站在他身后，拿着戒尺，督促他读书。

他难道都忘了吗？为什么现在我的话，他都不听了？

　　孝庄的亲情危机当然不是婆媳关系这么简单，而是母子关系。顺治是个为政清明的皇帝，但他从小被压抑，对感情充满渴望和憧憬，他与母亲指定的皇后感情不好，而董鄂氏正好是他的解语花。

　　只可惜，董鄂氏的儿子不到3个月就夭折了，她郁郁寡欢，很快也去世了。

　　顺治悲痛不已，把董鄂妃追封为皇后，不仅丧仪的规格超过皇后，还命令上至亲王下至四品官、公主、命妇齐集哭临，不哀者议处，甚至要求30位宫女、太监殉葬……幸亏孝庄和大臣们极力劝阻，才避免了一场悲剧。

　　孝庄让顺治娶蒙古的公主，想用政治联姻巩固江山。皇后的选择权并不在顺治手中，所娶之人也不是意中人。他陷在不幸的婚姻中，非常痛苦。某种意义上，顺治想用对爱妃的感情，来反抗孝庄给他的压力。董鄂妃去世后，母子感情跌到冰点。在董鄂氏离世半年之后，顺治因为出水痘驾崩，遗旨立皇三子玄烨为帝，即为康熙。

　　经历福临的悲剧后，孝庄太后不再强力压制孩子的天性。玄烨登基时只有8岁。生母佟佳氏去世较早，照看他的是祖母孝庄太皇太后，祖孙二人感情十分融洽。孝庄不但关心他的起居，而且对他的言语举动，都立下规矩。玄烨健康成长，文武兼备，具备了一个帝王的才能和格局，这些都与孝庄对他的培养和教导密切相关。

孝庄70多岁去世。但那时候，康熙已擒鳌拜、定三藩，显示了他的雄才大略。她的一生，几乎了无遗憾。

作为一位有影响力的女政治家，孝庄的难题，更多的是在情与理之间，无法周全，无法回圜，当中有过困惑和痛苦，包括夫妻之间、姐妹之间、母子之间。但她每一次，都从大局出发，而非为了满足个人的权力欲。她匡扶两代幼帝，巩固了清朝的统治，迎来盛世。

我经常能听到一些闲言碎语，

在这些谣言里，有关于我的各种爱情和下嫁，心碎与绝望。

其实，他们根本不知道，那些对我漫长的一生来说，不算什么。

我记得的是，我敦促多尔衮抓住机会，带兵入关，最终占领北京的喜悦；

我记得的是，为了抚慰多尔衮，在他薨后，让福临为他身披重孝；

我记得的是，我又如何同意福临褫夺了多尔衮的一切封号，为豪格平反；

我还记得的是，小小的玄烨如何一步步除鳌拜，定三藩，平蒙古察哈尔部布尔尼叛乱；

他长大了，在盛京巡行的路上，却不忘把自己在河里捕抓的鲢鱼、鲫鱼封好，派人送京给我尝鲜……

我历经三帝，躬助四朝，两扶幼主，没有那么多爱恨情仇。

记得的，无非就是孩子的成长、国家的成长。

我的一生，抵得过别人的几十辈子。够了。

羊皇后：被一个国家的灭亡成全的幸福

中国历史上，只有一个女人，当过两个国家的皇后。一次，嫁给自己国家的皇帝；另一次，嫁给俘虏她的敌国的皇帝。但是她说，更爱第二任丈夫。如果是你，也许你也会有同样选择。

她就是羊献容。

羊献容的命运，要从她的出身说起。魏晋时期重门第，琅琊王氏、太原王氏、泰山羊氏、晋陵杜氏……都是门庭高贵，而她就是显赫的泰山羊氏。可惜，门第高贵的她，嫁的皇帝，却是晋惠帝司马衷，以蠢闻名，就是那个问出了"穷人没有饭吃，那为何不吃肉羹"（"何不食肉糜"）的傻皇帝。

司马衷有过一位皇后，就是贾南风，她丑陋而凶狠，把持朝政，挑起了"八王之乱"，最后事败被诛杀，皇后的位置就空了出来。赵王伦趁机安插自己人占据这个位置，羊家依附于赵王伦，便匆匆将羊献容送入宫中，被立为皇后。

羊氏家族甚是得意，但是羊献容却很绝望。上一任贾皇后喜欢司马衷的白痴，为所欲为。而羊献容心理正常，也没有权力欲，与司马衷更没什么共同语言。

此时，宫外正杀得血雨腥风，妾在深宫哪得知？"八王之乱"起起跌跌，不是你吃了我，就是我吃了你，政权像打篮球一样被争来抢去，最后"傻皇帝"司马衷被杀，其弟司马炽即位。这场祸乱长达16年，单是灭赵王伦一役，就起兵60多日，战死者近10万人。

我每日都在惊惶中度过。

活一次，死一次。死一次，活一次。

一个县令，就能废立皇后；一个武夫，就能复立我为皇后。

他们轻轻一个手指就能碾死我。

皇后没有威仪和尊严，就是一个国家没有威仪和尊严。

可是，现在哪里还有国啊！

我常常被不同的人挟持绑架，塞到不同的地方藏起来，

我身边的侍卫和宫女被他们换了一拨又一拨，杀了一拨又一拨。

我好几次在夜深人静的时候，准备悄悄地溜走。

但是，有一次我被门口堆满的尸体绊倒了。

另外一次，我刚出房间门，脖子上就被一把剑拦住了。

还有一次，我想逃却走不动，发现我的绣鞋很黏稠，满院子的鲜血糊住了我的鞋。

我不知道我能往哪里走。

他们说，最近的这次动乱死了10万人。

我听不懂数字，只知道，我曾见过的人，基本上全死了。

在这场毫无廉耻的骨肉相残中，皇后羊献容竟然被五废六立：

一立：300年12月，羊献容被立为晋惠帝司马衷的皇后。

一废：3年后，司马颖上表废羊献容为庶人，将她囚禁在金墉城。

二立：接着，司马越起兵讨伐司马颖，恢复羊献容的皇后地位。

二废：一个月后，司马颙的部将张方击败司马越，再废羊献容。

三立：没过多久，张方胁逼惠帝到长安，尚书仆射等人留在洛阳，恢复了羊献容的皇后地位。

三废：张方知道大怒，再废羊献容。

四立：立节将军周权自称平西将军，让羊献容复皇后位。

四废：同一个月，周权被洛阳令何乔杀死，羊献容再次被废。河间王司马颙准备杀了她，但遭到许多大臣的反对。

五立：306年，司马越迎惠帝返洛阳，重新迎立羊献容。

五废：311年，匈奴兵攻破洛阳，晋怀帝和羊皇后被抓到北方，羊献容沦为囚虏，被汉将刘曜所得。

11年内，10次废立。一代国母，就这样被几个武夫说立就立，说废就废，甚至一个小小的洛阳县令，也能够废掉她。

他们不是评价她的对错，而是把对她的废立当作显示权威、确立权力的一种标志。

花开两朵，各表一枝。一枝花是"八王之乱"，另一枝花是匈奴。羊献容人生的男主角，此时才刚刚出场。

匈奴的中山王、大单于刘曜，进攻中原。刘曜的大军围攻洛阳，最终城破。洛阳被屠城，年过30的前皇后羊献容，被带到中山王刘曜的面前。刘曜看到羊献容的眉宇之间透着淡然、绝世的气质，于是把她留在身边，立为中山王妃。

此时，羊献容才真正遇到她命中的如意良缘。

公元316年，西晋灭亡。2年后，刘曜称帝，羊献容被立为皇后。

也有人把这段历史想象成刘曜为了抢心上人羊献容而起兵的爱情传奇。传说中痴心的眼泪会倾城，西晋的陷落成全了她。"但是在这不可理喻的世界里，因果轮回，难以揣测。也许就因为要成全她，一个大国倾覆了。成千上万的人死去，成千上万的人痛苦着……"引用张爱玲这段话，这不也是一场倾城之恋吗？

史书中说，刘曜相当宠爱羊献容，两人孕育了3个孩子，可见他们感情甚好。刘曜有一次问羊献容："我比起你那位姓司马的前夫，怎么样？"羊献容说："你们怎么可以相提并论？你是开国明君，他是亡国昏君。他身为帝王，让皇后被凡人庶子羞辱，我那时都不想活下去了，谁能想到还有今天呢？我出身高门贵族，以为世上的男人都是那种德行。但有幸跟你结婚，才知道天下真有男子汉大丈夫啊！"

这可能是实话，在情场上，蠢笨的司马衷哪里是相貌堂堂的英雄刘曜的对手？

这位出身经学世家的皇后说的话一定会把很多人气得口吐白沫。羊献容叛夫、叛家、叛国、叛族，可是追根溯源，只能怪她的前夫皇帝不争气。羊献容五次被废都不死，归顺敌国，反倒活出一番新气象；还因为刘曜的宠爱而干预朝政，与刘曜生了3个儿子，其中一个，还被立为太子，谁能说她过得不好？

一个国家的灭亡成全了她的幸福，尽管这并非她所愿。

> 1000多年后，还有人说，普通女人尚知守贞，
>
> 而我，曾为一国之后，却委身强虏，献媚贡谀。

对此，我不屑一顾。

我10多岁被许配给的男人，是一个傻子，是一个让万千生灵涂炭的昏君。

我生活的那个国家，除了各种烧杀掳掠和奸淫女人，

血流成河，没有给我任何别的回忆。

我除了无休止的惊惧和凌辱，

没有感受过一丝一毫的快乐和欢愉。

那些还眷恋这片土地、怀念这些苦难的人，才是全无心肝！

而我后来的丈夫，他是平息叛乱的英雄，是征战四方的好汉。

他喜欢我，敬重我，愿意倾听我。

我们有共同的孩子，我们有无数美好的往事。

至少他在的时候，这片土地和我，有了可以喘息的片刻宁静。

第三章

流传千年的情爱潜规则

李夫人：他不爱你备受摧残的容颜

2000年前，我就已是一个躺在历史尘埃里的古人了。

可是，我喜欢这首来自一个异邦的美国诗人给我写的诗。

"丝绸的窸窣已不复闻，尘土在宫院里飘飞，

"听不到脚步声，而树叶卷成堆，静止不动，

"她，我心中的欢乐，长眠在下面，一张潮湿的叶子粘在门槛上。"

我喜欢，因为我是安静地死去的，并且小心翼翼地藏住了重病时憔悴的面容。

比起我的丈夫汉武帝杀死的那些妃子，我死前的宁静，是多么宝贵！

对了，这个美国诗人叫庞德。

我宁愿托梦给他，跟他谈谈东方的歌舞，

而不是出现在我那令人恐惧的丈夫的梦里。

汉武帝刘彻曾自称："能三日不食，不能一日无妇人。"这是《汉武故事》里的记载。元朔中，皇帝兴建明光宫，要求装满2000名

燕赵美人，都是15～20岁，年满30者出嫁之。掖庭总籍，凡诸宫美女18000名。宫人既多，能被宠幸的人数年才能轮得上一次。所以，很多人都想玩弄媚术，吸引皇帝的注意。

可惜，还不一定有机会轮得上。

所以，传说中那位"倾城倾国"的李夫人，就成了刘彻的爱情绝唱。历史学家翦伯赞甚至称赞"（武帝）是李夫人最好的丈夫"。

听起来似乎是唯美的爱情一场，而事实是如下这样。

即使后宫有18000名美女，刘彻仍然不满足，总是想再找一位绝色佳人。宫廷乐师李延年精通音律，能作曲、填词，也会编舞，是天生的艺术家。某天，刘彻摆宴的时候，李延年侍宴，在席中自弹自作了一首新歌：

　　北方有佳人，绝世而独立。

　　一顾倾人城，再顾倾人国。

　　宁不知倾城与倾国，佳人难再得。

刘彻听后叹息道："世间哪有你所唱的那种佳人？"李延年打蛇随棍上，趁势说："陛下，歌中唱的就是延年的小妹。"刘彻心中一动，立召李氏入宫，果然是沉鱼落雁、妙丽善舞。刘彻遂纳李氏为妃，号为李夫人。

于是，春从春游夜专夜，从此君王不早朝。

其实，李夫人跟她哥哥一样，都是歌坛、舞林、音乐圈三栖发展的演艺人士。不过，刘彻向来不以为意，卫皇后不也是舞伎出身吗？刘彻宠爱的妃子，除了政治联姻的陈阿娇，他从来不在乎她们是不是出身公卿列侯，因为他是强势君王，无须借助后妃势力。

一天，刘彻去李夫人宫中，忽然觉得头痒，于是用李夫人的玉簪搔头。这件事传到后宫，人人都说李夫人头上插玉簪，一时长安玉价加倍。

玉搔头一说，由此而来。

不久，李夫人怀孕，生下一个男婴，封为昌邑王。

但李夫人真的因为"倾国倾城"，就受宠了吗？拥有绝对权力的刘彻终究是善忘多情的，对某个女人片刻的狂热，不等于你就有了与他讨价还价的筹码。

另有一个故事，常常出现在教世人如何为人处世的文章里：

李夫人入宫没几年就生了重病，武帝去探视，李夫人蒙着脸不愿意相见。武帝反复以千金和为其弟兄封官许诺，要求李夫人一见，李夫人就是不肯。武帝拂袖而去。身边人责怪李夫人，她说：

"夫以色事人者，色衰而爱弛，爱弛则恩绝。正是因为我想托付我的弟兄，我才不能把我生病时的丑样子让他看见啊，这样他只会记住我美貌的时候了。"

> 世人都道，皇帝最宠爱我。可是，我知道不是。
> 并不是因为有王夫人或齐夫人或卫皇后比我更受宠。
> 她们每个人都和我一样，他不是我们的丈夫，而是我们的主人，
> 我们的一呼一吸、一颦一笑、荣华富贵或身死名裂，都仰仗着他的雨露天恩。
> 我只时刻想着，如何不要失去他的恩宠。
> 他偏爱我，愿意对我和颜悦色，不断赏赐，不过是看在我的

美貌上；

一旦色衰，必然爱弛。

我就要离开这个世界了，我想见他吗？我爱他吗？

我不知道。我只知道，我很怕他。

只想他念着我的好，好好保护我们的髆儿，给我的哥哥们更好的爵位。

永远不要看见我丑陋的时候。

几天后，李夫人去世。果然，武帝因为没有见到李夫人最后一面，激起他无限的怀念，于是命画师将她生前的形象画下来挂在甘泉宫里。

武帝思念李夫人之情日夕递增，于是召来一个方士，在他的宫中设坛招魂，好与李夫人再见一面。《汉书·外戚传》云：武帝思念李夫人，方士齐人少翁言能致其神。到了晚上，方士夜张灯烛，设帷帐，陈酒肉，让武帝坐在另一个帐子里，远远地看见美女的身影，长得与李夫人一样，在帷幄里坐着、走着，纤纤玉手，袅袅腰身，却又徐徐远去。这就是最早的戏剧，只有简单的动作。武帝痴痴地看着那个仿如李夫人的身影，又不能上前，于是更加想念，还作了一首诗："是邪，非邪？立而望之，偏何姗姗其来迟！"令人谱曲歌之，亲自作赋，伤悼李夫人。

没错，"姗姗来迟"这个成语就出自这里。《汉书》还收录了这篇深情的赋。

如果按这种说法，武帝也不失对李夫人一往情深。但是，武帝招魂的对象并不是李夫人，而是另一个宠姬王夫人。《史记·封禅书》

中说："上有所幸王夫人，夫人卒，少翁以方盖夜致王夫人及灶鬼之貌云，天子自帷中望见焉。"因为少翁招魂招得好，赏赐甚多，以客礼礼之。只是不久后，发现他是骗子，以欺君之罪杀之，那是在元狩五年，也就是公元前118年。此时，李夫人还没入宫，招魂一事自然不可能。

《资治通鉴》据《史记》亦作王夫人，注曰：齐王闳之母。

李夫人后来被霍光追上尊号为孝武皇后。

当然，李夫人的确受宠过。可惜，这种"宠"看起来羸弱不堪。李延年被封为协律都尉，因为他本身就是汉武帝的男宠；李广利被封贰师将军，征战大宛失利，武帝便大怒，命人遮断玉门关，扬言李广利敢踏入一步就斩首。

她身后的李氏家族，遭遇了两次族灭：一次是弟弟李季，奸乱后宫，汉武帝下诏诛李延年和李季兄弟宗族；另一次是李广利出征匈奴前与丞相刘屈氂密谋推立刘髆为太子事发，刘屈氂被杀，李广利家族灭，投降匈奴，后来也被杀了。

如果李夫人早知道这种结局的话，还不如当初不为兄弟们求封。

我又想起了李夫人的"聪明"。的确，像她那样受宠时仍然时时小心，处处警惕，已算是工于心计了。可惜她要面对的是绝对权力。如果要对付的是一头大象，哪怕你是全世界最聪明的蚂蚁，又能如何呢？

平阳公主：遵从内心，不囿于权力和爱

我，平阳公主，我的母妃是王美人、父皇是汉景帝。

在我和弟弟小时候，每个傍晚，我都看着母妃从房间走到门口，走回去又走出来。

我知道，她在期盼父皇。

可是，父皇一年也来不了几次啊！

他有那么多女人。

他不讨厌我母妃，而且还会对她说好听的话。

可是，回去以后他就全忘了。

我问母妃："您愿意当大汉皇后，还是当父皇的宠妃呢？"

恐怕，我的这句话对她产生了影响。

她开始频繁地带我和弟弟去窦长公主府里玩。

没多久，弟弟还和阿娇表姐结了亲！

唉，弟弟那时才7岁啊！

有一次，母妃跟我说："你过来看看，你看我有没有皇后的威仪？"

以前，她问我的可是："你看我这支簪子好看吗？你的父皇会喜欢吗？"

我心里默默明白，她选择了权力，而不是爱情。

平阳公主是汉武帝刘彻的同母姐姐。如果描述平阳公主的容貌，她应该是一个印堂饱满、和颜悦色、身材圆润的女子。她还是一个清楚地知道自己要什么的女人，并且一点也不贪心。

《史记》里关于她的记载只有两段，但是不容小觑。就是这个长公主，与大汉江山的巩固有着千丝万缕的关系。她献给弟弟的歌姬卫子夫成为皇后，稳定后宫38年；她推荐给弟弟的"绝代佳人"李夫人，是弟弟的最爱；她的家奴、第三任丈夫卫青，又为汉帝国抗击匈奴立下大功，连带卫青的外甥霍去病都能帮着打江山。

她清楚地知道，要选皇后的话，她的母妃王美人资质薄弱；从儿子的角度来说，太子已立，也轮不到她年幼的弟弟小刘彻。

但是，平阳公主的母亲王美人抓住了和景帝的同母姐姐馆陶公主联姻的机会，这一切就不同了。原来的太子被废，王美人的儿子刘彻当上太子，几年之后，又登基当了皇帝。

平阳公主深知这个皇帝弟弟将来是自己最大的靠山，但也知道讨好弟弟并不容易。

她投其所好，开始给皇帝送女人。看到刘彻即位几年都没有孩子，平阳公主找了10多个美丽的良家女孩养在家里，等刘彻经过她家的时候，就让她们打扮得漂漂亮亮地出场。刘彻看中了卫子夫，平阳公主就让卫子夫去侍奉皇帝"更衣"。皇帝高兴，赐给平阳公主千金。

值得一说的是，刘彻并没有当场带走卫子夫，而是事后，平阳公主主动把卫子夫送进宫。进宫前，平阳抚着卫子夫的背说："努力往上爬吧，如果你将来富贵了，不要忘记我啊。"

可没想到，卫子夫进宫一年多没有受宠。幸好，卫子夫机灵地抓住了被遣送出宫前的最后一次机会，重得欢心，并一举得子。这是29岁的刘彻第一个孩子，他非常欣喜。故此，卫子夫得到尊宠，并在后来成功取代陈阿娇，成为第二任皇后。

平阳公主知道，只是给弟弟送一个皇后还不够。于是，卫子夫失宠后，她又故技重施。有一次，协律都尉李延年给刘彻唱歌："北方有佳人，绝世而独立，一顾倾人城，再顾倾人国。宁不知倾城与倾国，佳人难再得。"平阳公主趁势说，李延年有个妹妹，就是绝色佳人。李延年唱这首歌想必就是听从平阳公主的示意。可以说，后来李夫人得宠，也有平阳公主的幕后推助。

然则，那些不过是宫闱间的小恩惠，平阳公主真正的荣宠，来自她的第三任丈夫卫青。

平阳公主的第一任丈夫，是平阳侯曹寿。他们生了个儿子，名叫曹襄，曹襄后来娶了汉武帝和卫子夫的女儿卫长公主为妻，说明这个公主的地位显贵。不过，曹寿体弱多病，没多久就去世了。

然后，平阳公主嫁给汝阴侯夏侯颇。可惜，这一段婚姻维持了15年，两人感情不睦，夏侯颇和他父亲的御婢通奸，畏罪自杀，封国也被撤销，倒霉的是平阳公主，脑子活络又机灵的她，竟嫁给一个蠢货，还生活多年，确实令人汗颜。

前两次婚姻都不如意。平阳公主再次守寡。此时的她已40多岁，还想结婚，于是问大家，列侯里谁最贤能？大家都说是大将军卫青。公主笑着，道："他曾经是我的奴仆，怎么能嫁呢？"

是啊，在公主栽培卫子夫的时候，卫子夫的弟弟卫青，就是给公主扶辔上马的。谁料世事变化至此呢！卫子夫封皇后，卫青亦为侍中，后来刘彻便以卫青为将军，抗击匈奴有功，官至大司马大将军，权势比丞相大。

而卫子夫的外甥霍去病，亦以军功封侯，官至大司马骠骑将军。因为军功极为煌赫，一时间，卫氏一门五侯，连卫青的三个儿子，最小的还是襁褓中的婴儿就已封侯。

左右的人都说："大将军现在已经尊贵无比了。"

于是对这桩婚事，平阳公主点头同意了。

当然，她不过是欲擒故纵。她早已看上卫青，才借着众人之口择婿。

卫青性格温和，在这场婚姻中，他是被选择的，没有拒绝的余地。不过，他与平阳公主结亲，从政治利益上来说，是最佳选择，极大地巩固了刘、卫联盟；从情感上来说，平阳是他姐弟俩的恩人，还是他年少时梦中的神仙姐姐。这桩婚姻，从皇帝到皇后，都非常满意。

平阳公主是一个工于心计、收放自如的女人，从根本无法置喙政治的地方，小心翼翼地为自己谋得权力的保障。然而，因为她的利己从来不损人，一点儿也不令人讨厌。

平阳公主的早慧体现在她对政治与爱情之间的平衡有着敏锐的观察和清楚的认知。面对权力与爱情，她的母亲王太后选择了权力，卫皇后选择了爱情，她们都不贪心。而阿娇皇后则是既要权力又要爱情，结局有些难堪。

平阳公主没有委屈自己，而是活得高高兴兴，府中歌舞擅场，自得其乐，她也心满意足地嫁给了卫青。

其时，卫青已官拜大将军，妹妹是皇后，三子封侯。在伴君如伴虎的汉武帝身边，卫青始终谨小慎微，不骄不躁。除去功名利禄的外在之物，这种男人的内心世界应当也匹配得上平阳公主。

大节不亏小节不拘，头脑清醒，既追求权力带来的安全感，又保持对权力的距离与克制。

平阳公主的内心，十分拎得清。

杨贵妃：敌不过现实的海誓山盟

"红颜祸水"，原本指的是唐朝的杨贵妃——杨玉环。她并没有做什么恶事，只是一个热衷于谈恋爱的女人。只不过，爱上她的那个人——是皇帝。可最后，皇帝为了应对叛军，把她献祭给了禁军。诗人们歌颂的爱情故事，也不过如此。

他上穷碧落下黄泉地寻找我，可是两处茫茫皆不见。

最终，还是来到这座虚无缥缈的海上仙山。

听闻汉家天子的使者来了，把我的梦魂从九华帐里惊醒了。

"风吹仙袂飘飘举，犹似霓裳羽衣舞。

"玉容寂寞泪阑干，梨花一枝春带雨。"

仿佛我还是当初的我，他仍然是那个为了谱曲助兴的帝王。

但一切都回不去了。

在马嵬坡上，他勒令我自杀的时候，我就已经对他失望了。

他的海誓山盟，敌不过现实。

他把江山丢了，却要我挺身而出，让我在全军面前，慷慨自尽，以换回他的性命。

如今，他孤独了，再无权势了，

又托梦来找我，说一直爱我。

我的魂魄已经在仙山之上了，何必惊扰尘世？

　　唐朝诗人白居易，写下了流传千古的诗篇《长恨歌》，歌颂唐玄宗与杨贵妃的爱情，尤其是在杨贵妃为了周全唐玄宗而自缢之后，唐玄宗对杨贵妃无日无夜地思念。清初著名的戏剧之一《长生殿》，主要写的也是唐玄宗对杨贵妃的爱与思念。

　　只是，当杨贵妃被心爱的男人推出来挡枪之后，她还相信他的爱，还相信他吗？她的魂魄还愿意再见他吗？

　　常有人疑惑，唐玄宗不是一个明君吗，怎么遇见杨玉环之后，就神魂颠倒，无心政事，只知道沉醉在女人的温柔乡里，导致江山失色呢？其实，唐玄宗一直就是一个情种，一个愚蠢的情种。在没有遇见杨玉环之前，他独宠的是武惠妃。

　　他宠爱武惠妃的时候，因为听信武惠妃的谗言，将三个儿子——太子李瑛、鄂王李瑶、光王李琚，皆废为庶人并杀害，改立三子忠王李玙为太子。

　　武惠妃病死后，对其他后宫美人，唐玄宗一个都看不上，很长一段时间日夜寝食不安。

　　直到他遇见倾国倾城的杨玉环。锣鼓"锵锵"一声响，玄宗的魂就被这个女人勾去了。

　　唐朝以胖为美，然而杨玉环也未必真的胖，只不过略有丰腴罢了。唐玄宗决意得到杨玉环。可当时的杨玉环是寿王妃，于是，几近痴狂的玄宗要儿子和杨玉环离婚，并另外给儿子找了个王妃，让杨玉环出家为女道士，再从道观里，名正言顺地迎娶过来。出家，假装把她的过去一笔勾销。

杨玉环就这样进了唐玄宗的后宫。从此，"后宫佳丽三千人，三千宠爱在一身"。

唐玄宗是一个音乐家，亲自为杨贵妃谱写了《霓裳羽衣曲》，召见她时，令乐工奏此新乐，赐她以金钗钿合，并亲自插在她鬓发上。他对后宫人说："朕得杨贵妃，如得至宝也。"他还作新曲《得宝子》，真是钱锺书说的那种中年人的爱情，"老房子烧着了，没救了"。由于唐玄宗未立皇后，杨贵妃实际上与皇后无异了。

《新唐书·杨贵妃传》里说："妃嗜荔支，必欲生致之，乃置骑传送，走数千里，味未变已至京师。"《唐国史补》也谈到了荔枝，说杨贵妃生于四川，喜欢吃荔枝，南海所种的荔枝味道比四川的好，所以玄宗每年都派人飞驰送荔枝过来。然而荔枝熟了之后，一旦过夜味道就不鲜美。还有人说，送给杨贵妃的荔枝，根本不是摘下来的，而是把整棵树砍下来，用马驮着树去长安，这样才能保鲜。杜牧说："一骑红尘妃子笑，无人知是荔枝来。"就是挖苦杨贵妃的。

虽然苏轼澄清说："此时荔枝自涪州致之，非岭南也。"陈寅恪也证实，荔枝成熟的季节，玄宗和贵妃不在骊山，冤枉杨贵妃了。但是，唐玄宗为取悦杨贵妃不惜民怨载道，也逐渐成为一个传奇。

我得到了世间最好的良人。

他发自内心地爱着我；

我歌、我舞、我哭泣、我撒娇、我耍赖，他都喜欢；

我长胖的肉，使的小性子，他都说，好美，好可爱。

他说要跟我生生世世，

坐着、躺着、走着、睡着，他都只想搂着我、抱着我、看着我。

我的心里眼里也只有他。

不是因为他是皇帝，而是因为，在他眼中，我比他的江山还要重千钧。

他是我一生一世的知己。

为什么历代皇帝都有那么多的姬妾？除了能让皇帝随心所欲地满足声色之娱，并生出足够多的皇位候选人以外，我以为很重要的一个原因就是：让无数的美女陪在这个男人身边，他就比较不容易对女人产生爱情，确保了女人只是皇家的一个工具，而不是一个平等的爱人。

但唐玄宗对杨贵妃是真爱，杨贵妃一生气他就担惊受怕。曾经不止一次，杨贵妃恃宠而骄，唐玄宗发怒，把她赶回娘家，结果唐玄宗茶饭不思。服侍皇帝的宦官高力士见状试探了一下，悄悄把杨贵妃请回宫。结果唐玄宗一见到杨贵妃，马上把怨恨和生气抛到九霄云外，生怕她再逃掉。你看，总怕得不到，总怕失去。这就有点像平等的爱情了。

为了取悦杨贵妃，玄宗把她的三个姐姐都封为夫人，每月各赠脂粉费10万钱；远房哥哥杨国忠，原为市井无赖，后来身兼10余职，操纵朝政。杨氏一族，还娶了两位公主、两位郡主。

就在唐玄宗整天醉生梦死之际，天宝十四载（755年），范阳节度使安禄山联合多个民族联军，号称20万，以"讨伐杨国忠"为借口于范阳起兵，也就是今天的北京。后来，安禄山又在洛阳称大燕皇帝，改元圣武。一直流传着一种说法是，安禄山造反是为了杨贵妃，且和杨贵妃有苟且之事。其实，都是小说稗史的编造。清代著名学者袁枚就为贵妃鸣不平："杨妃洗儿事，新、旧《唐书》皆不载，而温公《通鉴》乃采《天宝遗事》以入之。岂不知此种小说，乃村巷俚言……乃据以污唐家宫闱耶？"就是说，这些都是假的。

朝廷军队一路大败，唐玄宗逃离长安，到马嵬坡时，六军不发，禁军不愿意保护皇帝了。大将军陈玄礼率兵请求杀杨国忠父子和杨贵妃。

当混乱中听到有人大喊："杨国忠要造反了！"

我就知道，这一天终于到来了。

我的堂兄，国忠，还是被他们乱刀砍死了。

他们要杀的不是国忠，而是我。

高力士传达了禁军大将军陈玄礼的话说：

"杨国忠谋反，贵妃也不能留下来。"

即便皇帝说什么也不肯杀我，

高力士还要坚持："贵妃没有罪，但是将士们杀了杨国忠，如果留着贵妃，将士们哪会心安？希望陛下慎重考虑，将士心安，陛下的安全才能得到保证。"

皇帝唉声叹气，他不敢看我，不敢问我。

我知道，他的主意已定，他只是表演给我看，他有多痛苦。

他想用我的命，来换他的命。

我虽是深宫妇人，但并不蠢。

外面说这次出征打仗，兵疲粮乏，"士兵不得食""饥而愤怒"，都怪我们杨家大手大脚花国库的钱。

胡说八道呢。

出门之前，皇上整顿六军，厚赐钱帛，选闲厩马900余匹，粮食无数。

此次兵变，不过是高力士与陈玄礼欲立太子李亨为帝，

借着安禄山谋反，而意图弑君或者逼宫罢了。

他们真正想杀的不是我，而是皇上。

皇上啊皇上，你怎么这么傻呢，你难道不知道，就算杀了我，你也保不住江山啊。

心腹之患，不在于安禄山，而在肘腋。

我早该想到，当年，你既可为武惠妃的谗言而杀掉三个孩子；

今日，你也可为你儿子的逼迫而杀掉陪伴你多年的妻子。

原来那些海誓山盟，都是梦幻泡影。

罢了，从此黄泉相别！

马嵬坡兵变中，唐玄宗为了保住自己的性命，只好下狠心，让高力士把杨贵妃带到一座庙里，叫两个内侍将贵妃用三尺白绫勒死。另一个说法是，他们强令杨贵妃自缢。

陈玄礼验尸之后，告诉将士们贵妃已死，他们总算消了口气，撤围回营。

为什么太子和高力士等人要杀死杨贵妃呢？因为杨国忠之前掌握朝堂，阻碍了太子登基，也阻碍了高力士等宦官的晋升之路。而杨贵妃如果还是贵妃，他们担心终有一天她会"秋后算账"，清算他们杀死堂兄、威胁皇帝之罪过。

皇帝和妃子谈的这场恋爱，让国家和文明都衰亡了。可惜，却没能换得他们片刻的现世安稳。最终，羸弱的唐玄宗还是靠逼死杨贵妃来保全性命，结果，江山丢了，美人也没有了。可悲，可叹!

薛涛：爱得起，放得下

在唐朝，一块砖头砸下来，十个人里会有三个书法家、四个画家、八个诗人——兼职的。艺术如此兴盛发达，以至于剑南节度使韦皋到任时，发誓要把真正的汉族文化带到西南边陲，打造一个文化大省，用文采教化边境的各色人等。首先走进他视线里的就是美女薛涛。

世人只知薛涛是一个名妓、一个女诗人，却不知她还是一个发明家，这是一件很委屈的事情。因为中国历史不缺名妓，也不缺诗人。

其实，薛涛一开始不是妓女。她出身书香门第，幼时就显露出过人天赋，后来，因为父亲过早去世，家境贫寒，她只得沦为乐伎。唐德宗年间，统领西南、能诗善文的儒雅官员韦皋，听说薛涛诗才出众，且是官宦之后，便破格将乐伎身份的她召到帅府侍宴赋诗。

这时的薛涛，正好在那些附庸风雅的成都子弟中玩了年余，已经心生厌倦。她走进节度使府，韦皋想考她的诗才，她即席赋诗一首："惆怅庙前多少柳，春来空斗画眉长。"听起来没有柔媚之气，倒有劝谏之意，性感中带着刀光剑影。

韦皋自然相当满意，薛涛也在节度使府来来往往住了五年。韦皋对薛涛极尽溺爱，一日突发奇想，要授予薛涛"校书"一职，虽然上表朝廷未被准奏，但"薛校书"之名不胫而走。王建曾写了一首《寄蜀中薛涛校书》：

> 万里桥边女校书，枇杷花里闭门居。
> 扫眉才子于今少，管领春风总不如。

从此，"女校书""扫眉才子"，成为薛涛才名的代称。

据说，因为有薛涛的存在，诗人们每写出一首诗，第一个想给皇帝看，第二个就想给薛涛看。因为皇帝是男性权威的化身，而薛涛是女性品位的代言人。不过，薛涛和韦皋的关系暧昧，某次斗气，韦皋把她下放到松江。她不该当人家的红颜知己：你知道，这个词很败坏，做情人没什么，做朋友也没什么，何必这样不尴不尬、不清不白？薛涛临别时写了首《十离诗》：

> 爪利如锋眼似铃，平原捉兔称高情。
> 无端窜向青云外，不得君王臂上擎。

韦皋到底还是舍不得，很快又把她召了回来。

薛涛回来后，把自己从乐籍中赎了出来，搬到浣花溪边住，开始了她另一个很有前途的职业：造纸。艺术的兴盛，对纸的需求量与日俱增，其中，四川的蜀纸，特别是麻纸已闻名天下，造纸技术甚至传入朝鲜、日本、阿拉伯、欧洲。可薛涛不是别人，纸张本身是男性的物什，她却要做一个精致的、细腻的、有情调的女人。她把乐山特产的胭脂木浸泡捣拌成浆，加上云母粉，掺入玉津井的水，制成粉红色的纸张，上有松花纹路，专门用来誊写她的诗作。

好马配好鞍，好诗配好纸，薛涛笺流传开了。她让更多的男性诗人为之醉倒，成为时尚和新锐的象征。虽然她还有一些关于笔墨纸砚的发明，来匹配她的诗，但有了薛涛笺，其他就不重要了。

可惜，薛美人虽然聪明、有才、受重视，可是她的职业还是卖笑。一般说来，官妓与家妓不同，前者似属"公有"，后者属于私有。官妓是官给衣粮，她们向官员献身是一种义务，一般是不收费的，但有时也会收到一些官员赠给的钱物，以示慷慨、以博欢心。

薛涛周围有不少慕名而来的权贵，他们购买的当然也包括她的身体，但重点还是她的才学，这是她身价与别的妓女不同之处。

她的思想与才华令她比别的女人更性感。

后来，韦皋因镇边有功被封为南康郡王，离开成都。剑南节度使总共换过11位，每一位上任必去拜访这位成都的女校书，已成官场惯例。当时与薛涛诗文酬唱的名流才子甚多，如白居易、牛僧孺、令狐楚、张籍、杜牧、刘禹锡、张祜等。但是，薛涛却偏偏爱上了元稹——抛弃了莺莺的张生。

在我41岁的时候，我遇到了30岁的才子。

人人都知道他，他是青春偶像，他是万人迷，他对妻子的爱，被写进诗歌里，感动了无数人。

可是，他的妻子还缠绵病榻的时候，他就说，他爱我。

"言语巧偷鹦鹉舌，文章分得凤凰毛。"是他写给我的诗。

他那么懂我，我没有办法不爱他。

我不知道他会不会辜负我，但如果好不容易碰到一个喜欢的人都不敢去爱，那我也太辜负自己了。

元和四年（809年）三月，元稹授监察御史，出使东川。元稹早就听说过薛涛的才华，出差到西蜀后，就千方百计地想认识薛涛，但总是没有机会。后来，司空严绶知道了元稹的心意，就经常安排薛涛去服侍元稹。因为在当时，召官妓侑酒必须得到官厅许可。估计这位"皮条客"没想到，差异如此之大的二人，居然走到了一起。

元稹是中唐重要、杰出的诗人之一。他最有名的是什么诗？艳情诗和悼亡诗。

年少时，元稹曾与一名叫"双文"的女子相恋，为她写过不少艳诗。双文，就是崔莺莺。他不仅始乱终弃，还经常在朋友之间炫耀这段情史，实名写进小说《莺莺传》里，传播开来，为自己的无情沾沾自喜。

元稹抛弃了崔莺莺，娶了新任京兆尹（当时的首都长安市市长）韦夏卿之女韦丛。韦丛生了五个子女，仅有一个女儿活了下来，并且韦丛20多岁就撒手人寰。

元稹写给韦丛的悼亡诗现存世的就有三十几首，大家最熟悉的"曾经沧海难为水，除却巫山不是云。取次花丛懒回顾，半缘修道半缘君"就是献给他妻子的。

"诚知此恨人人有，贫贱夫妻百事哀。""唯将终夜长开眼，报答平生未展眉。"这些悼亡诗，都成了世间最动人的情诗。

诗写得是很感人，但是，就在韦丛病得奄奄一息的时候，元稹去成都出差，跟薛涛坠入爱河，两人如胶似漆，成就了一个"浪漫的旷世经典"。不过交往，也仅4个月。

在韦丛死后没多久，刚写了"除却巫山不是云"的元稹，费尽心思，娶了一位名门之后，生儿育女。元稹在担任越州刺史兼浙东观察使的时候，忽然想到，要去四川把薛涛接过来。此时，他已和薛涛分别10年。结果，他碰到了当时最有名的女艺人刘采春。刘采春能作词、作曲，还会写诗，《全唐诗》里就收录了她的诗。元稹一见倾心，便与之相好，留在越州，一待就是7年。

薛涛呢？他早忘了！

元稹曾寄诗给薛涛，其中一首相当有名：

> 锦江滑腻蛾眉秀，幻出文君与薛涛。
>
> 言语巧偷鹦鹉舌，文章分得凤凰毛。
>
> 纷纷辞客多停笔，个个公卿欲梦刀。
>
> 别后相思隔烟水，菖蒲花发五云高。

不过，薛涛这位扫眉才女校书也看得开，谢绝酒朋诗侣，穿上道袍隐居一隅，终身未婚。

世界上最美好的事就是相爱，相爱而不能长相厮守仅次之，亦属难得。何况，薛涛还有发明流芳千古。

曾有一种说法是：《南华经》、相如赋、班固文、马迁史、薛涛笺、右军帖、少陵诗、达摩画、屈子《离骚》都是古今绝艺。跻身一流大师之列，薛涛亦是不虚此生。

> 你看，我从不愿效娥眉婉转之态，渴望男人承认我的豪迈和志气。

我是穿着裙子的才子，是装在女儿身子里的壮士。

"辞客停笔""公卿梦刀"那才是我。

上一个理解我的人，是韦皋。如今，是元稹。

但多少年之后，我才明白，他是用智，而不是用心去爱的人。

我因为他的懂我，把心交了出去，而他的心，还揣在自己的口袋里呢。

10年过去了，他还记着我，还说要来接我。但我很清楚，没有然后了。

他说来，没有来，我早已不奇怪了。

我也不像他以为的那么期待着他。

我不恨他，我们还在写诗酬唱，我写过100首诗给他，用我的薛涛笺；

他每次也赠诗与我，仅此而已。

不要以为我身着女道士服，就觉得我孤独终老。

这一生，我经历了太多女人几辈子都无法想象的繁华。

在他最好的年华，他爱的是我。在诗歌最茂盛的地方，都会铭记着我。

我怎么会孤独呢?

褒姒：微微一笑，倾覆一个王朝？

褒姒，传说周幽王为了博她一笑，烽火戏诸侯，最终导致西周灭亡。甚至，历史传说中为了配合她祸国妖女的形象，还给她的身世编了很多离奇的故事。

公元前800多年，西周周宣王的时候，首都镐京的儿童都在唱一首歌："月亮升上来，太阳沉下去，将有弓矢之祸，灭亡周国！"历朝历代，都对这些童谣和民间谚语特别关心。因为这相当于那个时代的热门新闻，舆论导向。了解舆论导向，然后做出相应决策，是大王的工作之一。周宣王下令去查。政府智囊团里的一个天文学家说："臣夜观天象，弓矢之祸将出现在陛下宫中，后世必有女子乱国！"

于是乎，周宣王问姜王后最近宫中的嫔妃有什么怪异的地方。王后说："宫中没有其他的怪异，只有先王周厉王宫内的一个宫女卢氏，年方24岁，怀孕8年才生下一个女儿。"

宣王召来卢氏，卢氏说："我听说夏朝桀王时，有两条神龙停在夏帝的朝廷前，说道：'我们是褒国的两个先王。'桀王非常恐惧，杀了两条龙；并按照占卜的说法，把龙离去后留下的唾沫用匣子装了起来。经历了644年，传了28位王，都没有人敢打开这个匣子。到了厉王的时候，他打开匣子，龙浆横流于宫廷，化为一只大乌龟。我当时一不小心，踩在了乌龟的身上。成年后，没有丈夫，却忽然有了身孕。直到前些天，才生下一个女儿。因为害怕，只能把这个女孩扔到水里淹死。"

知道女孩死了，周宣王这才放下心来。

事实上，这个女婴并没有死，而是被一个卖桑弓箕箭袋的工匠救下，并带回家抚养。

但周宣王听到民间传唱着关于"弓矢之祸"的歌谣，便下令全城搜寻卖弓箭的，杀了不少人。这对工匠夫妇闻此消息，抱着捡来的孩子，逃到了褒城。

若干年过去，周宣王死了，周幽王即位。卖弓箭的人带着女儿在褒城安定下来。他们的女儿长得真美，在褒城无人不知，无人不晓。

当时有一位大臣，叫褒姁，因为劝谏惹恼了周幽王，被囚禁起来。听闻周幽王陷于醇酒美色，为了救出自己的相公，褒姁的妻子花了一大笔钱，买下褒城最美丽的女孩，把她梳妆打扮，献给周幽王，这才把老公赎了出来。

而这个女孩，就是那个女婴，"桑弧箕服"工匠的女儿——褒姒。

四处颠沛流离，几乎被杀的女婴绕了一个大圈，又回到周王的宫里。褒姒的故事基本上就是东方少女版的俄狄浦斯。一次又一次地收到命运危机的预警，一次又一次地逃避命运，但是，每一次的逃离，都在向原先预定的命运更近一步。

　　我就是一个普通的女孩。

　　我的阿爸阿妈是穷人，他们靠手艺活儿把我抚养长大。

我感激他们。

这一切发生改变，是在我10岁的时候。

我在街上陪阿爸卖弓箭，被人选中，带进了王宫，学习唱歌跳舞，学习礼仪和打扮。

又过了几年，有人要在后宫的歌舞伎当中挑选最美的送给周天子。

我被选中了。我不开心。我不想远离家乡。

他们说，会有一笔钱给我的阿爸。

他们说，我要让天子满意。

他们说，只要天子对我满意，褒国就会安全，我的阿爸阿妈才能活着。

可我还是不开心。

说我是周王宫里出生的，那是谎话。

说我是怀孕8年才生出来的妖孽，那是谣言。

说我是夏朝杀死的龙唾沫变身，是夏朝来周朝寻仇的，更是坏人。

我有血有肉，有阿爸有阿妈。我是人，不是祸水！

幽王见褒姒仪容娇媚，光彩照人，非常高兴。于是，褒姒春宫独宠，幽王一连10日不上朝，朝夕饮宴。不久后，褒姒生下儿子姬伯服。

幽王不顾大臣反对，废掉王后申氏，废了太子姬宜臼，立褒姒为王后，姬伯服为太子。刚开始还有大臣直言进谏，幽王大怒："有再谏者斩！"朝中大臣只好纷纷告老归田。

虽然周幽王宠爱褒姒，但是她从来不笑，整日双眉颦蹙，郁郁寡欢。周幽王为其开颜一笑费尽心思，褒姒却始终不开口。

周幽王召乐工进丝竹，宫人献歌舞，褒姒全无悦色。又命司库每日进彩绢百匹，撕帛以取悦褒姒。褒姒虽爱听裂帛之声，依旧不见笑脸。大奸臣虢石父献计说："在城外，五里置一烽火墩用来防备敌兵，如有敌兵来则举烽火为号，沿路相召天下诸侯之兵来勤王，假如诸侯来了，却没有敌兵，千百人白跑一趟，王后必然会笑！"

幽王大喜，照办了。他与褒姒驾幸骊山，在骊宫夜宴，令城下点燃烽火台。

刹那间火焰直冲霄汉，诸侯乍见焰火冲天，以为遭遇敌国入侵，急忙调兵遣将，驱动战车，连夜前来勤王。没多久，列国诸侯皆领兵至，一路烟尘滚滚，等赶到时却没有敌寇的踪影，只见幽王与褒妃在城上饮酒作乐，诸侯面面相觑，卷旗而回。

这样来来回回好几次，褒姒看见各路军马举着火炬，漫山遍野地跑，不禁嫣然一笑。幽王大喜，遂以千金赏虢石父。而列国诸侯大怒而归。

其实，这就是一个"狼来了"的帝王版。

后来犬戎入侵，幽王想找救兵。因为前几次被烽火戏弄，诸侯以为幽王又想博取美人一笑，守兵不出，不愿再劳民伤财来充当妃子的笑料了。

于是，骊山下，周幽王被杀死，褒姒被犬戎掳走，从此下落不明，西周灭亡。

传言还给褒姒添加了另一项罪名。那就是犬戎进攻，也是因褒姒而起。原来第一任申王后的父亲申侯，因为周幽王废黜女儿和外孙之事而恼怒，于是联合缯国、西夷犬戎大举进攻。如果只听这个故事的话，周幽王统治的西周确实是被褒姒大大地耽误了。

不过，《史书》记载的"烽火戏诸侯"屡屡被人质疑。国学大师钱穆在《国史大纲》中提出疑义：诸侯勤王，不见敌而去，此有何可笑？而骊山一役，由幽王主动举兵征伐申国，更无须举烽火。

其后，清华大学整理战国竹简时，发现竹简上的记述，周幽王主动进攻申国，申侯联络犬戎打败周幽王，西周因而灭亡，并没有"烽火戏诸侯"的故事。

真相往往是简单的，就是两国交战，败者灭亡，胜者重述历史。但是，女人却成了国家覆灭的替罪羊，所以王后褒姒被后人编写成美人是误国的祸水。更有甚者，还给褒姒编造了一段复杂的身世，力证她是妖孽和祸害。

其实，各朝各代，真正亡国的原因，有哪个是因为女人呢？还不都是男人朝纲不振、百姓不满、战争失败？可怜的褒姒，就这样背负了近3000年"烽火戏诸侯"的恶名。

鱼玄机：没有人是情欲世界的女皇

如果你问我，多年以后，当我面对行刑队的时候，我会想到什么？

我一定会想起初次见到温庭筠的那个遥远的下午。

那时，我才13岁。

现在，我也还不老，24岁。但我的内心已生出霉斑，开始蔓延了。

我人不老，心已老，充满了恐惧。

恐惧我失去的青春，恐惧那些恩客将迅速地忘记我。

而曾经与我诗词酬唱为荣的男人，

他们会因为我的衰老，避之唯恐不及。

我不怕死。

只怕没有人爱。

在那个暮春时节，鱼玄机还叫幼微，温庭筠特意来到穷街陋巷中拜见这位未及13岁的诗童。

他出了道"江边柳"的考题，而幼微挥笔写就"根老藏鱼窟，枝低系客舟"的五律应答。温庭筠既惊艳不已，又隐隐地看透了这个小妮子的命运——"系客舟"，也许意味着她终将难免以色事人。

在唐代，与鱼玄机齐名的两位才女李冶和薛涛都以诗著名。李冶五六岁时，在庭院里作诗咏蔷薇："经时未架却，心绪乱纵横。"她父亲生气地说："此必为失行妇也！"后竟如其言。薛涛的故事更有名，她八九岁就知声律，其父指着井里梧桐咏诗："庭除一古桐，耸干入云中。"小薛涛应声道："枝迎南北鸟，叶送往来风。"也让她父亲黯然许久。这三个女人最终都成了形态不同的妓女。早年的诗果然都成为她们命运终局的谶语。

事实上，历史上有名的女诗人几乎都跟卖笑有关。因为这个职业能够多方结交权贵和文人，有传播诗文的机会。而寻常良家妇女即便有才华，她们的诗文也无法流传。唯一例外的只有李清照。

温庭筠终究没有娶鱼幼微。这位才情非凡的"丑钟馗"没有勇气接受一位年未及笄的女孩的感情。从此，他们一直保持着亦师亦友的关系。16岁时，鱼幼微嫁给吏部补阙李亿为妾。可惜李亿的老婆裴氏出身望族，眼里容不下小鱼，硬把她扫出家门、踢进长安咸宜观做道姑，起道号为玄机。那时，鱼玄机才17岁。

鱼玄机并非没有爱过李亿，奈何李亿虽是状元，人品才华也不过尔尔，心也就死了。"易求无价宝，难得有心郎。"这句诗是她人生的分水岭，从自恋自怜，到自戕自毁。

及时行乐吧，没有谁值得留恋。

不过，鱼玄机的人生，在道观里才真正开始。以前，她还是一个任人摆布的少女，没有自主权。但出家之后，她却得到了自由。

一般寺院道观，都是专门收容看破红尘的人，尼姑庵、女道观更是专供痴情女逃情或避难。不过唐代的道观寺院，大大不同，它发挥了另一种不太好的功能：偷情。

在唐朝，有些贵族女子为了寻求一片自由开放的天空而入道。与唐玄宗一母所生的亲妹妹玉真公主与金仙公主，年纪轻轻就出家，还专门为她们修了新的道观，规格和奢华程度与宫殿等同。玉真公主甚至在各大名山古刹和城市里，拥有多处道观、别馆、山庄、旧居等。公主以当女道士为理由出宫，既可以不受宫里规矩的约束，又不失公主的一切荣华富贵，所有的钱朝廷都照给不误。

唐玄宗时期的当朝宰相李林甫的六个女儿，个个风流活泼，其中以与李白颇有交情的李腾空最为著名，后来，她也做了女道士。

女道士有时在道观中公开讲经，惹得一些纨绔子弟争相前来观看。

从此，这里青楼不似青楼、庵堂不像庵堂。这些公主、嫔妃入道修真，带动了一拨知识女性，像李冶、卢眉娘、卓英英、杨监真、郭修真都在这里写下不少好诗，同时也撩起了道观里的无边春色。

鱼玄机正是在这样的社会背景下，无家可归、无枝可依地当了女道士。

艳帜高张的咸宜观写下"鱼玄机诗文候教"的广告，确实吸引了不少心存挑衅的才子。曾和鱼玄机交游可考的文士有李郢、温庭筠、李近仁、李�等。

鱼玄机从来没有这样自由自在，她以盛宴和狂欢来招待客人，对于不入眼的人皆一脚踢开。她的生动、鲜活、泼辣、才华，迷倒了整个长安城，男人都拜倒在她的石榴裙下，听候她的差遣。

那时，她是情欲世界的女皇。

然而好景不长。有一位官员裴澄，十分爱慕鱼玄机，多次来觅她。但鱼玄机对他很冷淡。她看中了另一个人，乐师陈韪。两人刚刚开始交往，她就发现，陈韪跟她的丫鬟绿翘暗通款曲。

在放浪和狂傲之外，鱼玄机还是照见了自己的卑微，一旦失去追求者和爱慕者，她将无处可逃。在那个时代，再张狂、有才华，哪怕像鱼玄机这样的女子，仍然觉得自己的价值只能从男人那里得到证实。在女性命运不可控的时代里，她们总是无法找到自己真正的价值，找到的只能是他者的观看。

外表依然美艳绝伦的鱼玄机，内心却生出霉斑，她自己何尝不知?

因为争宠，鱼玄机恼羞成怒，毒打丫鬟绿翘；绿翘也不甘示弱，反唇相讥。一怒之下，鱼玄机把绿翘打死，只好慌里慌张地把她埋在花树下。

陈韪问过鱼玄机，绿翘去哪儿了? 她答，弄春潮逃走了。

但是，花树下的苍蝇，还是引起了别人注意。客人秘密告官，官衙派人挖出了绿翘的尸体。

鱼玄机被带上堂的时候，发现主审官是她曾拒绝过的裴澄。鱼玄机被处以极刑。另一种说法，判杀她的，是京兆尹温璋。

"一个会写诗、卖笑的道姑，最后卷入一件普通刑事案件。"历史最终只对她用了这样一句评价。

　　　　男人啊，都是这样，得到了我，就想尝试更年轻的。
　　　　绿翘会写诗吗? 有名望吗? 人人都在传诵她的故事吗?
　　　　没有，没人知道她是谁。
　　　　她甚至没有我漂亮，仅仅只是比我小10岁而已。

难道我才24岁，就已经人老珠黄了吗？

也好，没有人想看到衰老的我，我也不想。

这条命，拿去吧。

李师师：宁当交际花，不愿妃子笑

李师师是宋代的名妓。她虽是烟花女子，但同时与皇帝宋徽宗和最红的诗人周邦彦谈恋爱，宋徽宗还为她争风吃醋。不过，她似乎对进宫这件事毫无兴趣，大概是她更喜欢自由吧。

要说明宋徽宗为何会跟李师师有一段情缘，首先得从北宋年间的夜生活说起。

北宋的汴京人口密度很高，而且，宋朝的商业社会和市民社会，已相当发达。宋人天天歌舞升平，夜夜笙歌，纸醉金迷。

李师师就是汴京城里最大最火的"矾楼"夜总会的首席红伶，歌唱家。

她艳名远播，大宋朝有名的词人，皆以她的樱桃小口愿意唱出自己的词为荣。有记载，诗人张先，曾专为李师师创作新词牌《师师令》。虽然张先年龄比师师大很多，但他的商业推广能力一流，足以让她再次声名远播。

当然，与李师师交情最多的，当属周邦彦。周邦彦是当时的音乐官署大晟府的官员，官阶不高，但早已名声在外，作品在婉约词人中长期被尊为"正宗"。他不仅词写得好，而且妙解音律，绮丽绝伦，京城歌伎无不以唱他的新词为荣，捧谁谁红。他一见李师师即倾心，填了一首《玉团儿（双调）》：

> 铅华淡伫新妆束，好风韵，天然异俗。彼此知名，虽然初见，情分先熟。
>
> 炉烟淡淡云屏曲，睡半醒，生香透肉。赖得相逢，若还虚过，生世不足。

一个接一个，当时造诣很高的诗人、词人，都纷纷爱慕李师师，专门给她填词写曲，恨不得把她的名字、她的故事镶进每一首歌里，流传大江南北。

这么炒作，她能不大红大紫吗？

当然，在一个娱乐至死的时代里，像李师师这样绝美的姑娘，她身上还有更神奇的故事。

当朝皇帝宋徽宗，就是那个年代最有名的画家，即使过了1000年，摘掉皇帝的光环，他依然是最好的画家，这1000年来没几个人能接近他的水平！

因为太多人吹捧李师师，宋徽宗产生了好奇。一天，他打扮成一个殿试书生去见李师师，见面礼是内宫藏的"紫茸二匹，霞叠二端，瑟瑟珠二颗，白金二十镒（一镒合二十四两）"。等啊等，李师师后半夜才款款地走来，不施脂粉，身着绢素。她一看宋徽宗像个书生，虽然长得不错，气质也还好，但她什么神仙没见过，于是随随便便弹了首曲子，就走了。

宋徽宗一见她傲慢的态度，马上被震住了，这就是梦寐以求的才女啊。妖娆美艳、天生性感的尤物到处都是，可李师师不同，她面容清淡、平静，一副无欲无求的模样。再加上一副天生的好嗓子，为人傲慢清高，身价就是这样被抬上去的。

等宋徽宗走后，李师师方才知道这个人就是皇帝，她也倒好，神闲气定，不冷不淡。只羡才华不羡官，不为皇帝的权势荣宠所折腰，来去随缘。

只不过，李师师没想到，两人再次见面，已隔了整整11年。说起来，宋徽宗也算是长情。

为了来往方便，宋徽宗还修了条"潜道"直通李家。有一次宫内宴会，嫔妃云集，韦妃悄悄地问宋徽宗："是个什么样的李家姑娘，令陛下如此喜欢！"他说："你们穿上一样的衣服同她在一起，她和你们迥然不同，那一种幽姿逸韵，完全在容色之外。"

其实，李师师除了跟这个位高权重的大画家相好，还和著名作家晏几道、秦少游、周邦彦，甚至画家张择端都有过交往。

周邦彦恃才傲物，目中无人，是最红的词人，李师师是最红的歌手，他们惺惺相惜。一次，周邦彦正与李师师叙谈，忽报圣上驾临。周邦彦仓促之间藏身于床底。宋徽宗进来，温情脉脉地替李师师剥橙子，动作不徐不疾，不仅李师师，就连藏于床下的周邦彦都心急如焚，唯恐露馅。

等宋徽宗一走，周邦彦立刻从床底下爬出，填词《少年游》一首：

　　并刀如水，吴盐胜雪，纤手破新橙。锦幄初温，兽烟不断，相对坐调笙。

　　低声问向谁行宿，城上已三更。马滑霜浓，不如休去，直是少人行。

周邦彦毫无顾忌地挥笔，将皇帝和李师师的闺房密语悉数呈于纸上，连剥橙子的细节也不放过。皇帝的枕边对白就这样被天下人知晓了。宋徽宗知道被人偷窥，妒火中烧，命蔡京将周邦彦押出城门。但是转念一想，这样做会惹得李师师心生不悦。他怕得罪佳人，于是，又把周邦彦召了回来，继续当大晟府的官。

但是，李师师真的会领皇帝的这份所谓的恩情吗？

> 又要问我最爱的是谁？这个问题重要吗？
>
> 谁喜欢我，我就喜欢谁；谁出的缠头多，我就爱谁。
>
> 这是职业精神。
>
> 当然，不是有名望的人，他们连出钱的资格都没有。
>
> 官家曾在我耳边窃语，说要让我进宫当妃子。
>
> 有那么片刻，我确实心动了。
>
> 谁不想由矾楼的烟花女子登堂入室，直通天子枕席呢？
>
> 但仔细一想，我再也没有自由了。
>
> 我不但可能见不到别的男人，也见不到别的姐妹了。
>
> 一颦一笑都要符合规矩，我不乐意。
>
> 在矾楼，我就是规矩，连官家都要讨好我。
>
> 而在宫里，任何人都没有自由，包括天子本人。
>
> 我不做这种吃亏的买卖。

李师师宁当交际花，不当皇帝的妃子——虽然有一个能不能的问题，但也有一个愿不愿意的问题——进了宫，就要跟那些三姑六婆勾心斗角，分分钟死无葬身之地。反之，天天可与风流才子彼此倾慕、酬唱应和，被尊为女神，一颦一笑有人牵挂。

哪种命运更好？李师师自然有分寸。

张丽华：单纯的野心

张丽华是南朝陈后主的宠妃。陈后主是一位诗人，一位专注于写艳情诗和宫体诗的诗人，张丽华与他一起在温柔乡里醉生梦死。最终，隋灭陈。她被杀顶罪，可是，亡国之君陈叔宝却一直活得好好的，哪有什么公平可言呢？！

我们能从一些史料中看出，陈叔宝确实宠爱张丽华。比如，他曾经在承香殿中养病，朝政之事，全权委托给太后处理。他摒去诸姬，独留贵妃张丽华随侍。

为什么他独爱张贵妃呢？

张丽华并不会写诗，但她的美貌罕有匹敌。陈叔宝的宫体诗里，充满着对女性的容颜、头发、肢体、肌肤、体态的描写，一寸一寸，充满风情。而美艳无双的张丽华，就是他最大的缪斯，最好的灵感来源。

我知道我很美，我常常梳一头长达七尺的头发，光可鉴人；
有时临轩独坐，有时倚栏遥望，看见的人都以为仙子临凡。
在缥缈的天上，令人可望而不可即。
皇上也喜欢我的美。

他在《玉树后庭花》里吟唱：

"妖姬脸似花含露，玉树流光照后庭。

"花开花落不长久，落红满地归寂中。"

他写诗，是希望能把我们这些姐妹的美，用诗流传下来。

世人常道皇上不操劳国事，只知道醇酒美人；

却不知，皇上一生只愿与美好为伴，只想把世间的美好都留存在诗篇里，流传千古。

谁耐烦那些俗世的勾心斗角呢？

陈叔宝虽然整天不理国事，沉溺于享乐，但他对大臣比较宽厚，是昏君，而不是暴君。问题是，陈叔宝即位之时，正值隋文帝开国之初。陈叔宝当皇帝，隋文帝杨坚也当皇帝。当陈叔宝流连歌舞、填词弄曲，在脂粉堆里逍遥，臣民皆流于逸乐的时候，隋文帝大举任贤纳谏，减轻赋税，整饬军备，随时准备攻略陈国的江南富饶之地。

而陈叔宝，他并不是没有听到过这些战报。但他不想开战，他只是一个文人，一个写着"壁户夜夜满，琼树朝朝新"优雅诗句的文人；他不敢想象披上战袍，上阵杀敌，恐怕他都不敢见血。

祯明二年（588年）三月，隋文帝下诏，数落陈后主20项大罪，散写诏书30万纸，遍谕江外。有人劝隋文帝说，既然要开战，军事行动还是保密为好，不要这样张扬。

没想到隋文帝却说："如果他因为害怕而改过，朕又何求？我即将代老天行使诛灭昏君的行动，正大光明，何必守密？"他修建了许多战舰，命晋王杨广等人为行军元帅，率51万大军分道直取江南。隋军东接沧海，西距巴蜀，旌旗舟楫，横亘数千里，无不奋勇争先，想要灭了陈朝。

此时，陈叔宝却深居高阁，整日花天酒地，不问外事。沿边州郡将隋兵入侵的消息飞报入朝，朝廷上下却不以为然。虽然有大臣请出兵抵御，陈叔宝却不听，依旧奏乐侑酒，赋诗不辍，还笑着说："历史上，齐兵来过三次，周师入侵过两次，无不摧败而去，我怕什么？"继续跟张丽华等妃嫔在临春、结绮、望仙阁上厮混。

张丽华歌伎出身，却才辩敏锐，记忆力过人，"人间有一言一事"，"必先知之"。当时百官的启奏，都由宦官蔡脱儿、李善度两人初步处理后再送进来，有时连蔡、李两人都忘记的内容，张丽华却能逐条陈述，无一遗漏。起初只执掌内事，后来开始干预外政。

不过，陈叔宝却很欢迎张丽华的"干预"。他只觉得，张丽华在为他分忧，在减轻他的负担；她那么聪明，又那么体贴，能减少他政务上的烦心事。

江山虽然是他的，但他对此并不是很感兴趣。他只想着欢愉。

而张丽华也并无野心，她只是一个不到20岁的女孩，只想着彰显自己的聪明，博取君王的欢心。大臣们的不满，她不在乎。

陈叔宝视张丽华为至宝，她的儿子一出生就被立为太子。甚至，临朝百官启奏国事，他还常常将张丽华放在膝上，同决天下大事。王公大臣如不听从内旨，也只由张丽华一句话，便即疏斥。

甚至还有一种说法，世人不知有陈叔宝，但知有张丽华。

好笑的是，陈叔宝最知名的杰作，却是他的艳情诗。"妖姬脸似花含露，玉树流光照后庭。花开花落不长久，落红满地归寂中。"

这首诗被称为亡国之诗，因为正当这首诗在宫中盛行，被陈叔宝和嫔妃吟诵的时候，敌军已经打了进来。

隋兵军纪严明，深得人心，一鼓作气，以秋风扫落叶之势连下京口、姑孰等地。陈军连连失利，但当时建康城中，尚有10万兵，后主却六神无主，日夜啼泣，将朝政交给大臣办理。陈军不再齐心协力，一溃千里，甚至有的大臣不仅自己投降了隋军，还怂恿大家一起投降，众军一哄而散，城内文武百官皆遁，朝堂为之一空。

陈叔宝吓得魂不附体，打算逃走。忠诚的大臣袁宪劝陈后主坚决不降，保持帝王的尊严。陈叔宝不肯，带着后宫10余人，来到后堂景阳殿，甚至想要往井里躲。袁宪苦苦哀求，陈叔宝却不听，有位后阁舍人用身子遮挡井口，陈叔宝极力相争。最终，皇帝终于带着大家跳进井里，躲了起来。

不久，隋军士兵向井里窥视，大声喊叫，但井下无人应答。士兵扬言要落井下石，方才听到有人求救，于是抛下绳索往上拉人，非常沉重；本来以为后主体胖，等到把人拉上来，才惊讶地发现，原来一根绳索吊着陈叔宝、张丽华以及孔贵嫔三人。

　　臣妾自知难逃一死。

　　皇上也是。

　　他只想每天研究格律诗词，只想着如何锤炼和推敲语言，只想着建筑天下最好的楼阁，为万世立建筑之楷模；

　　他还要收藏天底下最好的珍品，让陈国成为艺术中心。

　　皇上一点儿也不想当皇帝，他甚至说，宁愿当年二弟得手，篡了他的太子位。

　　他只当一个逍遥的亲王就好。

　　可是，身不由己！

　　臣妾何尝不是呢?

粗鲁和暴力，总是打败文明和风雅。荒蛮总是战胜斯文。

但是，你们却怪风雅误国，却从来不想，到底是谁，把我们这个国家锤烂的？

难道不是那些杀人放火、无恶不作的军队？

反而是我们这些闺阁里的美人和写着最美情诗的诗人吗？

统帅晋王杨广派遣高颎处理城中事宜，收图籍、封府库，并索要美女张丽华。高颎一一照办，却一口咬定美色误国："以前太公蒙面以斩妲己，现在怎么可以留下张丽华？"手脚干脆地把张丽华处斩了。

但是，真正亡国的主儿，陈叔宝投降隋朝之后，倒是得到隋文帝的优待。隋文帝准许他以三品官员身份上朝，又常邀请他参加宴会，恐他伤心，不奏江南音乐，而后主却从未把亡国之痛放在心上，甚至还祈求在隋朝谋个一官半职，文帝叹息说："陈叔宝全无心肝。"

作为一名著名诗人，陈叔宝写了不少颂扬隋文帝的应制诗，还上表请有丰功伟绩的隋文帝东封禅。

隋文帝说："陈叔宝的失败皆与饮酒有关，如将作诗饮酒的功夫用在国事上，岂能落此下场！当贺若弼攻京口时，边人告急，叔宝正在饮酒，不予理会；高颎攻克陈朝宫殿，见告急文书还在床下，连封皮都没有拆，真是愚蠢可笑到了极点，陈亡也是天意呀！"

陈叔宝只想当一个诗人，却坐上皇帝宝座，没有治国本领，只能亡国，亡国之后却过上了他喜欢的生活。张丽华只想没心没肺地玩乐，却成了国家覆灭的替罪羊，还与妲己、褒姒一起，被列为祸国妃嫔。岂不哀乎！

冯小怜：诱惑只是海市蜃楼

很多人未必知道冯小怜是谁，不过可能都听说过"玉体横陈"这个香艳的词，它指的就是冯小怜。

冯小怜本是北齐皇后穆黄花的侍女，穆皇后爱衰，以五月五日献上了自己的侍女，号曰"续命"。北齐后主高纬，是史上最极品的昏君。冯小怜是什么人物？用"天生尤物"来形容，都显得太敷衍了。正史说她"慧黠，能弹琵琶，工歌舞"，全是老学究式的冠冕堂皇之语。还是野史一语中的，说她肌肤柔嫩、吐气如兰、曲线玲珑，重点是她的身体好像有特异功能，冬天软如棉花，是让人沉迷的温柔乡；夏天冰凉如玉，有解暑减压之功效，就是一台人肉空调。

从小，我就被训练；

教我如何轻颦浅笑，如何扭动曼妙腰肢，如何歌声婉转如呖呖黄莺；

还教我如何猜透男人的心思，如何曲意奉承男人；

我的职责，就是貌美如花，让我的主子满意。

哄男人，是女人的必修课。

这门课，没有人比我学得更好。

可是，你们现在又改变主意了！

你要我一个女人，不要只顾着哄男人。

女人该为国家着想，该为社稷着想。

更不要让男人为女人分心，而要让他们多花心思去管理国家。

否则，天下不安稳，大家是要怪你的！

这不胡扯吗？为苍生社稷负责的难道不是皇帝，而是我这个侍女吗？

冯小怜很快被封为淑妃，北齐老百姓都知道，皇上和淑妃是一对神仙眷侣，于是给高纬取了外号，叫"无愁天子"。

如果仅仅是贪好美色，高纬还是一个很普通的昏君，也只不过是犯了一个天下男人都会犯的错误。但是，简单的游戏越来越没有新鲜感，他很快就想到新的玩法。

像冯小怜这样精致可爱的人，只有自己独享她的美艳风情，岂不是太可惜了？怎么可以锦衣夜行呢？当然要让更多人欣赏到宝贝的美丽啊！独乐乐不如众乐乐！

于是乎，经过一番设计与安排，高纬让冯小怜只着轻纱，几乎裸体地横陈在隆基堂上。以千金一观的票价，让京城里的高官、富豪等有钱的男人一览秀色。

也正是在高纬欲仙欲死的时候，野心勃勃的邻居北周看到北齐如此靡乱，就开始伺机而动，大举向北齐进攻。

高纬的"战略战术"变幻莫测，史书里，把这些罪名都扣到了冯小怜的头上，说她在军中主要干了三件事：

一是，高纬想率大军驰援晋州，冯小怜请高纬打猎"更杀一围"，结果晋州被破。

二是，高纬率军打到平阳时，忽然传旨要暂停，说是突发奇想，要等冯小怜一同观战。刚巧冯小怜正在化妆，等她一个小时后摇曳而来，周军已经重新修好城墙，结果错过战机。

三是，在平阳，北齐军胜利在即，冯小怜却认为天色已晚要休息，明日再观战。第二天又说天气不好，要暂停攻城。结果等到天气好的时候，敌军北周的援军赶到，齐军大败。

两军交战，大敌当前，战略战术居然处处听命和遵从于一个10多岁少女漫不经心的嗔笑，如果这样都不亡国，天理何在？！这三件事的威力，相当于给敌军增援了20万人马。

北周占领平阳后，高纬还说："只要冯小怜无恙，战败又有何妨！"

　　　我知道大齐的臣民们都在辱骂我，不过我不在乎。

　　　我也知道后代的诗人也在嘲笑我，我也无所谓。

　　　你看，李商隐的诗多不客气啊：

　　　"一笑相倾国便亡，何劳荆棘始堪伤。

　　　"小怜玉体横陈夜，已报周师入晋阳。

　　　"巧笑知堪敌万几，倾城最在著戎衣。

　　　"晋阳已陷休回顾，更请君王猎一围。"

　　　是因为我的身体，让皇帝欲罢不能吗？

　　　是因为我太荒唐，让皇帝不惜国破家亡，也要博我娇嗔一笑吗？

　　　并不是。

我只不过卑微地求生，要娇滴滴地讨好他、取悦他，

谁知道他愿意像被耍的猴一样，非要向我展现，

无论他如何荒唐、如何滑稽，如何不可理喻，

他仍可以做任何事情，不受约束、不受指责，

他还说，他可以像"烽火戏诸侯"一样，把北齐的军队耍得团团转，只要我喜欢看。

不，我不喜欢。谁喜欢看打仗死人啊！

但为了不扫他的兴，我只能欢快地鼓掌。

这是历史在残忍地撒娇。

按齐军的打法，周军完全就是稳操胜券，于是，高纬还没等齐军败退，就带着冯小怜逃跑了。在逃跑途中，他突发奇想，封冯小怜为左皇后，让她穿上皇后礼服，反复观赏后接着逃跑。不得不说，太荒唐了！

之后，冯小怜与高纬被周军抓获并押解到长安，高纬还请北周武帝宇文邕把冯小怜还给他。宇文邕说："我看天下也不过像脱下的鞋子一般，一个老太婆我怎么舍不得给你！"他把冯小怜赐给高纬。

高纬对冯小怜的痴迷真是登峰造极，国家灭亡不重要，家人被杀不重要，冯小怜很重要。她到底给高纬吃了什么迷魂药？！

六个月之后，周武帝借口高纬父子想和北齐残余乱党谋叛，把高纬全家杀死。

冯小怜被当作战利品，赐给周国最柳下惠的大臣宇文达。本来出了名不贪慕美色的宇文达，想向周围人表示自己不屑于美色、刚正不阿，哪知道刚与冯小怜亲近，立即为之神魂颠倒，连他的大老婆李氏

都被小怜挤对得苦不堪言，处境艰难。

史书对这一段的记录一笔带过，没有更多细节。但如果稍微了解一下"女战俘"的处境，我们就明白了。纣王战败，妃子妲己被杀；陈后主亡国，妃子张丽华被杀，而那些没有被杀的"女战俘"，也只能为奴、为妓。

以那种低微和卑贱的地位，很多女战俘，甚至都不配爬上主人的床，只能供人发泄欲望，直到被活活地折磨而死。

只有冯小怜，不仅活了下来，还能再次受宠。作为一个女人，冯小怜的求生欲有多强！美貌这个武器，在冯小怜身上，确实好用，但这确实是一把双刃剑。

冯小怜自己恐怕也没料到，北周灭北齐仅四年，隋文帝杨坚建立隋朝代周朝，冯小怜再次成为俘虏。

隋文帝也不杀她，而把她赐给了李询。李询是曾与冯小怜宫斗失败的李氏的哥哥。命运真是三番五次地和冯小怜开玩笑，李氏的母亲一定暗自窃喜，她终于有机会给女儿报仇了。

　　穿着粗布衣服，没日没夜地舂米，每天起早贪黑，累得眼睛都睁不开。

　　中午干完活儿，大太阳底下，跪在院子中间，如果我胆敢打瞌睡，就用鞭子抽。

　　我不服。

　　有个杂仆，喜欢上了我，他想放我逃出去，结果被发现了。

　　然后，老太婆命人在我面前，把他杀了。

　　她说，以后看谁胆敢来救你。

我被扒去衣服，赤身裸体地绑在院子中间。

她说，你不是很行吗，不是"玉体横陈"吗，不是敢害我女儿吗？

今天，我也让你玉体横陈。

直到深夜，才给我松绑。

现在，我非常恐惧。我知道死期将至。

而皇帝把我配给的那个男人，从来没有出现过，他不见我。

我毫无办法。

作为一个出身低微，又没有才华傍身的女子，冯小怜仅仅靠着身体的魅力，一个王朝在她手中覆灭；作为女俘虏，她争宠斗垮了王妃。美丽的容貌和身体是她在乱世中保命的武器，可是，光靠美貌只能征服肤浅好色的男人，但他们是靠不住的！

法国女权作家波伏娃曾经在《第二性》中写道："女人的不幸在于，被几乎不可抗拒的诱惑包围着；她不被要求奋发向上，只被鼓励滑下去到达极乐。当她发觉自己被海市蜃楼愚弄时，为时已晚，她的力量在失败的冒险中已被耗尽。"

只可惜，冯小怜始终不明白。

夏姬：一株浮萍的反抗和报复

夏姬是春秋时期一位以"淫"出名的奇女子。她奇到什么程度呢？三为王后、七为夫人、九为寡妇。国君与贵族为她神魂颠倒，不惜家庭覆灭，国家开战。

以前看希腊神话，海伦一个人就引发了特洛伊战争。那时总是不明白，那些徐娘半老的王后，怎么会有这么多的追求者？

中国古代，老夫少妻比较多，哪有寡妇老树发新枝的？偶尔有几个太后级的人跟少壮青年胡混，显然都是权势逼迫。那些男人嘛，只贪图权势，不见得对其肉体有兴致。哪里像希腊罗马时期，都是大贵族在向寡妇求爱求婚。

不过，春秋时期的夏姬是个特例，她就是这种被异性追逐的对象。那时，虽没什么贞操观念，但头脑正常的人也不会做乱伦或者君臣共用一妻的事情，而夏姬却一再地重蹈覆辙。

夏姬是郑穆公的女儿，郑国的公主，冯梦龙在《东周列国志》里说她，"生得蛾眉凤眼，杏脸桃腮，有骊姬、息妫之容貌，兼妲己、文姜之妖淫，见者无不销魂丧魄，颠之倒之"。她美貌绝伦，在15岁的时候，就跟亲生哥哥公子蛮私通。结果，公子蛮两年后就死了。

夏姬年少时，被许配给陈国大夫夏御叔，夏姬之所以姓夏也是这个原因。儿子夏徵舒12岁的时候，夏姬的丈夫死了，她成了寡妇。不过，一转身，夏姬成为王的情人，她把陈国的王——陈灵公牢牢握在手心。同时，她的情人还有朝中的大臣孔宁和仪行父。

夏姬颇有本事，把君臣三人管理得像后宫一样，他们还推荐新情人给她，三人不仅不妒忌，而且常常一起饮酒作乐，讨论共同的情人夏姬，甚至穿着夏姬送的内衣上朝谈论风月。

> 民间传颂我的那些话，我都听见了。
>
> "胡为乎株林？从夏南！匪适株林，从夏南！
>
> "驾我乘马，说于株野。乘我乘驹，朝食于株！"
>
> 老百姓嘻嘻哈哈地模仿着灵公和孔宁、仪行父的口吻说话，
>
> 你为什么要去株林啊！我只是去找夏徵舒啊！
>
> 灵公我要驾着马，在株林野地里快活啊！
>
> 我们两位大夫，也要乘着马驹，在株林野地里风流啊！
>
> 我知道这些都是挖苦我的，无所谓。
>
> 我与陈灵公、孔宁和仪行父吟诗作乐，其乐融融。
>
> 他们是我的情人、我的好友、我的恩人。

这首民间诗，就是《诗经·陈风·株林》。《毛诗序》里的解释是："《株林》这首诗，是讽刺灵公的。他与夏姬私通，经常跑去株林，早晚都不休息。"

夏姬的儿子夏徵舒长大后，陈灵公为取悦夏姬，让夏徵舒承袭其父的官职，执掌兵权。夏徵舒在家中设宴款待陈灵公。酒酣之后，君

臣又互相调侃嘲谑，毫无人形，还当着夏徵舒的面，说他是他们三人共同的儿子。

有这样一个放浪形骸的母亲，任谁都会难以消受。夏徵舒心生厌恶，暗将母亲夏姬锁于内室，吩咐随行军众，把府第团团围住。夏徵舒戎装披挂，手执利刃，引着家丁数人，从大门杀进去。陈灵公被杀死，而孔、仪二人从狗洞里钻出去，逃到楚国。夏徵舒又和大臣们立太子午为新君，是为陈成公。

然而，螳螂捕蝉黄雀在后，这个少年的弑君行为给了楚国借口。十月，楚庄王出兵灭了陈国，杀了夏徵舒，把夏姬抓住，声称要把她"车裂"。

儿子死了，夏姬也面临了生死危机。谁料到，楚庄王一见到夏姬就觊觎她的美色，大臣子反也迷上中年女性，两君臣因此吵个不停。屈巫劝谏说："这个女人不寻常。不祥之物不能要啊。"在那时，"不祥之物"四个字，可是很要命的。楚庄王只好十分不情愿地把夏姬嫁给一个老贵族。可不到一年，老贵族在战场上被一箭射死，夏姬随即跟老贵族的儿子黑腰好上了。

唉，乱伦之人，其行必不端。这个黑腰有了后妈，连亲爹的尸体都弃之不顾。楚国人对夏姬的不祥和淫荡的名声十分反感，说不能让夏姬留在楚国。楚庄王在舆论压力下只好把夏姬送回郑国。

结果，原来反对楚王娶夏姬的大臣屈巫，早看中了夏姬，他趁着出使齐国的机会，跑到郑国，带着夏姬私奔到晋国，还当上了晋国的大夫。这个屈巫的心机真是深啊！

但留在楚国的屈巫一家被抄家灭族。那个跟后妈有染的黑腰也身首异处。年过四旬的夏姬，居然让一个外交大臣放弃整个家族与之私奔，可见其魅惑杀伤力之大，古今少有。

> 我啊，就被人这样抢来抢去。
>
> 在男人眼里，美人也只是战利品、消费品和奢侈品而已。
>
> 他们想拥有，但又怕用不起，可笑，可怜，也可爱。
>
> 我的丈夫死了，我的情人死了，我的儿子也死了，
>
> 我被带到了陌生的国家。
>
> 我能不能活下来？
>
> 谁能护我周全，让我活下来？
>
> 哈哈，我不过是一株浮萍！
>
> 每个男人，都有可恨之处，
>
> 只有屈巫，是真心实意为我们的未来打算的，是把我当作一个女人来尊重的。
>
> 我一生颠沛流离，而后世只知道骂我"淫荡"。
>
> 你们的道德观啊，虚伪又廉价！

再往后说，楚国的衰败，也与夏姬有关！屈巫本来是楚国的大贵族，为了与夏姬私奔，逃到晋国后，知道家人都被楚国杀了，便建议晋国联合吴国，夹击楚国。后来还亲自到吴国，教吴国人驾驶战车，帮助吴国崛起，让楚国衰落。

而夏姬与屈巫生的女儿，嫁给了晋国的公族大夫，生下儿子。为什么提这一段呢，因为夏姬的这位外孙，长大后和祁氏联手作乱，造成了三家分晋的局面，整个春秋的版图都因此改变。

后世评价夏姬是，"杀三夫一君一子，亡一国两卿"，影响不可

谓不大。她三为王后、七为夫人、九为寡妇。但在那乱世当中，一个女人被抢来抢去，她又能有多少自由呢？或许到最后，她的心已经冷了，所有的荒诞也是某种反抗和报复吧！

陈圆圆：人生不过一场绮梦

陈圆圆是明末清初的名妓，"秦淮八艳"之一。吴伟业的《圆圆曲》中有一句诗："恸哭六军俱缟素，冲冠一怒为红颜。"奠定了陈圆圆在风流史上的地位。

"秦淮八艳"是中国式文人的一场绮梦。因为她们，至今玄武湖边似乎还流淌着脂粉和膏油的香味。她们为娼妓与政治结合确立了新的高度，"青楼皆为义气妓，仗义每多屠狗辈"。

她们活跃在江南一带，不仅才貌双全，而且"德艺双馨"，都与重要的政治、文坛领袖有瓜葛，纵观历史，再也没有哪个群体有这么齐整的素质与经历了。柳如是与陈子龙、钱谦益，寇白门与保国公朱国弼，卞玉京与吴梅村，顾眉生与龚鼎孳，董小宛与冒襄，李香君与侯方域，只有马湘兰独自一人……虽然每一个都很有名，但最有名的，还是陈圆圆。

她有多美呢？许多人见识陈圆圆的美貌是在金庸的小说里。在《碧血剑》中，陈圆圆一出场，"每个人和她眼波一触，都如全身浸在暖洋洋的温水中一般，说不出的舒服受用"。李自成的大将刘宗敏，"目不转睛地瞪视着陈圆圆，咕噜一声，吞下了一大口馋涎"。

一伙小将爬的爬，抱的抱，丑态百出。陈圆圆的美态，已如滔滔江水汩汩奔流而出。

陈圆圆，本名陈沅，出身贫寒之家，被卖到苏州梨园，善演弋阳腔戏剧。弋阳腔是明清时很有影响力的戏曲唱法之一，现已列入国家级非物质文化遗产名录。声色俱冠绝一时。陈圆圆曾经被江阴贡若甫以重金赎为妾，但她不为正妻所容。贡若甫的父亲同情她，释她自由身。

陈圆圆的小姐妹董小宛嫁给了著名文人领袖冒襄，实际上，冒襄在娶董小宛之前曾与陈圆圆有婚约。冒襄道经苏州，经友人引荐，与陈圆圆私会，并订后会之期。

当年八月，冒襄再次前往苏州与陈圆圆相会。而这个时候，陈圆圆因为被心怀不轨之人劫夺，正是心灰意冷，想要找个安稳的依靠，其实心里已暗下决心嫁给冒襄。只可惜，造化弄人，因为战乱，冒襄错过了约定时期，没能接到陈圆圆，而她在相会途中不幸为外戚、左都督田弘遇掳掠入京。

另一种说法则是，有人用800金买了陈圆圆，送给了田弘遇。她波澜诡谲的人生，这才真正开始。

　　我听惯了赞美和叹息，有文人夸我"声甲天下之声，色甲天下之色"，有文人夸我"慧心纨质，淡秀天然，平生所见，则独有圆圆尔"。

　　然而，我竟然不能找到一个归宿。

　　曾有人说要娶我，他食言了；

　　曾有人娶了我之后，说要好好待我，他也食言了；

　　还有辟疆，他天下闻名，知我、懂我，还说爱我。我以为终于可以为他洗手做羹汤了，我甚至愿意为他的母亲奉箕帚，但就在狼烟四起、尸体遍布的时候，就在我最需要他的时候，他消失了，也食言了。

我一再重新流落回梨园教坊，日复一日地在台上唱歌，有时还得用身体来服侍客人。

我没有办法离开，只能等着有一个男人来带我走。

因为，我所精绝的唱歌和跳舞，只在承平之世有用，在乱世当中，有什么用？

按《吴三桂演义》里的说法，田弘遇的女儿是崇祯皇帝的嫔妃，为了帮女儿固宠，田弘遇把陈圆圆送给了崇祯皇帝。崇祯虽然觉得她确实漂亮，才艺双绝，但是州府失守的消息屡屡传来，他并无心思，更不想担上好色误国的恶名，便婉拒了，把陈圆圆退还给了田弘遇。不过，这段历史没有得到更多佐证。

但是，田弘遇并不甘心，因为日渐失势，想笼络当时声望日隆且握有重兵的吴三桂，倒是真的。他力邀吴三桂赴家宴，而宴中就有歌妓陈圆圆，其美貌令吴三桂惊叹。于是，田弘遇便顺水人情，将圆圆赠送给吴三桂，并为她置办了丰厚的嫁妆。

吴三桂是谁？他的父亲吴襄是京师提督，他以父荫袭军官，后来任辽东总兵，封平西伯，驻防山海关。此时，正值李自成一路势如破竹，打下西安、太原。北京城的崇祯帝坐不住了，召吴三桂进京觐见。也就是在这个时候，他遇到了陈圆圆。

本来以为，遇到这样的贵人，陈圆圆下半生能稍为安定，然而并没有。边关告急，崇祯帝不得不下旨宣吴三桂速回关防守。大将当然不能带着小妾上战场，于是，吴家人和陈圆圆都留在了北京。

《明史·流贼传》里写了来龙去脉：刚开始的时候，吴三桂已奉诏援军山海关。这时候，京师落入李自成的手里，他犹豫不进。因为，在大明灭亡以后，吴三桂镇守的山海关已是孤城一座，外面是清兵，里面是农民军，吴三桂手握重兵，不是降清就是降"贼"，总要投降一方。

这个时候，李自成劫走了吴三桂的父亲吴襄，送信给他劝降。于是，吴三桂打算投降李自成，但走到滦州的时候，却听说陈圆圆被李自成的手下刘宗敏掠去。吴三桂非常愤怒，称："大丈夫连自己的姬妾老婆都保不住，还活着干吗？"他马上重新返回山海关，攻打李自成在那里的部队。李自成也大怒，亲自率领10余万军队，拎着吴襄出发，向东攻打山海关，并且杀掉了吴襄和吴家30余口人。

吴三桂看到形势，害怕了，向关外的清军乞求归降，清军由此入关，一路坦途。

没错，这就是"冲冠一怒为红颜"。父亲被抓了，他可以投降；但爱妾被抓了，他倒要反抗到底。

虽然是正史，但我总怀疑，这里夸大了女人的作用。陈圆圆固然是吴三桂做决定的原因之一，是清兵入关的无数个小螺丝钉之一，但绝不是唯一因素。我很怀疑女人对男人的政治立场和价值观能有多大的影响力。以性为笼络手段，女人可能改变一个男人的生活状况，可以改变他的情绪与心态，却不可能改变他的人格与人品。

而在野史中，为了更传奇，往往不太谈刘宗敏，而是把陈圆圆和李自成乱点鸳鸯，配成一对。这样，这个歌妓同时和大明皇帝、大顺皇帝、平西王，三个死对头、三代枭雄都有染。一个女人站在三个男人的三岔口上，而他们分别代表了一个国家、一段历史、三种不同的命运。她的爱情决定苍生社稷的命运，听起来很有趣，所以大家宁愿相信传说而忘记信史。

何必再说，是因为我，清军才入关，大明才灭亡呢。

我也只是大时代里的一颗棋子，任你们抢来抢去，身不由己。

吴梅村的《圆圆曲》，唱出我的一生，但这种颠沛流离，只有我独自承受。

"鼎湖当日弃人间，破敌收京下玉关。恸哭六军俱缟素，冲冠一怒为红颜。……"

"尝闻倾国与倾城，翻使周郎受重名。妻子岂应关大计，英雄无奈是多情。"

"全家白骨成灰土，一代红妆照汗青。君不见馆娃初起鸳鸯宿，越女如花看不足。"

"香径尘生鸟自啼，渫廊人去苔空绿。换羽移宫万里愁，珠歌翠舞古梁州。"

"为君别唱吴宫曲，汉水东南日夜流。"

像陈圆圆这样的名妓多被时代巨浪裹挟着，唯有随波逐流、人尽可夫。连庙堂高官都掌握不了命运，何况一介女流，一个风尘女子？

几番折腾，陈圆圆最终又被抢回到吴三桂身边。她就像食肆里的咸鱼，被人翻过来摊过去。有人说，她在吴三桂府中待了一段时间之后，出家做了道姑；有人说，她在吴三桂兵败之后自沉莲花池，落了个白茫茫一片大地真干净。

第四章

欲望是无底深渊

赵飞燕与赵合德：花开在龌龊的地方，花也不美了

赵合德：姐姐，皇帝答应今晚会来看你，真的。我今晚不会让他进我的宫门！我说了，他如果不在你这里过夜，我就不理他。

赵飞燕：是吗？

赵合德：你相信我，我都安排好了。下个月，皇帝会让你去新修好的画舫跳舞，到时候你在高高的榭台上翻飞。他看到姐姐的腰身软若柳枝，单薄的身躯仿佛要随风卷走，一定会恢复对你的宠爱！

赵飞燕：你闭嘴！我是皇后，我不需要你施舍。

赵合德：姐姐，你真是这么想的？

赵飞燕：我，我……妹妹，我这是怎么了，我怎么会说出这样的话？

很多人只知道赵飞燕和合德是历史上有名的祸乱后宫的淫女，其实这很不公平。至少她们还是当时最出色的生物化学家，一对情深义重的姐妹。她们是双胞胎，一生相依为命。一个纤瘦一个丰腴，一个刚愎一个理智，一个乖戾一个温柔。早年，赵飞燕醉心于一个打鸟的毛头小子，是赵合德及时制止了这段爱情——我们是要飞黄腾达的，

181

别让那些小情小爱误了事。

赵飞燕从一个老虔婆李阳华那里听说有一种香精可以永葆青春。为了将来鲜花着锦、烈火烹油的美好前景，赵飞燕、赵合德两姐妹开始钻进炼丹室里调配香精。

这种提纯的香精就是后来的"息肌丸"，把它塞到肚脐里融化到体内，肌肤胜雪，双眸似星。据说，里面的重要成分就是麝鹿香，有着向周围渗透的能力。她们因为发明了这种奇效的青春美颜宝，美得让人魂飞魄散。而且，这香精还是强烈的催情剂。史书上只是含糊地说，飞燕和合德擅房中术。

终于，汉成帝刘骜在去阳阿公主家里玩的时候，看上了赵飞燕。赵飞燕可真美啊！她又轻又软，跳起舞来像一阵风。汉成帝当即爱上了她，把她带进宫里。进了未央宫，赵飞燕假装瑟瑟发抖，冒充处女度过了她的"初夜"。赵飞燕稳固之后的第一件事，就是把妹妹赵合德也带进了宫，两人极其受宠。为此，刘骜不惜得罪了背后有一大群外戚势力的王太后。

但是，这种受宠也悄悄生出了新的危机。

首先就是，王太后有五个兄弟，同一天封侯，都掌握着帝国的重权；王氏外戚不想被赵氏外戚夺权，就竭力反对。

更重要的是，赵合德渐渐夺取了刘骜的全部欢心。赵飞燕反而被冷淡。刘骜在宫里不止一次说："合德就是我的温柔乡。朕就老死在温柔乡了，决不像孝武皇帝还要去寻求什么白云仙乡！"

刘骜看许皇后越来越心生厌烦，找个巫蛊的理由，废了许氏。他只想让赵合德当皇后。

可是，赵合德说："谢陛下。能得傍陛下身边，妾身心愿已足，不敢再作奢望。皇后须由姐姐来做。首先，姐姐为尊长，理当姐姐为后，臣妾为妃；其次，姐姐生性善妒，如果我凌驾于她的头上，恐怕陛下和臣妾都日日不得安宁；再者，我能得到皇帝的宠爱很满足了，只要陛下能多来看看我，多想想我，当不当皇后，有什么要紧呢？"

"朕不同意。"

"陛下若执意不改，不肯让姐姐当皇后，我便一直跪着，直到你回心转意为止。"

最终，皇帝妥协了。因为王太后和舅舅们的反对，他收买了王太后的外甥，终于摆平太后，让赵飞燕当了皇后，赵合德封昭仪。

尽管两姐妹也有口角之争，但并没有反目。

另一个危机出现了。"息肌丸"最大的缺陷就是破坏生殖系统，长期服用将永远不能生育。皇宫药剂师上官妩教赵飞燕用羊花煮汤洗涤，可是已无法挽救。想到皇帝30多岁还没子嗣，后宫又虎视眈眈，就算别的妃子不急，皇帝也会急；就算皇帝不急，还有太后和他的舅舅们呢。怎么办？

没有子嗣可以依靠的两姐妹，地位眼看就要被倾覆，必须马上自保。于是她们采取了不同的战略：

姐姐赵飞燕无宠，怀抱一线希望，以为跟别的男人就可能怀孕，决定借精生子。她以祷神为名义，建了一间小房子，除了左右侍妾，任何人不得进入，用小牛车拉着一车的美貌少年，装扮成宫女进宫。汉代的笔记小说《飞燕外传》中记载，赵飞燕"日以数十，无时休息，有疲怠者，辄代之"。以她那看似弱不禁风的身子骨，真够耸人听闻的。

这件事情确实有诸多记载，宋代的《赵飞燕别传》中，有描写赵飞燕假装怀孕，谎称孩子夭折的故事；伶玄《飞燕外传》中，称其"多通侍郎宫奴多子者"，与多人私通。而且，还曾被刘骜当场发现。一天，刘骜带着随从去后宫，赵飞燕慌慌张张地出迎，刘骜看她衣冠不整的样子，心里猜疑了几分。不一会儿，又听到壁衣柜里有人轻声咳嗽，即已明白。但为了保全皇家的颜面，皇帝不动声色地走了，心里却对她起了杀心。最后，是赵合德苦苦哀求，皇后才逃过一劫。

而妹妹赵合德更加兵出险招。她直接央求皇帝杀死每一个嫔妃生的儿子。宫女曹氏怀孕生子，刘骜不想让姐妹俩知道，命令不得走漏风声，偏偏还是被赵合德发现了。她又哭又闹，以绝食相威胁，刘骜终于屈服。把出生才几天的亲生儿子带了过来，他亲自为婴儿灌下毒药，然后命人偷偷埋了，还一并处死了曹氏及其侍从。

接着，许美人怀孕，严加保守的秘密又不小心让赵合德知道了。她再度哭闹，刘骜只得又命人把婴孩带来，亲手杀死。

还有好几个宫女和小妃嫔，都是因为怀孕，被她们杀死。

姐姐的借精计划失败，但是被妹妹保了周全；而妹妹的"绝后"计划，从保护姐妹二人地位的角度上，是成功了。

44岁的时候，成帝死于赵合德的床榻之上，颇有西门庆的味道。

你觉得这些太匪夷所思吗？这些出自正史《汉书》，而且谋杀皇子的过程都收录在大臣的奏折里，写得非常详细。

在位26年，生育过多个孩子，怀孕过的妃嫔则更是不计其数，但刘骜无子无女，导致汉朝权力旁落，汉室被推翻。那时的后宫出了好几个类似以淫逸著称的后妃，但是她们的男人也太不像话，昏庸、放荡、无能，或兼而有之。

花开在这么龌龊的地方，又能怎么办呢？

张嫣与上官氏：处女皇后和少女皇太后的人生悲喜

很多皇帝还是小孩子的时候，就被权臣扶植上台。往往他们的皇后也是稚嫩的小女孩，被充当政治联姻的工具。西汉汉惠帝的皇后张嫣、汉昭帝的皇后上官氏，就很有代表性。

刘邦死后，他与吕后的儿子刘盈登基为帝。吕后让刘盈娶她的外孙女、鲁元公主的女儿张嫣为皇后。定亲时，19岁的惠帝用骏马12匹、黄金万两作为聘礼，迎娶仅10岁的小外甥女。张嫣的弟弟年纪还小，见黄金累累堆于堂上，奔入内房对她说："嫣姐，皇帝要买你去呢。"

惠帝娶外甥女，当然不是他的本意，而是吕后为了巩固娘家的地位胁迫他娶的。

而年龄相当于读小学三年级的张嫣，又能怎么样呢？本来从小就叫舅舅的，结果这个人却成了自己的丈夫，她的处境极其尴尬。汉惠帝看张嫣年纪太小，不能圆房，就和其他妃子与男宠厮混。

吕太后眼看皇后不怀孕，惠帝却跟其他妃子和宫女陆续生下了好几个孩子，皇子就有七个，她开始着急了。吕太后威胁皇帝要专宠张嫣，否则就杀掉整个后宫。

吕太后"欲其生子万方，终无子"，各种威逼利诱。即便如此，惠帝还是不想与年幼的皇后圆房。不得已，吕太后心生一计，让张嫣假装怀孕，把惠帝后宫美人生的孩子刘恭交给张嫣抚养，封为皇太子，为了确保此计万无一失，她还狠心把太子的生母杀了。

虽然历史上没有很详细地记载这位张嫣皇后，不过根据有限的资料推测，她是一位善良又软弱的姑娘。在有了官方钦定的"孩子"后，孤零零的她，似乎找到新的人生寄托。她也不再需要被外祖母吕太后胁迫，被逼跟舅舅发生关系了。

张嫣喜欢吕后给她的这个小婴孩，她像姐姐一样看着小婴儿慢慢地长成幼童，想必，听到小宝宝喊出第一声"妈妈"的时候，她是非常快乐的。

可是不久，惠帝死于未央宫，年仅23岁；皇后张嫣年方14岁，才刚刚发育。有一种说法是，她一直都是处女。等到少帝刘恭日渐长大，有一天，他质问张嫣：你不是我的母亲！你只比我大9岁，不可能生下我！不仅如此，刘恭还知道了亲生母亲是被祖母吕太后所杀，他生气地说，以后长大了一定要为母亲报仇。

吕太后知道了这件事，就把刘恭幽禁在永巷。张嫣曾冲上去，跟吕太后据理力争：他是皇帝，更是一个5岁的小孩！没有人照顾他，他会死的！我求您了，不要把他关起来……外祖母，我宁愿您把我关在永巷，换他出来，求您了……

但是，吕太后丝毫不为所动。她担心这个不听话的孩子长大以后是个隐患。而张嫣也还是个孩子，面对状况她根本束手无策，除了哭泣之外无能为力。

就这样，刘恭孤零零地死在了永巷。

小皇帝恭儿知道我不是他的母亲了。

我终于不需要再假装，终于算是解脱了。

10岁的时候，我就要假装我生了一个孩子，

15岁的时候，我就要假装我的孩子已经5岁了。

恭儿很可爱，我希望是他的母亲，可我毕竟不是。

每天，我都担心着，臣子们会站出来说：

皇后是个骗子！她这么小，生不出皇帝！

我知道这一天一定会到来。

但万万没想到，是恭儿先看出来了。他不认我。

如今，恭儿已经长眠。我却无法让恭儿与他真正的母亲合葬。

梦里，我还常常想到他，想着他的小手，他胖嘟嘟的脸。

我亲着他，抱着他。

他也搂着我，叫我"娘亲"，害怕的时候四处找我。

如果我真的是恭儿的母亲该多好啊！

至少，有人跟我一起，度过在太后手中战战栗栗、噤若寒蝉的日子。

我的恭儿，我想你，我真的想当你的母亲。

可惜，我没那个命。

温驯的小皇后张嫣，一辈子生活在吕太后的阴影和恐怖之下。尽管吕太后也是她的至亲。

后来，吕太后又立了年龄更小的恒山王刘弘为皇帝，史称后少帝。张嫣也被吕太后与外界隔绝起来。

30多岁，张嫣就去世了。这也许与她的敏感、脆弱、多愁善感有一定关系。

但女人啊，最怕的就是失去希望，她虽名义上是皇后，可是，没人愿意听她的心声。

可叹的是，历史总是在不断地重演。100多年后，西汉又出现了一位与张嫣命运相似的皇后——上官氏。

上官氏是大司马霍光的外孙女，左将军上官桀的孙女，6岁嫁给了汉昭帝，是中国历史上最年幼的皇后。

她15岁守寡，被封为太后；40岁，再次被封为太皇太后，其经历相当富有传奇色彩。

上官氏的皇帝丈夫汉昭帝即位时年仅8岁，毕竟只是年幼的孩童，整天除了上朝和学习外，也想玩玩游戏，而小皇后又何尝不是呢？在心智还停留在过家家的阶段，她就被要求母仪天下。顶着比自己还重的凤冠霞帔，被告知肩负的是家族和民族的命运，连哭都不让哭。

上官氏和张嫣的命运极其相似。和早逝的惠帝一样，汉昭帝年仅20岁就去世了，没有留下孩子。当时15岁的上官太后年龄太小，决定由谁来当皇帝的依然是上官太后的外公霍光等权臣。于是，昌邑王刘贺被选为嗣子，即皇帝位。可没想到，刘贺仅登基27天就干了1127件坏事，平均一天40多件。霍光等人极为不满，决定废掉这位皇帝。

其实，下决心废掉刘贺还有一个重要的原因，就是霍光等人发现，刘贺带了一群他的旧臣过来，中央已经无法辖制这位新皇帝了。

虽然这个决定是由大臣共同商定的，但在程序上，废位诏书还是需要以年幼的上官皇太后之名颁布。因为只有她下的诏书，才具有合法性。

上官皇太后就像一颗棋子任由他们摆布。

之后，霍光从民间找到汉武帝的曾孙，改名刘询，立为皇帝，即汉宣帝。上官氏仍为皇太后。也就是说，当现代人还处在初中刚毕业的年纪时，上官氏就已经当上了成年皇帝的叔祖母。这对她来说，到底是幸，还是不幸？

不过宣帝即位，倒是又给上官氏带来了一门新的亲戚。因为宣帝娶的第二任皇后，是霍光的小女儿霍成君。

有意思的是，霍成君是霍光的小女儿，当时17岁；而上官氏是霍光的外孙女，当时19岁。一边，皇太后上官氏是皇后霍成君的叔祖母；一边，皇后却又是皇太后的嫡亲姨妈。要知道在宫里，太后是皇后的尊长，彼此有君臣尊卑之分，可霍皇后仗着自己是上官皇太后的小姨妈，对上官氏并不恭敬，和她身后的霍家一样张狂。

霍皇后的母亲曾毒死了宣帝的第一任皇后，还授意霍皇后给现任太子下毒。而霍家的几位兄弟眼看着坏事就要暴露，干脆闹起叛乱。最终，霍家被镇压，被灭族。霍皇后也被废。

唯独养在深闺中的上官太后，虽然是霍光的外孙女，但因为她对这一切并不知情，也没有参与其中，所以没有受到任何牵连。元帝即位后，40岁的上官太后，被拜为太皇太后。

> 从我6岁开始，就住进了宫里。
>
> 我喜欢这里。除了那一次次快要死掉的时刻。
>
> 有几次，我真的很害怕。
>
> 一次，是我的丈夫崩了。我怕得要死。

我不知道我会不会被拉去殉葬，虽然从来没有人这么告诉过我。

外公说，我没事，以后，我就是太后了，我的地位会比新皇帝还高。

我是君，我的外公和爷爷、父亲，都是我的臣子。

一次，是昌邑王必须被废。

我曾哀求外公，昌邑王不坏，他很聪明，能不能不赶尽杀绝？

外公说：不行，你必须以你的名义来颁布废位诏书，并亲口宣召。

还有一次，我因为害怕，整整一年都不敢闭眼。

我的爷爷、父亲、母亲、叔伯、兄弟全被诛杀，皇后小姨妈也被废了。

我不知道，我会不会被废，被杀。

熬了一年，我终于知道，我安全了。

每一次，我都以为我会死，但是没有。

我侥幸活了下来，可是在这世上已没有亲人。

我只能过好每一天，那是亲人们用命为我换来的。

上官太皇太后，历经了昭帝、废帝、宣帝、元帝等多朝，理论上她可以像吕太后一样成为最高统治者，但她没有。她只是一个傀儡，守寡37年，听任摆布。8岁时，她的祖父和父亲被诛杀；15岁，她的皇帝丈夫死了；24岁时，母系家族被灭族。她没有一个正常、健康的童年。

但面对如此多不幸，上官氏都坦然受之，而且按照古人的标准，活得还比较长寿，52岁去世。比起后宫那些过早死去的皇后和太后来说，已经算是寿终正寝了。

风暴的中心往往是平静的，上官氏虽处在权力的中心，一生多次经历惊涛骇浪，但每一次，她都没有被卷进去，或许她身上有一种钝感力，老老实实地恪守制度，也恪守制度给她带来的一切富贵，不慕奢华，不求权柄。哪怕亲人被杀，因为都是证据确凿的谋反，上官氏也沉默地接受事实，不作对抗。也许正因为这样，她才能活得这么长久。

西汉的两位小皇后，张嫣与上官氏，她们的命运都很不幸。她们一个敏感脆弱，一个钝感平和，都在用自己的方式迎接命运。我想起了茨威格在《断头王后》的传记里写过的一句话："她那时候还太年轻，不知道所有命运赠送的礼物，早已在暗中标好了价格。"

贾南风：玩残西晋的野蛮皇后

西晋时的皇后贾南风，嫁给了史上最低智商的昏君，一边瞒着皇帝带人进宫偷情，一边还特别爱玩弄权术，最终引起"八王之乱"，祸国殃民。

"恐龙守则"上说，一个女人，如果不性感，就要漂亮；如果不漂亮，就要有气质；如果没有气质，就要很可爱；如果不可爱，就要很温柔；如果不温柔，那就要年轻；如果这一切你都不满足，那么，有可能当上皇后，如果你是贾南风的话。因为贾南风真的很另类。

在任何一场新政中，开国元勋往往是一代精英，靠才干取得尊荣。不过晋王朝的开国元勋，却是那个时代最腐败的一群无耻之徒。比如皇帝司马炎，他曾下令天下，禁止嫁娶。名门贵族家的女孩子都穿着破衣服扮丑，以逃避被选入宫。

即便如此，他还是挑了1万多名姬妾入宫，以至于他每天发愁，不知道晚上该夜宿何处，于是乘坐羊车，任凭羊停在哪里，他就在那里过夜。有些人为了得宠，就将竹叶插在门口，地上洒盐汁，羊喜欢竹叶和咸味，就停下来吃。这样，她们得到了晋武帝的宠幸。在那种不讲究优生优育的情况下，司马炎生了一个智商远低于正常人的嫡子司马衷,而且是正宗皇室继承人。听见青蛙叫声,司马衷会问:"它们为什么叫?"听见有人饿死,他大惊说:"没有饭吃,为什么不吃肉粥?"这就是著名的"何不食肉糜"的来历,被戏谑了千年。

这个"傻儿子"连父皇司马炎也想废了他,便出了份试卷。太子身边的一群侍从官员替他答题,时任太子妃的贾南风一看就摇头:"不行。答得文采斐然,皇上一看就知道是假的。"

她找了几个太监代为答题,让司马衷笔录。晋武帝一看:嗯,儿子是笨,不过有常识,头脑正常。之后安心地死去了,于是司马衷顺利地成了皇帝。

这一次,只是贾南风的小试锋芒。

贾南风生得粗、短、黑、面貌奇丑,眉心有疣痣,而且性格暴躁,妒忌心重,残酷冷血,本不宜做太子妃。有一次她听说某妃子怀孕了,居然挺着长戟当飞镖,当着丈夫的面将其捅死。不过,随着司马衷当上皇帝,贾南风成了皇后,时年34岁。司马衷极其惧怕贾南风,不敢和别的妃子有染。贾南风正相反,她不仅和太医公开偷情,还派人去宫外物色猎物,看到英俊少年就连哄带骗,蒙上眼睛送到皇后宫里。

后生看到雕梁画栋,丝缎绫罗,只当自己来到天堂。这时,一个中年丑妇出场了……这些不知情的小伙子在仙宫里过得飘飘欲仙,几天之后,大多又被蒙上眼睛送出宫,然后被杀。这些壮年小伙还不知道发生了什么,迷迷糊糊之间,就上了真正的天堂。

平心而论,上帝给贾南风关了一扇门,又给她开了一扇窗。尽管有千般丑恶、万般无耻,但她还是有一项本领在宫里立住脚,就是权术。

史书说她，"妒忌，多权诈"。仅仅玩弄男人，这还不够，贾南风想要更大的权限。

因为皇帝智力有缺陷，贾南风玩弄他于股掌之中自然不在话下，但她仍然有顾忌的人。在宫里，是她的婆婆、武帝的皇后、现任皇太后杨芷。

虽然杨太后比贾南风还小两岁，而且曾经保下贾南风的皇后之位，但是，杨太后的存在，妨碍了贾南风施展手段与权术，总让她有所顾虑。

而在外朝，最有实权的人就是杨太后的父亲——太傅杨骏。

贾南风悄悄营造舆论，杨骏篡改武帝临终前的诏书，说武帝曾召汝南王亮进京。消息不胫而走。之后，贾南风又实施了另一个举措，调诸侯王的军队进京。

诸侯王都是皇子，有各自的地盘、军队，是独立王国。他们听到有机可乘，纷纷进京，争夺帝位和地盘，就像预先埋的雷被纷纷引爆。而这个点燃引线的人，就是皇后贾南风。

于是开始了轮番混战，贾南风先与楚王玮合谋，杀死心腹大患杨骏，诛其亲族数千人，活活饿死了太后杨芷。

然后，又杀死了有实权的汝南王亮及其党羽。最后以图谋不轨的罪名，反手除掉了曾帮过她的楚王玮。

接着，贾南风从妹妹那儿抱来一个男孩，冒充自己的儿子。一路杀将过来，也把她的欲望挑逗得愈加斗志昂扬。但是，贾南风也没有落得好下场，被赵王伦杀死了。

这就是西晋历史上著名的"八王之乱"，由贾南风挑起。此后，各诸侯王一再混战，直到弱智皇帝司马衷被毒死，另立新帝，才算结束。"八王之乱"前后共历时16年，而整个西晋才51年。这给整个社会带来深重的灾难，共造成数十万人死亡，上百万人流离失所。

> 我有欲望，很多很多的欲望。
>
> 我那个弱智老公有的，我很多还没有；
>
> 他能做的，我还有很多不能做。
>
> 是啊，我沉迷肉欲，而且杀死了几乎每一个满足过我的男人。
>
> 那又怎么样？
>
> 皇帝都有三宫六院，他理直气壮，我还要躲躲藏藏；
>
> 我已经做了妥协！
>
> 我喜欢权力，可是，我不想看那些奏折，不想去处理赈灾和救济的破事。
>
> 我只想随心所欲，无人阻拦。
>
> 还责怪我引狼入室。
>
> 太蠢了，唯有大乱，才有大治。
>
> 没有屠杀和战乱，我怎么能除掉太后和她爹？
>
> 死人太多，不是我的错。
>
> 这是必要的代价。
>
> 死了这一批不马上又生出来一批吗？
>
> 生生不息。

可以说，贾南风不玩弄权术的时候，就是在玩弄男人。

我钦佩生命力旺盛的女人，哪怕她不符合时代的伦理观。但贾南风最大的问题，并不是相貌丑陋，而是她集假、恶于一身。因为喜欢权术，所以靠虚伪和做假来获得更多支持；因为内心恶念横生，所以为了杀尽有碍前途的政敌，宁愿掀起战争，哪怕身后洪水滔天。

贾南风不知道，当她凝视权力的深渊时，深渊也在凝视她！

妲己：狐狸精也怕人言可畏

历史上，最有名的"狐狸精"非妲己莫属。她是商纣王的妃子，相貌绝美却心如蛇蝎，最终让纣王得罪了各路诸侯，身死国灭。

其实，在妲己之前，古老的狐精族拥有高贵的血统。《山海经》里将九尾狐视为神兽，认为可以辟邪驱毒。很多原始部落均以狐狸为部落图腾，奉为守护神。

治水的大禹娶了涂山氏的九尾白狐为妻，而且这位狐狸身家清白、贤淑有功；狐狸曾是上古帝王的外戚，身价不凡。

不过，后来狐精族家道中落，从天潢贵胄皇族宗室的后代，降为低贱的狐媚子，而且成了坏女人的代称。我们也习惯了把那些狐媚多情、狡黠妖气，专门以色惑人的美女，称为狐狸精，因为她们身上集中了被传统良家女性蔑视的一切特征。

妲己作为一个被妖魔化了的狐狸精，是拜明代《封神演义》（俗称《封神榜》）中的苏妲己所赐。她演绎的这个狐狸精特别深入民心，一代帝业被这一池祸水给废了，千秋万世过去，仍然让男权主义心有戚戚。

殷商是中国历史上的一个强盛时期，纣王原本才思敏捷，武力超凡。《封神榜》里说，有一次，他在女娲庙里看到女娲美貌就题了首淫诗，调戏女神：

> 凤鸾宝帐景非常，尽是泥金巧样妆。
> 曲曲远山飞翠色，翩翩舞袖映霞裳。
> 梨花带雨争娇艳，芍药笼烟骋媚妆。
> 但得妖娆能举动，取回长乐侍君王。

纣王借诗把女娲的容貌大加赞赏了一番，尤其是最后一句，更是直接表明希望让女娲进宫伴君左右。

这可把女娲气坏了，发誓要搞垮这个昏君。于是，她派出一只狐狸媚惑纣王。而妲己是有苏氏的女儿，被选入宫，这只狐狸趁机附在妲己身上。另一种说法是，妲己是纣王征战有苏氏族得胜的"战利品"。

不管如何，妲己长得非常艳丽，杏脸桃腮，而且擅房中术，立即把纣王迷得神魂颠倒，不知今夕是何夕。

根据《史记》记载，纣王不但投妲己所好，"作新淫声、北里之舞、靡靡之乐"，还唯"妲己之言是从"。

妲己不仅荒淫狐媚，而且性情残忍，怂恿纣王设计出种种令人触目惊心的残忍酷刑，在鲜血的刺激下，她欲望的阈值越抬越高，越残忍越快乐，越血腥越美丽。纣王对她言听计从，荒理朝政。

纣王干的恶事有哪些呢？

一方面，他搜括百姓钱财，修建高大宏丽的鹿台，置满奇珍宝物。同时，"以酒为池，悬肉为林，使男女裸相逐其间"，彻夜长饮，欢嬉达旦。大臣们看不惯，纷纷劝谏。

为了吓倒那些劝谏的大臣，纣王发明了一种惩治犯人的刑法，称为"炮格之法"，就是：把铜柱外涂油脂，下面加炭，"令有罪者行焉"，没走几步，就掉进炭火里，被活活烧死。每次看到犯人在炭火里挣扎惨叫，妲己就笑了。

自此，再没有人敢多嘴了。

纣王与妲己在鹿台上欢宴，还命令嫔妃们脱去裙衫，赤身裸体地唱歌跳舞。数十位宫嫔不愿，妲己说："可以在地上挖一个大坑，然后将蛇蝎蜂虿之类丢进穴中，将这些宫女投入坑穴，与百虫嘬咬，这叫作虿盆之刑。"每天因此被折磨至死的宫女不计其数。

九侯有个美丽的女儿，献给了纣王，她不喜淫荡，纣王大怒，杀了她，同时把九侯也施以醢刑，剁成肉酱。鄂侯极力劝谏，结果也遭到脯刑，被制成肉干。西伯昌闻见此事，暗暗叹息，也被囚禁。

妲己的著名事件，还包括将大臣伯邑考剁成肉酱，砍断别人的腿骨看骨髓等。听到惨叫，妲己笑得花枝乱颤，纣王笑得天花乱坠。

对于这些荒唐行为，大臣比干一直在劝谏。纣王大怒，说："我听说圣人的心有七个孔。"于是剖开比干的胸膛，挖出心来观看。

如此一来，纣王闹得天怒人怨，西伯侯趁机壮大势力，经过长期的征战，终于打进了朝歌。纣王眼看大势已去，不愿投降，投身火海。

一切听起来都是咎由自取，可事实真的是这样吗？

大王并不是一个坏人，他没有酒肉池林，也没有日夜裸戏。

我听都没有听说过。

他只是性格有点暴躁。

没错，他杀过很多人，包括九侯、鄂侯、伯邑考、比干……

但他们是要反对他，还要起兵造反的。

烹煮、醢刑、车裂、腰斩、绞杀，并不是他的发明。

但是，他的名声却是有史以来最坏的王。

大王的坏名声从哪里来？

不在于他有多残暴，而在于他被打败了。

不如此，叛军怎么解释他们的不忠？

算了，我也无法替他辩白了。

因为我的名声比大王还要坏。

我是一个杀人取乐的坏女人，

大家说，我可以为了取乐，而砍断路人的腿，验看骨髓；

我可以为了求知，而剖开路过的孕妇的肚子，验看胎儿；

还可以为了听惨叫声，设计炮格、虿盆，谋害了比干；

我是毒妇的代名词。

一切都变成了"经过妲己挑唆""为了讨好妲己"；

反正，什么都是我干出来的。

可是，一个国家的败亡，并不是因为一个女人；

而是在战争中失败了而已。

纣王真有那么坏吗？未必。

早在春秋时期，子贡就看不过去了，他愤愤为纣王鸣不平，说："纣之不善，不如是之甚也！是以君子恶居下流，天下之恶皆归焉。"意思是，纣王哪有这么坏，都是后世对失败者的污蔑。

实际上，不同时期的作者，都喜欢按自己的理解对当时的历史进行重新演绎。在春秋时期，关于纣王的罪状还只限于"比干劝谏而

200

死"。汉朝司马迁写《史记》的时候，已经有了更生动的演绎，说是纣王剖开比干的心，想看看"圣人"的心是不是七窍。

而关于"酒池肉林""炮格"的传说，《尚书》等没有记载，春秋时也没有，但是战国末期的韩非子则绘声绘色、添油加醋；而《史记·殷本纪》中又增加了"以酒为池，悬肉为林，使男女裸相逐其间"的说法；甚至还有人写道，酒池很大，可以"回船糟丘而牛饮者三千余人为辈"。

汉代学问家刘向，把纣王鹿台的面积升级为"大三里，高千尺"；而晋朝的皇甫谧则再进一步，活生生把鹿台抬高了10倍，达到"高千丈"的地步。

妲己更惨。经过神魔小说《封神榜》的演绎，红颜祸水、祸国殃民的名声，她算是背定了。

周武王灭纣的时候，传说因为妲己容颜过于娇媚，以至于刽子手都不忍心下手，甚至愿意替死。姜太公于是蒙面斩妲己。她一死，才露出了九尾金毛狐狸的真身。

当然，妲己是奉女娲之命下界陷害纣王的，一般的狐狸精只管迷魂，不作恶。

假如真有妲己这样的人，她需要为亡国负责任吗？在一定程度上，是要的。享乐的时候"鸡犬升天"，败亡的时候"覆巢之下，安有完卵"，妲己与她的大王，是命运相连的。

今天我们都知道，"祸水论"不过是男权世界里极常见的一招：诿过于人。甚至这样还不够，还要把她丑化为妖怪。

连带着，连狐狸也受了委屈。

郑袖：靠游说玩得一手好谋略

郑袖是战国时期楚怀王熊槐的宠妃。她的争宠技术一流，不仅让楚怀王的另一个宠妃含冤而死，还放走张仪，驱逐屈原。楚国的衰落，多多少少有一笔账要算在她的头上。

> 我，郑袖，楚怀王的宠妃。
>
> 大王统治的楚国，是与齐国、秦国并列的强国。
>
> 我很骄傲。
>
> 我是如此大国的君主的宠妃。
>
> 大王治理他的国家，
>
> 那我就守好他的心，吹好我的枕边风。

楚怀王即位时，国势达到顶峰，物产丰富、人口众多、军队强盛。早年的时候，楚怀王励精图治，拥有一群能独当一面的名臣，对内屡次实施强国改革，对外在六国联盟中被推为合纵长，还一举攻灭越国，设郡江东。

看起来形势一片大好。但是，战国时代群雄并起，六国之间互相合纵、连横，在信息不透明、不通畅的上古时代，国与国之间的实力如何、政策如何、利益如何，都很难准确地知道。国君做决策，是宣战还是求和，很大程度上依赖于在各国之间游走的说客，依赖说客提供给他们的有限信息。信息不对称，在那个时候影响力很大。

为什么谈一个后宫妃子要谈到当时的政治形势呢？一个原因是，后宫中的政治，也如国家大势一样，妃子之间利用君王的信息不对称，故意诱导其做出错误决策，来消灭情敌。这种靠游说改变格局的功力，朝廷和后宫很相似。

楚怀王的宠妃郑袖，就玩得一手好谋略。

郑袖来自哪个国家，正史没有记载，只知道她相貌出众且富有谋略，狡黠阴险。她遭遇的第一次危机，是魏国被楚国打败后，魏国送给楚怀王一个美人，以示交好。楚怀王很喜欢这名新娶的魏美人，经常与她在一起，疏忽了郑袖。

魏美人确实有几分姿色，皮肤吹弹可破，一双眼睛水汪汪的，尤其她的鼻子，又尖又翘。

论美貌，后宫里无人能出其右。

别说大王喜欢她，我也喜欢她呀。

每次宫里分派的锦缎和绫绸，我都会先挑最好看的给她；

有人送我的首饰珠宝，我都会拣几件给她；

好吃的，我也留着；好玩的，我叫上她一起。

有时大王宣我侍寝，我还假装累了，把他推去魏美人宫里。

谁叫我们是好闺密、好姐妹呢？

魏美人也很信任我呀。

她还告诉我，有宫女说我心机太深，让她提防我呢。

当然，爱挑拨的宫女，我让人把她的舌头给拔了。

大王还夸我说："别的女人仰仗自己的美色来博取丈夫的欢心，

"嫉妒乃是人之常情。

"现在郑袖明知寡人喜欢魏女，可是她爱魏女比寡人更甚，

"这简直是孝子侍奉父母、忠臣侍奉君主的方法啊。"

所以，大王虽然喜欢新欢，但我这么乖，旧爱也不能忘呀！

看时机已成熟，郑袖悄悄地对魏美人说："大王虽然宠爱你，却觉得你的鼻子很难看。所以你见到大王，一定要捂住鼻子，这样大王就会长久地宠爱你。"魏美人觉得好姐妹体贴自己，依言照办，每次见到怀王都捂住自己的鼻子。楚怀王莫名其妙，就问魏美人的闺密郑袖怎么回事。

郑袖假装不愿意说，问急了，才勉强回答道："她跟我说，她讨厌闻到大王身上的气味。"

楚怀王心胸狭隘，一听大怒，命人割掉了魏美人的鼻子。

从此，郑袖独宠后宫。这个故事，在《韩非子·内储说下》和《战国策·楚策四》里都有记载。她的阴险与智识也为人所知了。

同样是阴鸷与恶毒的后宫争宠戏，比起电视剧里晚清时代的各种下药打胎，或者是嫁祸于人，郑袖邪恶的本领还是要更有想象力一些。或许，这种搅浑水的功夫，也与那个时代特色密切相关吧。

关于张仪，实际上，他是楚怀王的大仇人。

秦国派出张仪，他提出，只要楚怀王撕毁与齐国的盟约，秦国便

将600里的商於之地割让给楚国。商於是秦楚边界上的战略要地，这个提议无疑是天上掉馅饼，楚怀王迫不及待地答应了。结果，楚国撕毁与齐国的结盟之后，天下大哗，成为笑柄。楚怀王硬着头皮向秦国讨要商於600里。张仪却说："你听错了，我说的是我自己的6里封地，哪儿来的600里？"

这可把楚怀王气疯了。

有一次，楚怀王用黔中地区交换张仪。楚怀王对使者说："不用给我武关之外的地盘，只要把张仪给我，我就给你黔中。"

明知楚怀王要杀他，张仪却胸有成竹，大大方方地去了楚国。

张仪来到楚国后，楚怀王不见他，而是就地囚禁，准备杀死他。张仪早有安排，他贿赂了一个大臣——靳尚。靳尚来找郑袖，说："你可知道，你马上要在大王面前失宠！张仪是秦国的功臣，秦王很喜欢他，秦国会想办法把他释放出来的，听说会派一位公主嫁给大王，换他出来。这位公主不仅漂亮，还有丰厚的陪嫁，另有上庸六县的土地作陪嫁。这位秦国公主的身份高贵，应该就是未来楚国的王后，到时你失宠的日子就会不远。"

郑袖说："一切拜托您，我真不知道该怎么办好。"

靳尚说："您不如向大王进言释放张仪。释放了他，秦国公主也就不需要来，张仪还会很尊重你；以后，你在国外结交秦国，还有张仪；你的子孙实力大增，有望成为楚国太子啊！"

郑袖一听言之有理，便给楚怀王吹枕边风说："你也不能怪张仪，各为其主，他是秦国的人当然要为秦国说话。你抓了他还要杀他，秦国一定会攻打过来。到时楚国就危险了。我请求让我们母子一起迁移到江南，不要让我们成为任秦国宰割的鱼肉。"楚怀王觉得言之有理，于是释放了张仪。

为了个人的利益，释放国家的仇敌张仪，郑袖可算是"楚奸"了。

不过，没有她，楚怀王也绝对高明不到哪里。张仪面见楚怀王，晓以利害，居然让楚怀王这个"合纵长"听了自己宿敌的谗言，退出六国联盟。接着，张仪又劝秦王，邀请楚怀王到秦国开联盟会议。虽然有屈原等众臣的苦苦相劝，但楚怀王又在靳尚和郑袖劝说下，坚持要去秦国。

没想到，楚怀王这一去，就再也没有回来。

到了秦国，秦王果然把楚怀王当人质，让楚国割让巫、黔中两郡。楚王不答应，秦国便派兵出武关攻打楚国，大败楚军，斩首五万，取析十五城而去。

楚怀王被终身囚禁，老死在秦国。

大王被秦国囚禁，客死异国。

有些大臣暗暗地怪我。

我的孩子也无望王位了。

但这怎么能是我的错呢？

明明是大王自己错判形势，明明是他亲自撕毁的盟约，退出的合纵联盟。

你们也不想想，为什么众臣都劝大王不要放张仪，他不听，

我只说了几句，大王就听了？

不是因为大王宠我，是因为他也害怕秦国打过来。

为什么众臣劝大王不要去秦国，他不听，

我只说了几句，大王就听了？

不是因为大王信我，是因为他觉得有便宜不占就算吃亏。

他的想法谁能阻挠得了？还不如顺着说，少惹祸端。

屈原却写了篇《离骚》的长诗来挖苦我，

好你个屈原，难道还想把账都算到我头上？

不久后，屈原被放逐到沅湘一带。有史书认为，这是郑袖在背后搞的鬼。

但不管怎么说，郑袖干预朝政，勾结外臣，谋害妃子也就罢了，还损害了国家利益。楚怀王固然是个昏君，但也是因为有了郑袖这样的奸佞，才一步步把一个强大的国家搞垮了。无论是男人还是女人，臣子还是嫔妃，辅佐一位君主，都需要正直明辨。信息不对称从古至今一直都存在，但是如果抓住信息不对称的机会，刻意为了私欲利用身边的人，不管是在古代，还是现在，都不会有太好的结果。

孙寿：再绚烂的外表，也掩饰不了恶的本性

东汉有个叫梁冀的"跋扈将军"，在他手里废立了三任皇帝，还毒死了一任。一物降一物，他的老婆孙寿更是个厉害角色，一位将军的老婆尚能在史书上留下一笔，可见也是坏事做绝了。但有意思的是，孙寿看上去不像什么悍妇，她不仅长相美丽，而且特别喜欢打扮成娇弱无力的样子，甚至还开创了中国古代女子"以弱为美"的时尚风潮。

这两个人，在历史上都是反面教材。孙寿到底有何能耐，这还要从她的丈夫梁冀说起。

梁冀出身于东汉的世家大族，他的父亲是当朝大将军，妹妹是汉顺帝皇后。一边是皇后的哥哥，一边又承袭了父亲的官职，于是在顺帝驾崩之后，梁冀以一人之力，立了年仅1岁的冲帝当皇帝。一年之后，冲帝驾崩，梁冀又立了8岁的质帝。但是8岁的质帝已经懂事，对梁冀的做法不满，说他是"跋扈将军"。于是，梁冀毒死了只有9岁的质帝。随即又立了15岁的桓帝。

梁冀掌权20年，历时四位皇帝，有三个皇帝由他操纵扶上台，还有一个被他毒死，煊赫无比。而对他心有不服的官员，不是被杀死就

是被毒死，或者用各种借口塞到监狱里。觊觎谁的财产，梁冀就会把他折腾致死，然后没收归为己有。

据说，这个梁冀奇丑无比，竦肩驼背，斜眼歪鼻，说话还口吃。除了声色犬马、杀人越货，一无所长，斗大的字不识几个。但他仗着背后的权势，就是这么嚣张、跋扈。

这样一个作威作福的人，还有涎着脸挨骂，被人拎着耳朵，打得跪地求饶的时候吗？有。对手就是他的老婆——孙寿。

孙寿，容颜娇艳，体态婀娜，尤其善作各种媚态。不过，她虽然美貌，本性却很恶毒，与她的丈夫一起戕害了不少人。

梁冀对孙寿，既爱又怕。孙寿天性善妒，对梁冀管束得特别严格。

汉顺帝有个妃子叫友通期，被废出后宫，顺帝让大将军，也就是梁冀的父亲梁商，安排把她改嫁。正碰上梁商去世，梁冀就派人把友通期抢了回来，两人偷偷地在城西同居，还是在父亲的热孝期。结果，孙寿知道了，趁梁冀不在，带了奴仆，把友通期抢回家，剪去头发，划破脸，痛加笞打，并要上书顺帝告发这件事。

梁冀听了，非常害怕，只好在老婆面前，又磕头又作揖地求情，孙寿这才放了他一马。

可梁冀却不知悔改，照常与友通期私通，还生了个儿子叫伯玉，藏在夹壁墙里，见不得光。孙寿便唆使儿子杀死友通期和她的一家，梁冀却怒不敢言。或许有人会说这对夫妻的关系一定是水火不容，其实并非如此，古代是允许有妾的，妻子对妾的处置不一定会影响夫妻感情。那么，像梁冀这么跋扈的人，怎么会这么怕老婆呢？

这男人啊，见了女人就像猫闻到了腥！

连皇帝废出宫的妃子都要捡！

你怎么不从垃圾堆里找女人呢？

而且，你爹已经把这个蠢女人再嫁给别人了，你还抢回来！

抢也就算了，还在你爹的热孝期间跟她勾搭上了！

唉，这个男人百般愚蠢，

好在，他还知道立了一个1岁的小孩当皇帝，牢牢地把握了朝政，

让那些清流、浊流，都没有可乘之机，还是对的。

那死鬼怎么懂，他还以为我是吃醋呢。

那时，老皇帝还在，还不能得罪，

他犯得着为一个女人搭上前途吗？

生下的孩子到底是他的，还是皇帝的？

会不会给大将军府带来麻烦？犯傻啊！

别人以为他怕我，其实，那是因为，

没有我的提醒点拨，大将军府恐怕早被人灭了几回了！

梁冀之所以这么怕老婆，更大的原因应该是对老婆权谋的折服。孙寿对友通期如此凶狠，在很大程度上是因为，收留这个皇帝的前妃子，可能是一颗定时炸弹，会危及大将军府的安全。

其实，孙寿也不是个安分的女人。梁冀宠爱一个叫秦宫的美少年监奴，还把他升官至太仓令，让他可以自由地出入自己的居所。没想到，孙寿一眼看中秦宫，与他私通。秦宫内外受宠，权力大增，想要攀附梁冀的官员都纷纷巴结贿赂他，一时风头无两。

不得不说，这夫妻俩还真是天造地设的一对，他俩的默契还不仅

仅体现在出轨这一件事上。

首先，他们清楚地知道，彼此是利益共同体，在疯狂攫取权力上，两人是有共识的。梁冀是前无古人、后无来者的"三万户侯"；孙寿也被册封为君，享受长公主待遇。

为了得到地位和财富，他们做的坏事，简直罄竹难书。比如，梁冀杀了父亲的亲信吕放，又怕父亲责怪，就将此事嫁祸给了吕放的仇家，还特意让吕放的弟弟当洛阳令，前去捉拿吕放的仇家，把他的整个宗族及100多个宾客都杀掉了。

又比如，太守马融和田明上任前得罪了梁冀，梁冀就派人诬陷他们，将两人剃光头发毒打，并流放到北方。结果，一个自杀未遂，一个死在路上。类似这样的事，不胜枚举。

孙寿这位心机美人也是有过之而无不及。她深谙驭夫之道，擅长吹枕边风。她成功地说服梁冀，剥夺了许多梁家人的职权。对外似乎给人一种谦让的感觉，实际上却是为了抬高自己宗亲的地位。

这样做的结果也显而易见，孙寿的娘家人中，担任侍中、卿、校尉、郡守、长吏等官职的就有十几个。这些人当上官以后，把富户都敲诈了个遍，把他们抓到监狱严刑拷打，让他们出钱赎出自己，给钱物少的就被处死或遭流放。

其次，夫妻二人对时尚都有着近乎偏执的疯狂。

先说孙寿，她虽然很坏，却为中国古代的美容美发业做出了不可磨灭的贡献。

据《后汉书·梁冀传》记载，孙寿"善为妖态"，作愁眉、啼妆、堕马髻、折腰步、龋齿笑。

最绝的当属"折腰步"，就是我们常说的猫步，走路时如风摆柳，腰肢细得好像要折断一样。

为了媚惑男人，孙寿还自创了许多楚楚可怜和惹人疼爱的扮相，引领京城洛阳的时尚。

自此，中国女子普遍盈盈不堪一握，眼角眉梢羞怯不自持，柔弱慵懒得像一只波斯猫，让男性萌生一种想保护的冲动。哪怕纤纤玉手像赵飞燕、孙寿一样，即便杀人如麻、敛财无数、生性风流，也得表现出一副娇羞无力、弱不禁风的姿态。

而梁冀呢，他不甘屈居在妻子之后，但一个大老爷们，也不好化妆，于是，梁冀想了一个新招，那就不如改变一下车乘服饰的规制吧。他言出必行，制作了带帷帐的平顶车，将头巾扎得很低，再戴上狭小的帽子，用大扇障身，朝服的后摆拖地，看上去就像狐狸的尾巴一样，摇曳多姿。

不要觉得这只是一种时髦。在古代，穿着打扮可是"礼"最重要的内容，服制越级，是可以要命的，可见他们多么肆无忌惮。

盛极而衰，物极必反，随着梁冀的势力权倾朝野，如日中天，他渐渐不把桓帝放在眼里，而是把桓帝当成摆设，最后居然还敢虐杀桓帝的亲信，让原本想睁一只眼闭一只眼的桓帝忍无可忍，发怒将他们灭族抄家，连孙寿的好日子，也到头了。

根据《后汉书·梁冀传》记载："收冀财货，县官斥卖，合三十余万万，以充王府，用减天下税租之半。"梁冀和孙寿贪污的金额丝毫不逊于历史上有名的贪官和珅，可见他们平时的生活过得有多么纸醉金迷、奢侈糜烂。

只可惜，再绚烂的外表，也掩饰不了他们恶毒的本性，以及他们

是百姓的食血狂魔这个事实。

不要以为，我们政治斗争失败了，你们就是对的。

没有对错，只有输赢！

我们将被写进史书，不管是佞臣还是奸雄。

我怪过夫君，觉得他的心还不够狠，

不过没关系了，我不怨了。

安乐公主：太过贪婪，美女也会变成豺狼

据史书记载，唐中宗李显的女儿安乐公主"姝秀辩敏""光艳动天下"，长得非常漂亮。唐中宗也非常宠爱这个女儿，对她提出的要求几乎百依百顺。可就是这么一位要风得风，要雨得雨的公主殿下，最后居然起了狼子野心，毒杀了自己的父皇，真的是丧尽天良。

不过，听完安乐公主的故事，你或许也会像我一样，觉得她不过是个可怜的女人罢了。

安乐公主虽然贵为公主，却从小不得不忍受颠沛流离的苦日子。她的父亲唐中宗李显，是武则天的亲生儿子，却惨遭流放。一路上天寒地冻，后来韦后在车里生了这个女儿，因为当时情况窘迫，韦后在匆忙中解下衣服做褓褓，给孩子起名李裹儿。这个小丫头是中宗和韦后的心肝宝贝，因为从小受了不少苦，所以他们特别疼爱她。

一晃13年过去了，李显被武则天召回来做了太子。进宫后，武则天看见李裹儿，十分喜欢，又念着她童年吃过的苦，遂封她为安乐公主，也许是希望她接下来的生活能够"平安快乐"吧。从此，李裹儿的破衣败絮变成绫罗绸缎，粗头乱服变成金枝玉叶，她心里暗喜：这苦日子，总算熬到头了。

在经过4年的压抑和战战兢兢之后，武则天去世，李显终于登上帝位。此时，安乐公主已经嫁给了武崇训，即权倾一时的武三思的儿子，她从此更是集万千宠爱于一身。安乐公主的本性，也暴露了出来。

13年的颠沛流离，长年累月的小心翼翼，她的内心没有一丝安全感。如今一朝得志，简直像暴发户，总是忍不住虎皮蟒衣、满地铺钱，小人得意也总是忍不住弄权享乐、飞扬跋扈。

韦后和安乐公主母女发誓，要把失去的美好年华都补回来。

安乐公主恃宠而骄，她的享乐，远远超过一个公主应该有的规格，甚至向皇帝看齐，完全不顾及僭越礼制的重罪。

第一，安乐公主动用国库的银子，建公主府，奢侈豪华，规模完全模仿皇宫，甚至精巧程度略胜一筹。如果换了别人，就是逾越礼制，窥望神器，形同谋反了。

第二，据史书记载，安乐公主派人用百鸟的羽毛织成两条裙子，裙子从正面、侧面、太阳底下和阴影下看会呈现不同的颜色，百鸟之状，在裙中清晰可见。据说，中宗动用了国家力量，派军队到岭南捕鸟。许多鸟类品种因此灭绝。

第三，为了斗草，剪掉谢灵运的胡子。斗草是从南北朝开始的一种时尚，到了唐代，更带有一种"赌"的色彩，分为"武斗"和"文斗"。所谓的"文斗"就是采摘奇花异草，互相比试谁采的花草种类最多。安乐公主为了在比赛中拔得头筹，把南海泥洹寺里佛像的五绺须，通通剪了下来。这可是晋宋之际名人谢灵运被处死刑之前，亲手剪下自己的胡须赠予寺院的，可想而知，李白那么崇拜的谢灵运，他留下的胡子可是被天下人视为珍奇宝物。而安乐公主因为怕对手也想得到这件奇物，干脆让人把剩下的胡须全部损毁。这一切，只是为了换得一场斗草会的小胜而已。

安乐公主霸道的地方，实在不胜枚举。她很贪心，仅仅奢华的生活已经不能满足她，她到底想要什么？

有人弹劾我逾越礼制，有人弹劾我侵占民财。

真是小心眼。

他们怎会知道我内心的恐惧。

我恐惧那种吃不饱、穿不暖，颠沛流离的苦日子，我小时候已经过够了。

那个出生在马车上的李裹儿是个可怜人，她已经死了。

如今，站在你们面前的人叫安乐公主，身份高贵，不稀罕那几个钱。

我的父皇所能享用的规格，我也该有。

安乐公主通过生活用度上的逾制，不断地试探父皇对她宠爱的底线，她想要获得更多，用来抚平内心的不安。

一次，安乐公主向中宗索要汉武帝时挖建的昆明池，要把它划到丈夫的驸马府园里。中宗听后很生气，对她说："昆明池从来没有赐给别人的先例，而且宫中女子购买胭脂水粉的钱全依靠池里出产的鱼，要是给了你，后宫就没有脂粉钱了。如果换了别人，敢提这个要求就会被视为居心叵测，你怎么敢？"这恐怕是中宗第一次拒绝宝贝女儿的要求。

眼看目的没有达到，安乐公主很不高兴，她竟然自行强占民田，开凿了一个大池，取名定昆池，意思是超过昆明池，要压过皇帝一头。而一个更大胆的想法，也逐渐在她的脑海里形成。

回宫后的安乐公主很长一段时间都陪伴在武则天身旁，对她独断朝纲的做法耳濡目染，如今，为了掌握更大的权力，安乐公主下定决心，想要做皇太女，继承皇位。

哼，这下我总算明白了，依靠男人有多么不靠谱。

哪怕这个男人是曾经对我百依百顺的父皇。

如果我没有足够的权力，就要看他的脸色，他愿意给就给，不愿意给就不给。

我受够了！

他不知道，建个皇宫一样的宅第，挖一个比汉武帝昆明池还大的湖，

动用他的御用军队和仪仗，越权调用劳役，都只不过是我的小试牛刀。

我的奶奶武则天是一代女皇，我崇拜她。

她能做到的事，我也能做到。

我相信，总有一天，那些都是我私有的，是我应得的。

中宗不是看不出女儿的野心，但爱女心切的他，只当安乐公主在异想天开，他抚着女儿的脖子开玩笑说："等你母后做了女皇帝，再立你为皇太女也不迟。"

没想到，安乐公主当真了，她天天在背地里怂恿韦氏，效仿武则天临朝听政。

因为中宗体弱多病，韦后便开始独断专行，气焰一天盛似一天。

而中宗终日躲在宫中，找几个美貌的宫女调笑解闷，所有军国大事，全听韦后一个人主持。

而美貌的安乐公主，为了换取母亲韦后的支持，也很拼。她的第二任丈夫武延秀，长得很英俊。在跟武延秀结婚后不久，她就让新婚丈夫陪韦后寻欢作乐，希望掌权的母亲能帮她当上"皇太女"。

但是，中宗又不是只有她这一个女儿，他还有儿子啊！而且还早早立了太子，皇位怎么会轮得到安乐公主呢？

为了实现当上"皇太女"的美梦，安乐公主压根儿看不上她的太子哥哥，对他百般凌辱。太子忍无可忍，发动兵变，安乐公主侥幸逃过一劫，太子兵败被杀。

就连当时中宗的宠妃上官婉儿，也曾拼死阻止"皇太女"一事，先后四次向唐中宗进谏，从检举揭发到辞官，再到削发为尼，甚至喝毒药以死相谏。

安乐公主的"皇太女"之梦看似要落空了。

虽然"皇太女"之路暂时走不通，但安乐公主仍然要享受权力带给她的安全感。她把国家官爵分别标定价格，县长若干，刺史若干，公开兜售，钱款缴足，不管是屠夫还是奴婢，都可以立即授官。一时之间，所授官职竟有五六千人。安乐公主让中宗在空白诏书上署名，然后她再拿回去写内容。安乐公主的要求很低，一手交钱一手交官。不多时，除了宰相和大将军以外，满朝都站满了三教九流、贩夫走卒。

每个人都有求于她，权势熏天，给了她美好的错觉。

昨天晚上，我又做了那个梦，在梦里，所有的人都叫我李裹儿。

李裹儿长，李裹儿短，我又气又急，哭醒了。

我是安乐公主，不是那个可怜的、弱小的、无助的李裹儿。

像我这样高贵的人，做事，永远不需要考虑对不对。

我想做的，就是对的。

像我这样高贵的人，也不用考虑能不能。

天底下没有什么事是权力和金钱办不到的。

一万两银子不够，那就两万两。

父皇对不起我，他不肯让我继承皇位，我已经降低要求，拿点钱还不行吗？

我的奶奶武则天，是多么威风的女皇帝；我的母后现在已掌握军机大权；

我的姑妈太平公主，多年来把持朝政，历任七个宰相中有五个是她的人；

父皇的昭容上官婉儿，也来左右朝政。

我们家上上下下都是女人把政，怎么轮到我就不行了？

我偏不服！

安乐公主的确不服，她想要当"皇太女"的野心从来都没有熄灭。为了掌权，她和韦后做出了一个疯狂的举动，两人竟然联手把中宗毒死了。安乐公主的墓志上记载着："密鸩毒，中宗暴崩。"

唐中宗李显是历史上唯一一个被老婆、女儿杀死的皇帝。

不过，就在韦后母女俩想要策动军队，谋反在即的时候，被太平公主和临淄王李隆基察觉，他们率先调动军队，杀死了韦后和安乐公主。

安乐公主的悲剧终究还是她自己造成的。童年阴影带来的安全感缺失的确值得同情，但安全感还得靠自我的接纳与认可，靠不得旁人。即便安乐公主真的当上了"皇太女"，又怎么样，她会快乐吗？看看唐中宗的下场，皇帝反倒是天底下最没有安全感的职业了。

第五章

有情不必终老，暗香浮动恰好

高阳公主：结婚后遇上人生挚爱

高阳公主是唐太宗李世民最爱的女儿。但是，李世民给高阳公主指定的婚姻却害了她。愤怒之余，她与闻名天下的和尚偷情，最终导致了她的毁灭。

公主本是世界上最惬意的一个职位，既不用像王子一样，为了争权夺利，不是你吃了我就是我吃了你；也不用像嫔妃一样，为了抢后宫里唯一的男人机关算尽，大多还要终生守寡；公主只需要享受尊贵安逸的生活便好。

尤其是唐朝前期，公主几乎不受清规约束。

但是，天下没有免费的午餐。她们享受着皇室带来的尊荣和富贵，就必须承担皇室的风险和危机，必要时还得作为一个政治筹码，去交换边界的安宁，笼络宠臣的忠心。

高阳公主就不得不接受这样的命运。她是唐太宗李世民的第17个女儿，天生活泼，毫无保留地绽放着热烈的性格，在众女儿中最得唐太宗宠爱。高阳像鲜花一般骄傲，可惜她被许配给了丞相房玄龄的次子房遗爱。

嫁人，嫁的不是人，嫁的是家世。房玄龄是大功臣，唐太宗把高阳公主嫁给他的儿子，是出于对高阳的抬爱。可惜，房遗爱和他那以学识、识才知名的父亲房玄龄太不同，竟是个不学无术之徒。

失望之余，骄傲的高阳公主从结婚那天起就决定不接纳丈夫。

> 我见过的，都是世间最睿智的、最有远见的、最有魅力的人。
>
> 我的父皇，戎马半生，文韬武略，天下无人不臣服；
>
> 我的母后，也是天底下最明慧、最深明大义的母亲。
>
> 在哥哥那里，我见到的都是长安城里最俊俏、最帅气的公子哥，最机灵、最聪明的名臣之后……
>
> 每一个都很好，都宠着我。
>
> 原本以为，哪怕跟他们其中任何一个在一起，
>
> 我都可以很受宠，很自由，很快乐。
>
> 然而，父皇却告诉我，我要嫁的，是房遗爱。
>
> 就是那个被长安城所有公子哥看不起的、愚蠢的、瑟瑟缩缩的房遗爱。
>
> 你们精确地绕开了满城的青年才俊，挑了最烂的一个男人给我，
>
> 让我跟他成亲，生儿育女，一辈子在一起。
>
> 然后告诉我，这是因为你们爱我？
>
> 你们根本没有爱过我！我恨你们！

但是，多情人总是会遇上烦恼。高阳公主在领地打猎时遇到和尚辩机。那时，高阳16岁，辩机21岁。她对他一见钟情。

可笑的是，驸马房遗爱居然像尽忠的良犬一样，在外面给偷情的

公主看门。投桃报李，公主也特别送给房遗爱两名年轻美丽的侍女。

历史上，与和尚有染的太后、皇后并不少，例如，胡太后、武则天。而那些人不过是女王们的玩伴，人品卑劣，有污清门。可我不禁为辩机抱屈。辩机是玄奘的高足，是长安城最负盛名的学问僧，参与翻译了《大唐西域记》。从事译著的9人中，26岁的辩机最年轻，译经也最多。作为一个大德，他的名字已和玄奘一起流芳万载。

当然，才华并不能证明一个人的人品，但是可以增加一个人的价值和分量。两人年貌相当，年轻的高阳又与那些用权力来满足肉欲的太后不一样，更像是真心爱慕。

就这样，两人在一起竟偷偷地过了八九年。直至有一天，辩机藏匿的高阳公主赠送的玉枕，被偷窃。小偷被抓住，他与高阳的私情才大白于天下。

唐太宗大怒。本来，唐初的风气没有那么严苛，公主不是不可以改嫁。但问题在于，公主嫁入的是房丞相府，皇帝不愿有负房家，让其他功臣心寒；而公主看上的，不是一名寻常男子，是一位有名的高僧；"奸情"大白于天下，皇家脸面丢尽！

太宗下诏，将辩机腰斩，并杀死10多个奴婢。一代高僧辩机，就在市井小儿幸灾乐祸的八卦和吐槽中，以最污浊和最惨烈的方式送了命。

死亡在这边，爱情在那边。辩机之后，高阳公主的少女时代结束了。她悲痛至极。半年后，最疼爱她的父亲也去世了，她一滴眼泪都没有，表现得极其冷漠。

我没有什么可说的。

你们杀了我这辈子唯一爱的人，而且让他死得这么惨。

他是我的光，我的生命，我的希望。

我会让你们付出代价。不，不够，我要让大唐付出代价。

你们大唐不配拥有辩机。

他比你们睿智 100 倍，纯洁 100 倍。

我已经看透了皇族的嘴脸。

我曾以为，父亲、母亲，都是爱我的。

但现在，我不会再天真了。我的心早就死了，死得透透的。

等着瞧吧。

随后，高阳公主的弟弟李治当了皇帝，她更自由了。

她开始公开招纳和尚为面首，也就是男宠，秽乱春宫。她用和尚智勖迎占祸福，以和尚惠弘来看见鬼神，让道士李晃掌管医术，这些人都是她的入幕之宾。她甚至纵容和信任他们，打算发动宫廷政变。

她与房遗爱、巴陵公主、吴王李恪等人，预备推荆王李元景为帝。结果，事未遂，谋反的迹象被发现。于是，这批人被一网打尽。房遗爱等人被斩首，高阳公主和其他参与人等被赐自尽。

如果看正史，高阳公主没有多少可爱之处。她狂放、骄恣、淫荡、心术不正，还谋反。不过，想到她年少时曾与辩机这样的高僧大德相恋，想到她与父皇那么激烈地抗争，我又觉得，这是一个误入歧途的叛逆少女。她本来可以不走这条愚蠢的道路。

"辩机是我的骄傲，房遗爱才是我的耻辱。"高阳公主这么说过。当然，这么深情的情话不会出现在正史里，是电视剧《大唐情史》的杜撰。不过，这种演绎蛮合理的。因为那时，辩机已死，她已经不再骄傲了。

萧观音：一片痴情毁终生

如果有人告诉你，历史上某位皇后把偷情经历写成了色情小说，而且流传到宫外，你信不信？可皇帝信了，而且还要了她的命。而这一切的始作俑者，就是辽道宗的正宫娘娘萧观音。

萧观音是辽道宗耶律洪基的第一任皇后，《辽史》上说她姿容冠绝，相貌身材一流，而且工诗、善谈论，还能自制歌词，尤善琵琶。在生下太子耶律浚之后，被封为皇后。

刚开始时，萧观音和辽道宗很恩爱，走到哪里都出双入对，伉俪情深。即使道宗出外巡游打猎，也常常带着萧观音。一次，辽道宗在伏虎林纵猎完毕，饮酒高会，萧观音即席赋汉诗一首：

> 威风万里压南邦，东去能翻鸭绿江。
> 灵怪大千俱破胆，那教猛虎不投降！

听着气势雄浑，不像是女性的诗作，在座的君臣无不叹服。

但是，伴君如伴虎，萧观音连带自己的儿子，都栽在了一个叫耶律乙辛的大臣手里。

耶律乙辛不仅署理太师，而且在四方有军事行动时，可以斟酌时势自行处理。也就是说，他有随意调动军队、任用官员的权力。所以他势震中外，门下贿赂不绝。凡是阿谀奉承投奔门下的，耶律乙辛一概予以举荐升官；凡是禀性忠直不听话的，一概被他斥出朝廷。

其实，从辽道宗把国事全权交予耶律乙辛等人，而他终日在外打猎游乐时，就大致知道这位皇帝的品行如何了。道宗有时还以掷骰子的方式任用大臣，拿国事当儿戏。他还常冒用萧观音的名义，把大臣的妻子叫到宫里淫乐。在他眼里，萧观音再美貌、有才华，到底也是年岁渐长了。在当皇帝生涯的后半段，他要及时行乐，弃家国于不顾。

> 我的君王，你何时才能回皇宫？
>
> 你热衷于游乐，热衷于酒宴，却很少想起你的妻子、你的孩子，连你的人民，你都快忘了。
>
> 朝廷需要你，你的妻子更需要你。
>
> 难道我们的缠绵与恩爱，对你来说，一文不值了？

这时候，辽道宗与萧观音所生的皇太子耶律浚渐渐长大，开始参与朝政。这个太子聪慧俊美，好学知书，武艺了得，把国家事务打理得井井有条，一时间得到众臣的拥戴和赞赏。但这引起了耶律乙辛的怨恨。

因为太子掌权，耶律乙辛的权力受到严重的制衡。而且，他还担心太子翻查旧账，发现自己执政时的不法行为。于是，他打定主意，要除掉太子。左思右想，要除掉太子，就先要除掉皇后萧观音。萧观音有什么弱点呢？她对皇帝的一片痴情。

萧观音在思念辽道宗的时候，写了一首《回心院》。其中有一句："拂象床，凭梦借高唐；敲坏半边知妾卧，恰当天处少辉光。拂象床，待君王。"

词中描写女子等待夫君的愁容，期盼他回心转意，用情至深，一往而情深。萧观音把这首词谱成曲，教人演唱，以抒幽怀。但是由于曲调幽雅，演奏难度很大，宫中伶人皆知难而退，唯独一名叫赵惟一的汉族伶人技法高妙，能把此首幽怨之词演绎得丝丝入扣，荡气回肠。

于是乎，赵惟一有幸进宫谱唱这首曲子。

这件事不仅被当时的丞相耶律乙辛知道了，他还把词曲抄录了下来。可问题是，案头的诗词，不是唯美的《回心院》，而是颇有情色意味的《十香词》。

署名当然还是独一无二的皇后萧观音。

这首《十香词》，写的分别是发香、乳香、腮香、颈香、吐气香、口脂香、玉手香、金莲香、裙内香、满身香。情色意味颇浓，比如："解带色已战，触手心愈忙。那识罗裙内，销魂别有香。"非常艳情。

这就相当于，皇帝与皇后之间互通的情色短信，被宰相截了图。这是怎么做到的？有两种说法：

一种说法，来自耶律乙辛告发皇后的奏折。耶律乙辛说，一个叫单登的宫女，揭发皇后召见赵惟一入宫弹琵琶，实际上是私通。《十香词》后还有一首《怀古诗》："宫中只数赵家妆，败雨残云误汉王。惟有知情一片月，曾窥飞燕入昭阳。"诗中隐含着"赵""惟""一"三个字，就是铁证。

另一种，则是辽朝末期的文人王鼎讲述的。《十香词》是耶律乙辛派人伪造，并让宫女单登骗萧观音照抄一遍，哄骗她说："这是宋国皇后所作，如得萧皇后您的书法来题写，即可称为二绝。"皇后因为闺阁之中，并不防备，即为手书一纸，再随手作《怀古诗》一首。

而这个告发的宫女单登，也是个琵琶高手，曾在与皇后比技艺时，败于皇后，故此心怀怨恨。

辽道宗哪管这么多？他认定萧观音与伶官赵惟一私通，敕令萧观音自尽，赵惟一凌迟处死。萧观音请求再见道宗一面竟未获准，36岁含恨自尽。

刚18岁的太子耶律浚也在耶律乙辛的构陷下废为庶人，不久之后被害死。

后来，辽道宗终于了解到事情的原委，他逐步削夺耶律乙辛的权力，最后罗织罪名把耶律乙辛杀死。

辽道宗死后，皇太孙耶律延禧即位，也就是萧观音的孙子，为了复仇，他搜捕耶律乙辛的子孙及亲旧，尽行诛戮。

可是，那又如何，萧观音已经不能复生。

正如看多了宫斗剧之后，大众多会嘲笑行为举止幼稚的女主角总能化险为夷，实际凭借这样的智商，在后宫里根本就是举步维艰。现实中，正常人需要吃过多少亏、被坑过多少次，才能意识到活着就是要战斗。

大家不过是一想到女人，尤其是美丽、高贵的女人，被卷进情色事件之中就感到新奇。真相呢？谁关心！

文成公主：不依附他人，不畏惧改变

　　文成公主作为最有名的和亲公主，她文才武略，不辱使命，史称"中国古代最杰出的女外交家"。她给吐蕃带去了中原的文化，也带来了长达30多年的边境和平。

　　在唐太宗时期，吐蕃向大唐求亲，唐太宗应允。被挑中前往和亲的，是宗室女李氏，文献没有记载她的名字。有说，李氏是江夏郡王李道宗之女。按我的猜测，很可能是年轻的李氏知道和亲事宜后，主动请缨。因为她在后续的人生当中，一直都相当坚定、主动。唐太宗把这位勇敢的宗室女封为文成公主，并举行了盛大的册封仪式。

　　从小我就喜欢跟堂兄弟们一起玩，跟着他们一起骑马打猎。

　　阿爸说，可惜我不能生为男子，否则，说不定我还能磨炼磨炼，去镇守边塞。

　　他很惋惜没能有个儿子。

　　阿妈也从来不让嬷嬷们教我针线女红；

　　她说，你喜欢骑马，喜欢看兵书，都随你。

　　我们大唐女人又不是吃素的！

你的远房姑姑平阳公主，就是大唐一等一的女将军。

是啊，我也想像她那样，为国立功。

我一直想要像男孩子一样强壮，我不怕吃苦！

这次去吐蕃，没有一个姐妹愿意去，太远，太荒凉。

还有姐妹说：他们会不会是食人族？会不会要殉葬？好可怕呀！

这是一个位于高原上的异邦，谁都不知道会发生些什么。

可是，我想去，我想为大唐做点事。

我不怕，我要改变这一切！让他们也学习大唐的文明和文雅。

连阿妈也支持我，说：

我们李家培养的女儿这么有志气！如果你嫁过去能够让吐蕃平息战争，那么，你一人就胜过一支军队，你就是国家的大功臣！

说的时候，阿妈哭了。我也哭了。

远嫁万里，可能再也不能重回故土，这对谁来说都是一个很大的挑战。哪怕文成公主性格再坚强，她应该也有过犹豫、退却的念头吧？但她不想要那种一眼看得到尽头的平淡生活。她的血是热的，不想过嫁人、生孩子、失去自我的重复生活，她想像姑姑平阳公主一样建功立业。

文成公主的父母也理解她的选择，忍痛割爱，和女儿依依惜别。

文成公主的夫君松赞干布是吐蕃王朝的第33任赞普，实际上为吐蕃王朝立国之君。此人平定吐蕃内乱，确立了吐蕃的政治、军事、经济及法律等制度，并且从唐朝和天竺引入佛教，至今还备受藏族尊崇。

也因为他颇有雄才大略，在听说突厥与吐谷浑都娶了唐朝公主之后，他也不甘示弱，遣使跟随冯德遐入朝，送上金宝，奉表求婚。当时，唐太宗没有答应。松赞干布不服，威胁唐太宗说："不嫁公主，我就打将进来。"公元638年秋，松赞干布借口吐谷浑从中作梗，还真的率吐蕃大军攻击松州。太宗派人率步骑5万迎战，把吐蕃军收拾了一番。

松赞干布这才如梦初醒，他看到了吐蕃与大唐的差距，更加佩服和倾慕大唐的强盛，退出吐谷浑等地，遣使谢罪。随后，他再次请婚，并且派大论，也就是宰相，携黄金5000两及相等数量的珍宝，正式下聘礼。这一次，唐太宗看到松赞干布的诚意，终于答应了。

对于这段联姻，唐太宗有着深谋远虑。虽然打败吐蕃不难，但是它时不时来挑衅，战火不断，也是一件麻烦事。《贞观政要·卷九》里说，唐太宗崇尚一桩婚姻相当于10万雄兵。

正因为唐太宗的重视，文成公主出嫁时的规格很高，由江夏郡王李道宗主婚，持节送公主至吐蕃。

文成公主在隆冬季节出发，由长安经陇南、青海到西藏。这支浩浩荡荡的队伍，除了携带了丰盛的嫁妆外，还带有大量的书籍、乐器、绢帛和粮食种子。除了给文成公主陪嫁的侍婢外，还有一批文士、乐师和农技人员。

松赞干布一行远道出迎，在河源见到大唐使臣江夏郡王，"执子婿之礼甚恭"，非常恭敬。两位新人第一次见面，文成公主看到的松赞干布，高大英俊，有着高原汉子红扑扑的笑脸，和英姿飒爽的自己相当般配，心里有了几分欢喜。而松赞干布，看到大唐来的公主不仅高贵美丽，更重要的是，她落落大方，毫无扭捏之态，也扫清了之前的担忧。

他们在草原上骑马并肩行走，在旁人眼中，宛如一对璧人。文成公主用在路上学会的吐蕃语跟松赞干布对话。而松赞干布，也用手比画着，努力地表达着对她的仰慕。如果我是文成公主，想必会在心里长长地嘘一口气：主动来到吐蕃，得遇良人，而且还是一个征战无数的英雄，也算得偿所愿。是啊，哪个女人不希望得到一个琴瑟和鸣的终身伴侣呢？

> 从见面的那时起，我以为我遇见了一位伟丈夫。
>
> 他高大，英武，有主见，有决断。人们爱戴他，大臣们拥戴他。
>
> 他上来挽着我的手，把我介绍给他的臣民们的时候，
>
> 那大海一样的欢呼声，大家脸上的笑，那么真诚。
>
> 他们是在为赞普有了一个好妻子而高兴啊！
>
> 我暗暗下决心，我要当一个好妻子，还要让大唐和吐蕃世代友好。

到了逻些城，也就是今天的拉萨，松赞干布与文成公主按照汉族的礼节，举行了盛大的婚礼。

松赞干布对着部属和万万千千的吐蕃人民说："我族我父，从未有通婚上国的先例，我今天迎娶大唐公主为妻，实为有幸，我要为公主修筑一座华丽的宫殿，以留示后代。"

今天的布达拉宫，就是松赞干布专门为迎娶文成公主而建造的。一切建制都模仿大唐宫苑的模式，用来安顿文成公主，借以慰藉她的思乡之情。吐蕃典籍《贤者喜宴》记载："松赞干布登临欢庆的宝座，为文成公主加冕、封作王后。"

为了能与文成公主有更多的共同语言，松赞干布脱下他穿惯的皮袄，换上文成公主亲手为他缝制的丝质唐装，还努力地向文成公主学说汉语。文成公主看在眼里，喜在心里。

　　新婚燕尔，文成公主对未来怀抱着美好的憧憬，但是没过多久，她就发现两人在文明和习俗上的不同。按照传统习惯，吐蕃人每天要用赭色制土涂敷面颊，说是能驱邪避魔，样子既难看又不舒服。

　　文成公主觉得很疑惑，她仔细了解和揣摩了这种习惯，也特地找了一些当地的礼仪官员了解情况。发现问题后，她婉转地对松赞干布说：“这种涂敷面颊，并没有什么道理，而且有碍卫生，文明的汉族人，更喜欢干净而清洁的面容。”

　　这是文成公主对松赞干布提的第一个建议。话说出口，她有点忐忑不安，担心被丈夫误解，被视作在干预吐蕃的内政管理、风俗传统。但是，文成公主不是那种对问题视而不见的女人。让文成公主感到意外的是，松赞干布觉得她的话很有道理，立即下令废除了这项习俗。

　　可是，事情并没有想象中顺利。第二道难题来了，废除这一习俗后，吐蕃人觉得很不习惯，甚至还有人故意当着文成公主的面敷脸，以表达不满。文成公主咬咬牙，忍了下来，让她感到欣慰的是，越来越多的人慢慢发现，保持本来面目，既方便又好看。于是，这个规矩从上到下都被打破了。而松赞干布看到吐蕃人民愿意听从这位大唐公主的建议，也相当高兴，对文成公主更加敬重。

　　自此之后，文成公主和她带来的文士们，一起齐心帮助整理吐蕃的有关文献，记录松赞干布与大臣们的重要谈话，使吐蕃在政治管理上逐渐脱离原始。而且，她的技术人员还带来了大唐的农作物种子、栽培方法、音乐和文化，大大提高了吐蕃人的生活水平。吐蕃人对做事雷厉风行、有条有理的文成公主彻底有了改观。

这也是为什么藏传佛教立文成公主为"绿度母像"的原因，在吐蕃人的心中，她的地位之崇高，已经成为一尊神。英雄史诗《格萨尔王传》中这样赞美文成公主入藏：

> 从汉族地区来的文成公主，带来了各种粮食3800种，给吐蕃粮库打下了坚实的基础；
>
> 从汉族地区来的文成公主，带来各种手艺的工匠5500人，给吐蕃工艺打开了发展的大门；
>
> 从汉族地区来的文成公主，带来了各种牲畜5500种，使西藏的乳酪酥油从此年年丰收。

文成公主不辱使命，尽心尽力地提高吐蕃文明，赢得了当地人的爱戴，表面上看一切都挺好，但没有人知道她心里的痛苦。千里迢迢地和亲，生理上的不适，高原上恶劣的气候和环境，生几场大病，也就挺过去了。但是，松赞干布早有妻子，他与文成公主的婚姻说到底是一场政治联姻，作为一国君主，松赞干布一共娶了8位姑娘。面对吐蕃的王室制度，性格要强的文成公主也只能接受这个现实。

而且，松赞干布之前已经娶了尺尊公主。为了安置尺尊公主陪嫁带来的释迦牟尼8岁等身像，松赞干布耗费巨资修建大昭寺。那么，文成公主陪嫁带来的至宝释迦牟尼12岁等身像怎么办呢？其实，以文成公主的长远目光，她很可能不愿意增加吐蕃人民的负担，主动表示只修一座规模远逊的小昭寺来安置就可以了。

也许是出于对文成公主的敬重，松赞干布许诺她说："你是唯一的赞蒙，唯一的王后。我要给你修建更大的寺庙，给你更高的荣耀。"但这一切显然不是文成公主想要的，她婉拒了丈夫，说："建筑一座奢华的庙宇，足够吐蕃人民吃穿一年；比起虚无的荣耀，我宁愿大王的子民丰衣足食；大王的子民，就是我的子民，我怎么忍心他们节衣缩食来供奉？何况，布达拉宫的华丽，足以见证了大王和吐蕃对大唐以及我的心意，我已感佩在心。"

从国体来说，文成公主是"正宫"，她的骄傲，来自大国上邦的修养，让她不愿意与其他人争宠，也不愿意取媚于他人。文成公主的一生，都在尽力维护这种尊严。

她与丈夫松赞干布相处多年，松赞干布对她更多的是敬爱，是欣赏，甚至有点言听计从。

我知道大王是敬重我的，但也仅此而已。

他爱的不是我，而是我背后的大唐帝国，我来自天朝上邦的身份。

我们的相处，就像是两个联盟的酋长在商议政事，他愿意听我的意见，就像是两国谈判时的语气一样尊重。

我是大唐的公主，我来自天朝上国，他说，

公主殿下，您觉得我应该派出多少吐蕃贵族去大唐呢？

公主殿下，您怎么看这个？公主殿下，您怎么看那个？

公主殿下，您的意见对吐蕃人民很重要。

我哀求说，我也是你的妻子啊！

他说，是的，您能远嫁到吐蕃，是我的荣幸，公主殿下。

布达拉宫是我的人民为您的荣耀而建的。

在文成公主嫁给松赞干布之后9年，松赞干布去世了，时年33岁；而文成公主，当时只有24岁。

还在青春年华，丈夫就去世了，这让一个远在万里之外，没有子嗣的女人怎么办？都说高原是离天空最近的地方，多少个辗转反侧的夜晚，文成公主会不会独自坐在草地上，怀念在天上的丈夫呢？她心里明白，哪怕再痛苦，现在也不是一味哭泣的时候，如果她就此一蹶不振，那么，吐蕃反对汉、藏联姻的贵族就会坐大势力，好不容易缔结的和平就会功亏一篑。文成公主很快擦干眼泪，以积极的面貌重新出现在吐蕃人民的面前，她终究是逼自己熬过去了。

独自在异邦生活，文成公主一过就是20多年。55岁那年，她染上天花，不幸去世。吐蕃王朝为她举行了隆重的葬礼，唐朝皇帝还专门派遣使臣，奔赴吐蕃奔丧、吊祭。人人都念着她的好。

文成公主的和亲，不仅缔结了汉藏和平，还以一己之力，提高了西藏地区的文明水平。但作为一名女性，她放弃了熟悉的文化和家人，以及安稳的生活，成为松赞干布众多妻子中的一位，一生也没有得到丈夫全心全意的爱。她的人生不能说没有遗憾。

如果人死后真的能够再次相见，那么，文成公主见到松赞干布后，会对他说些什么呢？

寿宁公主：公主也要自己争取幸福

童话里说，"最后，王子与公主从此过上了幸福的生活"。但是，现实生活往往并非如此。比如，明朝的万历帝和他最宠爱的郑贵妃，两人有一个宝贝女儿——寿宁公主。这位寿宁公主从小含着金汤匙出生，应该一生衣食无忧，过着让世人羡慕的生活，但是恰恰相反，她的命运简直就是明清公主悲惨身世的缩影，虽然嫁给了心爱的驸马，却长期过着性压抑的生活。

明朝一共有92位公主，其中，只有77位获得公主的正式封号。而在这些公主当中，只有57位嫁了人。据史料记载，没有几个嫁得好的。

很多人都觉得好奇，古代的公主到底会嫁给什么样的人呢？总体来说，历朝历代主要会把公主嫁给勋贵大臣的子孙，这既是对他们的笼络，也是为了巩固权力进行的联姻。明朝初年也不例外。不过，到了正统年间，逐渐形成了新的制度："本朝公主，俱选庶民子貌美者尚之，不许文武大臣子弟得预。"这么做，是为了压制和削弱勋臣的权势，可最后倒霉的却是公主殿下。

有些驸马可能终生只拿俸禄而不能担任实职，所以真正的高官士族不愿绝了仕途，迎娶公主。但对于平民老百姓来说，当驸马的诱惑还是很大的，因为驸马可以居住在国家赐予的豪宅里，享受每年2000石禄米的高薪，每年计划外的收入也多，比如，有朝廷的赠田和赏赐，驸马的父亲也会因此沾光，可以被授予兵马指挥使的虚职，并享受俸禄。

就这样，驸马的选择扩展到了平民，而且是通过海选的方式进行。由礼部主持，参选条件是年龄14～16岁，且拥有京城户籍的在京普通官员，以及良家子弟。要求容貌端正，举止端庄，家世清白，富有教养。通常选出三人以后，再由皇帝相看，确定其中一人。有幸获选的幸运儿，要先参加礼部举行的"驸马学习班"，学习合格后方能与公主会面。

这么听起来，好像也挺合理的，毕竟是择优录用，公主也不至于吃大亏。但在实际操作中，皇帝对公主的终身大事，很有可能并不上心。而负责此事的太监权臣，就有了操纵谋财的机会，以贿赂金额的多少来确定人选。结果，不但选出的尽是些贪图富贵的平庸之辈，甚至还出现了永淳公主下嫁"秃头驸马"。而永宁公主下嫁垂死病鬼，刚嫁过去几天驸马就死了，公主守了一辈子寡。

而寿宁公主，则是婚姻不幸的公主当中，最有名的一个。不是因为她命运格外凄惨，而是因为她的性格，她敢于为了自己的幸福，叫板皇帝。

《万历野获编》里记载了万历皇帝朱翊钧的女儿寿宁公主朱轩媖的故事。万历帝生了10个女儿夭折了8个，在剩下来的两个中，他格外宠爱寿宁公主。寿宁公主从小聪明伶俐，长相也格外出众，即便在她嫁人后，万历皇帝还是很想念她，命公主每隔五天回宫一次。

与那些对女儿婚姻不上心的皇帝相比，万历帝很用心，帮寿宁公主挑了驸马爷冉兴让。虽然史书上没有给出冉兴让更多背景和信息，但是我猜想，寿宁公主与驸马爷第一次见面，两人一见钟情。寿宁公主虽然从小备受宠爱，却落落大方、神态自若，丝毫没有骄纵之气。本来紧张的冉兴让，也对这位平易近人的天潢贵胄，产生了好感。

而冉兴让英俊潇洒，温文尔雅，应答谦和得体，也让深闺里的寿宁公主心头小鹿乱跳。万历帝和郑贵妃，对冉兴让也颇为满意。他们当即下旨，把寿宁公主许给了冉兴让。

新婚燕尔，两人琴瑟和鸣，颇为恩爱。但是，蜜月期之后，公主和驸马面临了新的问题。

从小，父皇母后就很疼爱我。

父皇说，为了让我终身有靠，他一定挑天下最好的男子给我。

花了一年时间，才选定了我的驸马。

我的夫君兴让，英俊又挺拔，聪明又温柔体贴。

他也说过会好好待我，一生一世。

父皇帮我找到了好男儿。

可是，为什么我要见一次驸马这么难？

为什么我堂堂公主，每天要低声下气、装腔作势地哀求嬷嬷？

我的管家婆梁嬷嬷，总是板着脸说，年轻女子须稳重自持，万不可被男欢女爱坏了心性；

又道，女人一辈子只生育那么几次，一年同房一两次，生个孩子还不够吗？

难道还要学那些淫娃荡妇？天家体面何存？

我说："夫妇之道，本是天道。"

她竟然斥责道："不要糊弄我了，你不过是图身子爽快，与那些思春妇人有何异？

"女子不洁身自好，净学浪荡，莫怪我跟皇帝和娘娘禀告！

"他们可是要我好生看管你的！"

夫君啊，我已经足足 41 天没有见到你，没有你的消息了！

太煎熬了！

从权力关系上来说，公主是皇室，驸马是臣子，属于君臣级、上下级。平日里，公主驸马分房而居，公主在内室，驸马在外室。夫妻生活这类重大事件，需要由公主宣召，驸马才能过来。但执行宣召的人，是各种管家嬷嬷和太监。如果管家嬷嬷和太监阻拦，就算公主想见驸马也不成。

虽然相隔不远，公主与驸马却如同异地恋。管家婆全权管理公主的大小事务，公主如果不拿出大批真金白银，很难成功宣召驸马。而且，每次见面，都有内官记录在册，多见两次，管家婆就拿"荒淫无耻"来说事。

试问哪个金枝玉叶受得起这样的指责？

为什么公主不除掉这些碍事的下人？或者，至少也处罚一下？明朝对女性的贞节和妇德要求特别严苛，作为公主更要以身作则。所以才会设置一堆管家婆嬷嬷，她们既是生活助理，也负责监督公主的言行，甚至有权力指责公主。哪怕你是金枝玉叶，在当时也是无可奈何。

某个中秋节，寿宁公主宣驸马进宫，可此时，管家嬷嬷也在私会情人——一个老太监，没有及时赶过来收过路费。驸马心急，就直接进了宫。就在两个人卿卿我我之际，管家嬷嬷回来了，得知情况后勃然大怒，径直闯入公主的寝宫，对两人破口大骂，还推推搡搡地把驸马赶走了。

寿宁公主气得和嬷嬷大吵了一架，她暗下决心，准备和驸马分头进宫找父皇母妃讲道理。她一定是忍无可忍了，心想：既然皇帝贵妃这么疼爱她这个宝贝女儿，又喜欢驸马，一定会好好地训斥嬷嬷，至少给她换一个管家婆。

结果让她大失所望。第二天，嬷嬷与她的太监情人恶人先告状，早在公主的生母郑贵妃面前颠倒是非，说公主不守妇道，荒淫无道。郑贵妃听了大怒。寿宁公主三次求见，都被郑贵妃赶走，让她去反省。

也许会有人奇怪，寿宁公主不是很受宠吗？为什么母亲宁愿听信嬷嬷的话都不信自己的女儿呢？其实不难理解，很多父母会为了面子，当着外人训斥孩子，以示管教得严，并不是因为他们一定觉得孩子做错了，而是为了显示父母的威严，也显示他们的刚正不阿。孩子是自家人，受点委屈没什么，就连皇帝也一样，平时越是疼爱孩子，出了纷争他就越要向外证明自己不偏袒孩子，好彰显他们高大公正的形象。比起寻常家庭，皇室家庭在这方面有过之而无不及。

得知寿宁公主在贵妃那里受了委屈，驸马也进宫上奏章想面见皇帝，为公主平反。可没想到，皇帝拒绝见他。管家嬷嬷的太监情人还纠集了一帮人，把他狠揍了一顿。

驸马被打得衣冠破坏，血肉狼藉。他怒气冲冲地走出长安门，结果发现他的仪卫舆马又被人捶坏了。驸马冉兴让不得不蓬头垢面，光着脚走回府第。正想着怎么想办法再上疏皇帝，没想到，万历帝斥责的圣旨已经到了家门口。皇帝痛斥驸马乱搞事，让他夺职反省三个月，还把他的蟒服和佩玉暂时收回了。

而这个挑事的管家嬷嬷仅仅是被调到别处当差，她和她的太监情人仍然逍遥自得，就连打驸马的太监都没有受到任何处罚。直到三年后，大臣杨鹤给皇帝讲学，批评宦官当政，连正当的上诉渠道都没有，就举了驸马冉兴让的例子。皇帝这才觉得过意不去，恢复了冉兴让的官爵。

可怜的寿宁公主，平时千恩万宠，但是他们夫妻被下人欺辱得凄惨不堪时，帮他们的人在哪儿呢？寿宁公主的心也冷了，她看清了自己的处境，即使是公主，也不能真正地掌控自己的命运。而皇帝的身份和父亲的身份，也是两回事。皇帝要立威，这时候就管不到子女的心情了。

父皇和母妃为什么宁愿信奴才，也不信女儿？

难道平时的宠爱，都是骗女儿的吗？

还是说，你们根本不关心事实，更不关心女儿一生的幸福，只在意"体面"二字？

可女儿又哪里不体面了？

难道驸马不是父皇千挑万选，品行兼备的好儿郎吗？

难道母妃不是暗暗地叮嘱女儿，早日怀孕，也算是女儿功德的完成吗？

身为公主，已经忍受了皇室这么多桎梏和规矩，忍受了不自由的婚姻。

照理说，也应该换回皇室的尊严和富贵吧。

但是没有。

所谓的高贵，在没有自由的情况下，也就是个假象。

公主名义上是主子，但实际上，却被宫规压制得不能喘气、不能动弹；

我们正经夫妻所拥有的自由，甚至不如奴才之间的偷情光明正大。

我明白了，你不是不信我，而是你给了他们监控权，看看自己的女儿是否听话。

你们宁愿牺牲女儿，也不想看到有人弹劾，也要息事宁人。

可是，我的夫君怎么办？他没有错，为什么要被这样羞辱？

我要见他！

据说，在这个过程当中，寿宁公主一次又一次地向父皇申辩，要求和冉兴让团聚。如果换成别的公主，也许早就认命了，可她就是不放弃。

每次被父皇或母妃召进宫，寿宁公主都不失时机地旁敲侧击。万历帝和郑贵妃虽然知道自己错了，却不愿意承认错误，敷衍了事。左思右想，寿宁公主终于想到一个办法。好几次，万历帝让人宣她进宫的时候，寿宁公主都借故推脱，让万历帝觉得疑惑不解。

终于有一次，万历帝当面询问寿宁公主为何总是不肯进宫。寿宁公主嘤嘤啜泣，面露难色地说："每次看到父皇和母妃在一起，恩恩爱爱，女儿却独身一人，心里酸楚，回来就感慨流泪。父皇有女儿和几位皇兄，承欢膝下；而女儿不得见驸马，恐怕这辈子都无缘生育，再想就更难过了。故而，女儿不愿再进宫，再次触发伤心。请父皇体谅。"

万历帝当然明白女儿的意思，他终于动摇了，何必因为莫须有的事情，让女儿抱憾终生呢？他承诺，冉驸马可以随时去公主府与寿宁公主团聚。

寿宁公主活到明朝末年，去世时50岁左右。而那些不敢吭声的公主，则只能郁郁寡欢。这也说明了，在那贵为公主都得不到公平对待的年代里，至少要像寿宁公主这样努力去争取，才有希望过上自己想要的生活。

> 本来以为，婚嫁生子，是人之大欲存焉，
>
> 却不承想，连妻子见丈夫，也要经过奴仆的批准，给奴仆们钱，讨奴仆们欢心。
>
> 为了能与丈夫团聚，我竟然要跟父皇和母妃斗智斗勇。
>
> 如果不是"存天理、灭人欲"的观念作祟，
>
> 我们又何至于吃这么大的亏？
>
> 我能见夫君，也是特殊恩赐，
>
> 还有多少像我一样的公主，没有自由啊！
>
> 我倒宁愿生在平常百姓家，没那么多条条框框，可以和心爱的人相守相依。
>
> 幸福，是要自己争取的。
>
> 从古至今，皆是如此，就看你有没有这份勇气了！

绿珠：别人给的永远都是别人的

唐代诗人杜牧在《金谷园》里叹息：

> 繁华事散逐香尘，流水无情草自春。
>
> 日暮东风怨啼鸟，落花犹似坠楼人。

诗中的"坠楼人"是一个痴情女子，她为了爱的人，纵身一跃，坠楼而逝。这个女子，就是绿珠。她是西晋首富石崇的私人歌舞伎，美丽又有才华。

绿珠的故事，首先要从石崇开始说起。石崇是世家子弟。他的父亲石苞，是西晋的开国功臣。石苞临死分发遗产时，六个儿子都有所得，唯独没有最小的儿子石崇的份儿。石苞说："此儿虽幼小，以后却能自立。"很难说，是因为父亲非常认可石崇的个人能力，还是发现石崇的弱点而讨厌他。不管原因如何，这种"偏心眼"反倒刺激了石崇，让他对财富极度渴望。

石崇是怎么成为首富的呢？是靠他在任荆州刺史时公然抢劫远行商客，取得的巨额财物——地方大员用军队进行打劫，当然无往而不利。

太康初年（280年），石崇出使交趾，也就是今天的越南，视察家族企业的运营状况。途经白州的双角山，碰见一位女子，长得极为美丽。于是，石崇花了三斛珍珠当作聘礼，把这个叫绿珠的女孩娶回了家。

> 我不过是朝那个人看了一眼，
>
> 他就说要娶我。
>
> 我当是个只会写诗的酸文人呢，没想到，他是我们整个双角山的东家。
>
> 我家，我的邻居家，我从出生到长大所有认识的人，都为石崇劳作。
>
> 他要把我带走，我感激他。
>
> 我们这里太穷了，
>
> 一件衣服，姐妹们轮着穿；
>
> 一碗稀汤要分在早上和晚上喝。
>
> 他给的珍珠，我悄悄让阿母换成大米，能让村里人吃好久了。
>
> 阿母说我有福气了。
>
> 从此以后，我会为他歌，为他舞。

石崇有一座大别墅，名叫金谷园。他建这座金谷园是为了跟王恺争富，里面筑园建馆，挖湖开塘，楼榭亭阁，方圆足足几十里。石崇不是一般人，他还派人去南洋群岛换回大量中原所没有的奇珍异宝点缀金谷园，把它打造得简直如人间仙境。

但石崇说，所有的珍宝里，最珍贵的就是绿珠。

石崇宠幸绿珠，不仅因为她美，还因她善吹笛，并能自制歌曲，会跳舞。除才华之外，石崇觉得绿珠是真正理解他的人，在众多姬妾中，唯独对绿珠别有宠爱。他和当时的名士左思、潘岳等人曾结成诗社，号称"金谷二十四友"。每次宴客，必命绿珠出来歌舞侑酒。她的美貌令明珠失色，一时之间，绿珠之美名闻天下。

每天接待着来自四面八方的王公贵族，

我赔着笑，唱着歌，但听他们的只言片语，

我已经感觉到，现在已经是一个破碎的时代，

一个朝不保夕的朝廷，一群今日不知明日的项上头颅还在否的朝臣。

我只担心我的主人。

他向天下夸耀他的富有、才华，向王公贵戚显示他的强大和能耐。

他难道不明白，这样会招来天下人的嫉恨吗？

我对他倾诉忧虑，他笑着说，他那么富有，都可以把皇宫买下来。

皇帝也奈他无何，让我何必庸人自扰？

可是，我的眼神穿过舞袖，可以窥探到那些藏起来的凌厉杀机。

主人啊，他不知道，他不知道。

都说石崇是因为绿珠而亡。但他各种劣迹，早已通向了灭亡之路。

《世说新语·汰侈》里记载了他的几个事迹。石崇家里的厕所，经

常有10多个穿着华丽的婢女各就各位侍候，搞得客人大多因为难为情不能上厕所。石崇每次宴请贵客的时候，都让美人劝酒，客人没有喝完酒，他就把美人斩了。大将军王敦每次都故意不喝完，石崇就连斩了三个美人。丞相劝王敦，王敦还说："他杀自己人，关我什么事！"

国舅王恺也很有钱，石崇不服，经常跟他斗富。王恺用麦芽糖和饭来擦锅，石崇就用蜡烛当柴火做饭；王恺用紫丝布做步障，长达40里，石崇就用更贵的锦缎做成长达50里的步障；王恺用赤石脂来刷墙，石崇就用花椒来刷墙。

石崇炫富的巅峰，是他故意当着王恺的面，打碎了晋武帝送给王恺的一棵二尺来高的珊瑚树。王恺大怒。石崇说："我马上赔给你。"他手下的人把家里的珊瑚树全都拿出来，很多都三四尺高，光彩夺目，像王恺那样的珊瑚树更数不胜数。王恺这时才知道，自己跟石崇没法比。

这种骄奢淫逸、不把人当人的人，怎么会有爱情呢？绿珠虽受宠，但也就是一个高级一点的玩物罢了。一方面，石崇靠打劫致富，富可敌国；另一方面，他却不知收敛，高调攀比，不把皇帝放眼里，也不把势力熏天的各大家族放眼里。

正值"八王之乱"，赵王司马伦正是权势最大时，手下有个狠角色孙秀。孙秀想得到绿珠，便派使者前去索要。石崇说："其他女人尽管要，绿珠不行，她是我的爱妾。"他态度很不好，使者无奈地走了。

于是，孙秀便劝司马伦杀石崇和欧阳建。石崇也不傻，就跟黄门侍郎——著名的美男子潘岳——勾结，暗地劝淮南王司马允、齐王司马冏，谋划诛杀司马伦与孙秀。

结果，事情败露。司马伦下令把石崇、潘岳等捉拿归案，孙秀带领大队人马，来势汹汹地将金谷园团团围住。

石崇正在崇绮楼上与绿珠开怀畅饮，忽闻缇骑到门，料知大事不妙，便对绿珠说："我今天为你得罪了人，怎么办？"绿珠一直恐惧的事还是不可避免地发生了。

我最担心的事来了。

为此，我已准备很久了。

我生于穷乡僻壤，缺衣少食。

是主人把我从乡野之间擢拔上来，安置好我的阿爸、阿妈和弟弟。

带我享尽这世间最好的一切。

你以为主人仅仅是富有吗？并不。

他有世人所无的高贵品位，他所欣赏的美，永远是这个国家的最高审美。

他的诗赋，比更有名的左思、潘岳都要好。

他对我好，甚至说，如果我不高兴的话，他可以为了我把数百人的舞伎全部遣散。

当然不，我哪里有资格置喙呢！

如今，他有大难，我岂可独生？

我清楚自己的宿命，我是他买来的玩偶，

我这条命是他的。

能陪他数年，看尽繁华，我愿已足。

主人啊，恕我不能陪你最后一程了！

绿珠流着眼泪说："妾当效死君前，不令贼人得逞！"

言罢，朝栏杆下纵身一跃，血溅金谷园。石崇拦也拦不住，仅抓到一片衣裙而已。

石崇的意思，就是让绿珠自杀。他不可能让孙秀得到活着的绿珠。他怎么可能对宠物有什么情义！

另一方面，他还心存幻想，以为自己大不了被流放。直到被装在囚车上，一家人一起被拉到东市，石崇才叹息道："这些奴才是想图我的家产啊！"押他的人答道："知道是家财害了你，为何不早点把它散掉！"他的死，冥冥之中是一个必然。绿珠不过是他的财产清单中最昂贵的那项罢了。

不过，"绿珠事件"，确实是石崇败亡的导火线。"非绿珠无以速石崇之诛，非石崇无以显绿珠之名"啊。

上官婉儿：想得到的太多，终究什么都抓不住

母亲曾告诉我，在我出世的前一天，她做过一个梦，

梦见一个巨人，给她一秤道："持此称量天下士。"

她以为，我必定是个男孩，可以光大上官家族的门楣。

谁知道生下来却发现，这个婴儿是女的。

她很不高兴，随口问："你是女孩，难道还能称量天下士吗？"

不知为什么，当时我就咿咿呀呀地相应。母亲高兴起来。

她绝对想不到，多年以后，我确实专秉内政，代朝廷品评天下诗文，果然"称量天下士"。

你以为女人不行吗？并不，只不过从来不给女人机会。

女人也能当皇帝了，当宰相又有什么奇怪呢？

我注定是要闪耀的，天下文士，都由我大笔一挥来决定。

才女向来是一种很暧昧的存在。小有才华的女人常常很压抑，没有什么好命，林黛玉、薛宝钗就是明证；极有才华的女人一旦混出头来，根本就不能指望她们能过传统的生活，"不疯魔，不成活"就是此意。

那个最先说"女子无才便是德"的先人，真乃神人也。因为他们知道，女子一旦有了才能，就不那么容易被摆布，不会甘心成为男人的附庸，知道男人天性中的风流、放诞、情欲、权力欲、操控欲，女人一样也不缺。不鼓吹"女人还是无能的好"，他们怎么能哄骗一两千年呢？

中国历代并不缺乏这样的才女。只不过因为中国的权力场基本集中在宫闱和官场，所以，她们的才干往往更多地和宫闱争斗相关联。

上官婉儿，就是其中的佼佼者。

上官婉儿的祖父是上官仪，因替高宗起草废武则天的诏书，被武后所杀。刚刚出生的上官婉儿与母亲郑氏一同当了奴婢。14岁的上官婉儿被武则天召见于宫中，当场命题，她文不加点，须臾而成，且辞藻华丽。武则天看后大悦，当即下令免其奴婢身份，让其掌管宫中诏命。19岁的时候，她已经是一人之下万人之上，有"巾帼宰相"之名，慢说文武百官，就是武后的儿子唐中宗也得看她几分面子。

而武后，是上官婉儿的杀父仇人，不共戴天。但是，武后赏识婉儿的才华，直接提拔她。对于武后来说，最大的风险就是，主动容纳了一个仇敌在身边。

对于婉儿来说，年幼的她与杀父仇人日日相对。但是，婉儿成了武则天最好的助手。

神龙政变后，唐中宗复辟，武则天退位，上官婉儿成为中宗李显的婕妤，官秩三品，不久又进拜为九嫔之一的昭容，当时在后宫地位仅在皇后之下，上官婉儿从此以皇妃的身份掌管内廷与外朝的政令文告。

上官婉儿充分享受到当宠妃的快乐：皇帝派人在她居地穿池筑

岩，穷极雕饰，常引大臣宴乐其中。她又与一些宫官在宫外购筑宅第，经常与他们交接往来，与纨绔子弟混于其间。

厉害的是，她还把情夫武三思引荐给韦后。与此同时，她还迷上了美少年崔湜，不时把他召进宫中。中书侍郎崔湜就是因为与上官婉儿在外宅私通，后被引以为相。崔湜曾犯罪，上官婉儿和安乐公主却为其申理，仍官复原职。

她的精力可不止这些。在政治角力中，上官婉儿投入到韦后的势力地图中，与两人共同的情夫武三思结盟，皇帝被架空。太子李重俊实在看不过她们权势熏天，派兵杀了武三思父子。上官婉儿设计让皇帝杀了太子。这还不算，韦后和安乐公主母女一起毒杀了唐中宗，把持朝政。

经过这次动荡之后，上官婉儿发现"后党"不一定可靠，给自己留了后路，看到太平公主和李姓宗室的势力庞大，上官婉儿又悄悄倒戈到她那边，也忘了夺爱（崔湜）之恨，两个"同情"的女人还合写了立帝王的遗诏。

这种像"换妻俱乐部"一样错综复杂的关系，让人觉得眼花缭乱。算上传说中的宗室李逸、长孙泰，上官婉儿的情史更多姿多彩了。甚至，上官婉儿的黥面，也有几种不同说法：一是与男宠张昌宗私相调谑被武则天发现而受罚；二是上官婉儿因厌恶武则天的男宠薛怀义对自己的调戏而关闭甬道，致使武则天的明堂因报复被毁，故责罚于她。

总有一种感觉，上官婉儿是武则天的低配版。两人的共同点：一、权力欲望非常强，为此不在乎利用男人，不在乎名声；二、不在乎随时可以联合；三、情欲远比一般人强。

这样的女人，你可以讨厌她，但你无法轻视她，她有无穷无尽的精力，兴致勃勃的欲望，翻云覆雨，活色生香，她永远不会成为池中物，谁是恩人谁是仇人，不是最重要，只要有利益可以联合，只要有好处，道德可以弃之不用。武则天打破了男权固若金汤的权力结构，上官婉儿亦步亦趋，进一步巩固了女性能当朝主政的可能性。

皇帝，是我的杀父仇人。可是，我还是爱她。

世间再也没有比她更聪明的人了。

在她之前，没有哪个女人能掌有天下。

在她之前，没有哪个女人被允许站在朝堂上，与男人一起争论国策。

如果你不曾见过她博闻强记，博览群书，不曾见过她一双素手，把天下的乱麻拎出线头，你就不会明白，她拥有权力、拥有世界，就是拥有魅力。

你们质疑了皇帝那么多年"女人不能当皇帝"，但为什么没有人质疑"女人不能给天下选士"？

因为，当皇帝荡平了最大的障碍以后，其他的一切障碍都被粉碎了。

你们质疑皇帝"秽乱春宫"，那么，其他女子的行迹，也就无关紧要了。

我爱她，我要像她一样掌有权力，拥有旺盛的情欲力量，无所畏惧。

别怪我忽略上官婉儿的文学才华和政治韬略，却关注她的情史和政治斗争。因为，她的面貌，就是由种种前朝的政治角力和后庭的宫闱斗争描绘出来的。

《旧唐书》《新唐书》等正史中都对上官婉儿有记载，但较多体现在她奉承权贵、淫乱宫闱并操纵政治、控制朝纲等负面事件上。但与上官婉儿同时代的文人，如张说、武平一等对其人其事评价很高，这也决定了她的下场：上官婉儿虽然已投奔"帝党"，但仍被李隆基（唐玄宗）兵变杀死。

只说文学才华，她的才华之高，"与其说韩愈、柳宗元开古文复兴气运，毋宁说是上官婉儿已经早为盛唐的文学面貌绘出了清晰的蓝图"。她与武则天一样，即使放在男人当中，也是顶尖人物。上官婉儿以一介女流，影响一代文风，这在中国古代文学史上很少见。她是中宗文坛的标志者和引领者。

即便上官婉儿是男人，她的所能抵达之处，已是位极人臣。但她仍然努力拥有更多的男人，抢占最佳的政治合谋位置，把权力抓得更牢些。

太多的权欲、物欲、情欲，但她管不住自己啊。

第六章

自由是你孤独的站立

班昭：有时候示弱，是为了更好地生存

在中国历史上，东汉女史学家班昭的作品，堪称是对中国女性影响最深远的著作。短短一篇《女诫》，影响了中国一两千年。而这位劝导女性循规蹈矩，在家相夫教子，不与男人相争天下的班昭，自己却反其道而行之，在事业上取得了极大的成就。

洋洋大观的《二十四史》中，班昭是唯一参与其中的女性：她的哥哥班固创作了《汉书》，班固去世后，她修完了余下的《天文志》和"八表"，空前绝后地成为帝王的女性老师，并且参政，获得了邓太后的赏识和尊重。班昭之子曹成被破格加封为关内侯，官至齐国的国相。

那么，班昭的一生是如何度过的？她又为何要"说一套，做一套"呢？

班昭身世显赫，祖父是广平太守班稚，父亲是史学家和文学家班彪，大哥是编写《汉书》的班固，二哥是"投笔从戎""不入虎穴，焉得虎子"并打通"丝绸之路"的定远侯班超，姑妈是汉成帝有名的贤妃班婕妤。她也习得一身好学问，在天文、史学等方面颇有研究，可谓承袭了家族中的学霸基因。

14岁，班昭就嫁给了师兄曹寿。可惜曹寿早死，所以班昭很早就成了寡妇。守寡这些年，班昭没有像同时代的其他贵妇再嫁人，而是默默地在学术和事业上耕耘，最终获得了朝廷的赏识。

班昭深得皇帝与太后的厚爱，多次被召入宫，教授皇后和贵人经史礼仪。于是，班昭的身份除了御用历史学家外，又增添了一项——宫廷礼仪导师，并获得皇家赐号"大家"，因其夫姓曹，人称"曹大家"。

本来，班昭可以安分地做一名女学问家，但谁叫她和赵飞燕、赵合德处在同一个时代呢？作为一位有些沉闷的女学究，赵飞燕、赵合德的行为在班昭看来，是世风日下，道德沦丧。

首先，班昭与赵飞燕、赵合德有一些私人过节。班昭的姑妈，是号称汉成帝最有才华、最贤德的妃子班婕妤。本来，班婕妤很受汉成帝宠爱，但他转身迷上了赵飞燕和赵合德姐妹俩。这对舞女出身的姐妹，德行很差，一味地魅惑皇帝，害得班婕妤失宠，成帝早逝，并且没有留下子嗣。

想必班昭每每想起姑妈，都会心中感慨：嗯，有贤德、有才华的女子，不被男人珍重；而妖媚、肤浅的女人却能在皇宫中呼风唤雨。所以她又倡导女人守道德！

有一个词，叫"脏唐烂汉"，汉代对女性没有过多的清规戒律，风气开放。班昭便反其道而为之，推崇性冷淡。她写了一本理论指导书——《女诫》。

《女诫》是第一本系统整理编写规范女子行为的教材，影响力很大。它精巧地把男女不平等上升到了理论高度，成为女性应当遵守的清规戒律。说起来，《女诫》应该算是男尊女卑的祸首。

> 丈夫就是天，女人是卑下软弱的人，是低一等的人。
>
> 女性应该忍辱负重，晚睡早起，勤于操持家务；女性应讲究妇德，妇言，妇容，妇功。
>
> 妇德就是不必才明绝异也；妇言就是不必辩口利辞也；妇容就是只需整洁不必颜色美丽也；妇功就是不必工巧过人也。
>
> 丈夫可以第二次娶妻，妻子没有第二回嫁人的道理；还要委曲顺从公婆的心思。

以上，来自《女诫》的原文翻译。《女诫》之所以能够传播，也是因为班昭有相当高的政治地位。这个时候，邓太后独揽大权，垂帘听政；班昭以师父之尊得以参与机要。

甚至太后的兄长作为大将军辅理军国时，是否要为母亲守孝，也是班昭给太后提建议。要知道，在后来的明朝，是否守制守孝，内阁们经常争吵得不可开交，影响过无数顶级官员的生死。班昭呢，只用一句话就解决了。

因此，《女诫》得以广为流传，赵飞燕、赵合德输得很彻底。从此，男尊女卑就成了女性道德的基本原则，"三从四德"也成了女人长期摆脱不掉的宿命。

不久，班昭被汉和帝称为"曹大家"，大概类似我们现在称杨绛为"杨先生"。

没想到单身也可以这么有成就。班昭历经六代君王的兴衰更替——光武帝、明帝、章帝、和帝、殇帝和安帝，还见识过马皇后、窦太后与邓太后不同的行事风格。

《女诫》之后，涌出一系列跟风之作，都是用来教训女人的，比如《女史箴》《女则》《女孝经》《女论语》《内训》《闺范》等等，但这些都达不到《女诫》的影响力。

据说，当时的男人对班昭的这一套规矩颇为欢迎，忙不迭地让妻女学习。东汉学者马融，就曾跪在东观藏书阁外，聆听班昭讲课，再回去把内容教给家人。

有人评价说，班昭是帝王师，更是乾纲独断的邓太后的幕僚，却主张女人柔顺、听从，岂不是拆太后的台？而且，班昭是大学者，著史、作赋，样样精通，却非要主张女人"不必才明绝异"，女子无才便是德，岂不是自打嘴巴？

> 你们不懂，你们以为我是为难女人，其实，这是天道，是秩序。
>
> 女性天生就柔弱，就需要保护；过于刚强，则会让男性不满，失去他们的信任和保护。
>
> 柔弱，才能承载大德。
>
> 算了，我没法告诉你们。
>
> 女人啊，是弱者，此局已成定势，如果有人还意识不到，以身犯险，下场不一定比赵氏姐妹好看。
>
> 维持秩序和平衡，是皇家需要的，但是有时候示弱，是为了更好地生存啊！

班昭获得的地位，跟男人没有直接关系。她靠近权力核心，有理想、有抱负，可以参政议政，长袖善舞，堪称历史上最成功的职业女性。可是，她却写文章，禁止别的女人效仿她。

鉴于班昭的影响力，之后2000年，女人们好像修道院的修女一样凛然、严肃，但这究竟该怪谁呢？在那个时代，班昭或许是一心想匡正淫逸的社会风气，削弱后宫女权贵的夺权之心，在她看来，这样做没有错啊！

严蕊：唯有坚持所向披靡

严蕊是宋朝的名妓。不知道她不要紧，你只要知道，宋朝最有名的理学大师朱熹，曾经让人严刑拷打严蕊，却没有得到他想要的口供，反而丢脸地被皇帝调走了。

有时候，青楼里有的是有义气的女子，而最讲道德的大师们，却未必有道德。

真是越来越难混呀！

歌伎或官妓，长得漂亮，是必需的，但还远远不够。

得品位高妙，还要定期参加临安或汴梁的春秋新装和首饰发布会，最好买得起暹罗、大食、波斯的时髦货；

得出口成诗，文章立等可取，还会品评辞藻；

得是个美女作家，名声在外；

还要能歌善舞，兼作词作曲；看男人的品位也要一流，不贪图钱财，不迷恋荣华；

只有才高八斗，享有清誉的文人，才能成为入幕之宾。

是的，我都做到了。我艳名远扬，求诗文，求与我一亲芳泽的官员，络绎不绝。

　　但是，我怎么会想得到，这世上还有更难的事呢？

　　严蕊是南宋孝宗年间，浙江台州的官妓，是上厅行首，也就是高等妓女。不是不想从良，是官妓脱籍须经州府特许，而妓业又是江南重要的财政收入。严蕊因为声名远播，引来不少一掷千金的豪客，贪图着她带来的知名度和收入，所以官府一直不准严蕊脱籍。

　　严蕊平日里在乐营教习歌舞，作为官妓，也必须无条件地应承官差，随喊随到。但是，官妓又不得向官员提供性服务：可以歌舞佐酒，然不得私侍枕席。对于妓女来说，这太过吊诡了。聪明绝顶的严蕊，就是在这件事上栽了跟头。

　　当时的台州太守唐与正，字仲友，自认为风流文采，对严蕊的才情也颇为欣赏。一日，红白桃花盛开，唐仲友置酒赏玩，严蕊应声成一阕《如梦令·道是梨花不是》，词云：

　　　道是梨花不是，道是杏花不是。

　　　白白与红红，别是东风情味。

　　　曾记，曾记，人在武陵微醉。

　　唐仲友听完，对严蕊赞不绝口，赏以细绢两匹。不久后，唐仲友的朋友谢元卿七夕来赴宴，唐仲友便力邀严蕊作词。严蕊以七夕为题，以友人之姓"谢"为韵，吟了一首《鹊桥仙·碧梧初出》：

　　　碧梧初出，桂花才吐，池上水花微谢。

穿针人在合欢楼，正月露、玉盘高泻。

蛛忙鹊懒，耕慵织倦，空做古今佳话。

人间刚道隔年期，指天上、方才隔夜。

谢元卿啧啧称赞，对严蕊大加赞赏。之后，唐仲友总喜欢带着她四处游历赴宴，有时甚至超越台州地界。

但官妓有严格的管理和规定住所，倘若没办理正式脱籍手续而私自到外地居住，按当时的法律要以"逃亡律"处置。即便是太守带她去，也会依据"浮浪律"而被判"杖八十"。唐仲友去哪里都带着严蕊，二人确实交往频繁，旁人虽不知真假，但也难免捕风捉影。

碰巧这时，唐仲友被一些官僚上折子告状。于是，朱熹出现了。

关于唐仲友与朱熹的恩怨曲直，三言两语说不清。简单地说，朱熹调查唐仲友，还收集了唐仲友违法收税、贪污官钱等八条证据。接着，朱熹向朝廷连续六次弹劾唐仲友。而唐仲友也没有坐以待毙，派人闯进司理院殴打朱熹的手下。吏部尚书等朝臣，也纷纷上奏章举荐唐仲友，称他是有清望的儒臣。

朱熹与唐仲友，谁好谁坏姑且不论，可其中有一条跟女人扯上了关系。朱熹怀疑唐仲友与官妓严蕊有染，并帮助她落籍，解除官妓合同，是严重的违纪行为。他派人把严蕊抓来，严刑拷打。

朱熹是程朱理学的奠基人，以提倡"存天理、灭人欲"著称，程颐、程颢则提出"饿死事小，失节事大"，也就是由他们这几个理论家，开始把女人的"贞节问题"，上升到极为严重的程度。

但是他自己呢？《宋史》卷三十七记载了一桩有名的"庆元党案"：监察御史弹劾朱熹，有十大罪状，其中还包括"诱引尼姑二人以为宠妾，每之官则与之偕行""家妇不夫而孕"。朱熹贪色好淫，引诱两个尼姑做宠妾，还带在身边招摇过市。他家中的儿媳妇则在丈夫死后怀上身孕，疑是"翁媳扒灰"所致。据此，监察御史要求将朱熹斩首，这些听上去确实骇人听闻。

宋宁宗大怒，朱熹赶紧承认错误，把娶尼姑的事都招了，说自己"唯知伪学之传"，上表请罪。不过，后世也有史学家认为，朱熹上书认罪只是一个讥讽，并不代表他真的做过这些事。这些恐怕就只有他老人家自己知道了。

被下到监狱之后，不管别人对严蕊如何动刑，她只说："循分供唱，吟诗侑酒是有的，曾无一毫他事。"受尽苦楚，监禁月余，口供没有变过。

朱熹没有办法，又把她转发去绍兴，再令当地严加勘问。绍兴太守看到是一位官妓，就说："从来有色者，必然无德。"于是动用夹手指和夹棍的酷刑，来折磨严蕊。

最后，就连狱官都可怜她，好言劝说道："上司加你刑罚，不过要你招认，你为什么不干脆招认了？女人家犯淫，最重不过是杖罪，而且你都已经受过杖了，何苦舍着身子，熬这等苦楚？"

严蕊说："我身为贱妓，即使招认了，也不是什么大罪，但天下事，真则是真，假则是假，岂可自惜微躯，信口妄言，以污士大夫！今日宁可置我死地，要我诬人，是做不到的！"说得连狱官也肃然起敬。

当然，只从这件事来看，唐仲友缩起头来任凭严蕊被拷打也不施援手，令人齿冷。

我终于把往日里争强好胜的心，浇灭了。

原来，任多少裙下之臣争相讨好，也不过是虚言，

他们可以为了躲灾，把女人往牢里送，让女人受酷刑，替他们挡枪。

他们嘴里的义，是为了怂恿别人为他们守义，他们可以不守；

他们嘴里的忠诚，是为了让别人为他们效忠，他们可以不信；

他们嘴里的道德，是为了煽动别人讲道德，他们可以不讲。

系狱数月，酷刑数次，养伤半年；足以让我看清了人，看清了这个世界。

平时读的这些锦绣文章，背后都是龌龊不堪。

我终于明白，什么是你们的道德了。

皇帝宋孝宗看朱熹为了严蕊赖在台州不走，闹得满城风雨，就让朱熹改官离职。

朱熹愤愤不平地离开，之后来了个岳飞的后代岳霖，当浙东提刑官。他敬佩严蕊，把她请出来，看她伤痕累累，便让她作词自陈。她口占《卜算子·不是爱风尘》一词：

不是爱风尘，似被前缘误。花落花开自有时，总赖东君主。

去也终须去，住也如何住。若得山花插满头，莫问奴归处。

岳霖一听明白了："你从良之意决矣。此是好事，我当为你做主。"立刻取来妓籍，与她除了名字，判与从良。

自此一事，严蕊芳名远扬，义气所在，常有人重金求娶。传说，

她最后嫁给了一位宗室子弟做妾，过上了舒心幸福的日子。甚至还有人说，严蕊出狱后写了一本狱中回忆录，开篇一句就是："神女生涯原是梦，小姑居处本无郎。"

其实这是戏说，这两句诗的作者不是严蕊，而是晚唐著名诗人李商隐。不过用来对照严蕊的一生，似乎倒也贴切。

貂蝉：所有的付出都是在成全

貂蝉是中国古代四大美人之一，有"闭月"之称，连月亮见了她都会羞愧地遮挡在云后面，可见她的美貌。

实际上，历史上有没有貂蝉这号人物，至今存有争议，但她的故事却伴随着《三国演义》家喻户晓。而貂蝉的出现，也像一枚关键棋子，改变了东汉末年的格局。她周旋在大军阀董卓与其心腹吕布之间，离间这对养父子，并最终用"连环计"除掉了逆贼董卓。

世人都搞错了，"貂蝉"并不是我的本名，它不过是衣冠上的一件饰物罢了。

义父疼爱我，但他给我取了这个名字，仿佛时时刻刻在提醒我，别忘了自己的身份。

我知道自己有多美，为我着迷过的男人太多了。

可惜，长得美，并不能为我找到如意郎君，而是让我更有利用价值而已。

我变成一个猎物，让董太师和吕将军相争相追逐，谁先追到我，就可以吃掉我。

虽然，我对吕将军有情意，可是，我怎么能告诉他，我只是赏给他的诱饵？

我没有办法好好地爱他，正如我没有办法忘记董恶贼的兽行。

那一幕，那回忆，时时在刺伤我。

这就是我的使命，也是我的宿命。

有人说我根本就是假的，是不存在的。

（冷笑）什么是真？什么是假？你当世人真的分得清吗？

在说貂蝉的故事之前，我们先来说说历史上的董卓。

东汉末年，羽翼日趋丰满的董卓，掌握了强大的武装力量，是地方军阀豪强，还是朝廷命官、边陲重臣。他挟天子以令诸侯，并派心腹大将吕布杀掉执金吾，接收京城的全部防卫部队。

接着，董卓废掉少帝，另立陈留王刘协，即汉献帝。董卓还不顾朝臣反对，胁迫献帝将都城从洛阳西迁至长安，并带着百万百姓西迁。行前，董卓士卒大肆烧掠，洛阳周围200里内尽成瓦砾。

而且董卓经常派遣手下士兵四处劫掠，残暴百姓。比如，初平元年（190年）二月，董卓部属的羌兵，在阳城抢劫正在乡社集会的老百姓，将男子全部杀死，还凶残地割下他们的头颅焚烧。

另一次，朝中大臣被邀请赴宴，结果席中董卓用虐杀俘虏来助兴，把那些俘虏全部砍手砍脚、挖眼割舌，宾客们无不吓得魂不附体。据《后汉书》记载：董卓"又奸乱公主，妻（欺）略宫人"。说董卓把后宫从妃子到公主，再到宫女，都奸淫糟蹋无一幸免，甚至强暴之后再将她们杀死，简直禽兽不如。

董卓的倒行逆施，终于激起了愤怒与反抗，诸侯奋起讨伐，民间起义不断，掀起了大规模的持续反抗董卓的斗争浪潮。

初平三年（192年），司徒王允开始布局如何除掉董卓。他知道要杀董卓并不容易。首先，防守森严；其次，董卓本人孔武有力。而且，董卓的干儿子吕布，更是一名武艺出众的骁将。要除董卓，必须先除掉吕布。最后，他终于想到了一个人，一个女人，他抚养长大的义女貂蝉。

貂蝉是甘肃临洮人，不过貂蝉并不是她的本名。元代杂剧《连环计》中说她的真实姓名叫任红昌。貂蝉在幼年父母双亡，恰巧被司徒王允遇到，他看她漂亮伶俐，便把她收为歌女。

貂蝉非常聪明，不管是唱歌还是跳舞，一学就会。所以，虽为歌女，但王允也有心把貂蝉当女儿养，教她识字和诗书礼乐，好在日后给她择一官宦人家，也可以给王家多结一门姻亲。按照这样的规划发展下去，貂蝉的未来很可能会嫁给一个好儿郎，夫妻举案齐眉、平平淡淡地白头到老。

但是，命运总爱跟人开玩笑。貂蝉虽为女子，对时局之乱也有所耳闻。不是今日董卓屠戮百姓，就是董卓又诛杀某某官员全族，甚至连街道上都弥漫着血腥味。听到"董卓"二字，她亦深深恐惧。

> 今夜，小女貂蝉来到后花园，点上香炉，对明月祷告，此生唯愿杀死恶贼董卓。
>
> 恶贼终有一日，身首异处。
>
> 我的堂姐嫁入曹议郎家，去年，全府上下皆被董卓无故杀死，夺走家财。
>
> 堂姐死前还饱受恶人凌辱。
>
> 昨日，与我交好的大理少卿府上的阿恬姑娘，被强行带入宫里；

傍晚，已报府上，死于宫中。

不敢想象，阿恬到底遭受了什么样的禽兽行为。

这样的消息，无日无之，恶贼如不死，天下人不得安宁！

可是，我一小女子，如何能杀死恶贼呢？

我从小无父无母，幸得王司徒收入府中，抚养长大。

却羸弱无能，没法给堂姐和阿恬报仇！

我不甘心。

貂蝉对月焚香祷告，有人悄悄报告了王允。王允询问貂蝉，貂蝉视王允如父，也知道天下人苦董卓久矣，也不隐瞒。我猜想，对于貂蝉的性格，王允还是很了解的，他问貂蝉："如果要为天下人去除掉董卓，你愿意吗？可能会有生命危险，你怕吗？"

没想到，貂蝉的回答是："真有那一天，我不怕。"

这一年，貂蝉16岁，正是风华正茂的时候。

王允于是把自己的计策说与貂蝉，她听后犹豫片刻，但最后还是咬了咬牙，应声道："若于国家有益，贱妾亦何惜一身？但唯司徒筹划。虽死不辞！"

王允与貂蝉一一核对细节，确认杀董卓的连环计。他亲身向貂蝉下拜。我想，他也许是出于内疚吧。王允心里清楚，貂蝉此去，很可能九死一生。

第二天，王允便邀吕布赴夜宴。此前，王允已多次赠予吕布金珠银贝，又给他父母祝寿，吕布心知，这位在董卓廷前受信任的王允是要拉拢他，他欣然应约。

酒至数巡，吕布只见席前一位绝色丽人翩然而至。虽然他见惯了各种各样的美人，但她们都远远不及眼前美人丰姿婀娜。而他发现，这位美人，也频频地看顾自己，甚至一望见自己就脸红。吕布动心了。

待美人走后，吕布才轻声问王允："此女为何人？"王允说："这是我的义女貂蝉。"吕布再问貂蝉婚配与否。王允回答："不曾，但我曾答应义女，要给她找一位英勇能干的夫君，不愿轻易许人。"吕布又问："司徒觉得我如何？"王允装作很吃惊的样子，说："这恐怕不妥吧？将军威武，又系朝廷重臣，臣职卑官小，恐怕义女高攀不上。"

吕布听后大笑："司徒说笑了。文臣当中，太师独信任司徒，恐怕小将以后还得倚仗司徒大人呢。大人请我来赴宴，莫非不就是为了将貂蝉许与我？"

王允见被他说破了，马上答道："将军如不嫌小女鄙陋，谨当使侍巾栉！"

吕布大喜，下拜说："承司徒见赐，司徒便是我岳丈，布誓当图报！"王允与吕布约定迎亲的吉期。吕布欢喜而去。他不知道，一场风暴即将来临。

原本以为吕将军是个粗鲁的草包，像他的义父那样。

今日一见，却俊秀儒雅，眼中似有千言万语。

曾听说，吕布骁勇，且有骏马。时人为之语曰："人中有吕布，马中有赤兔。"

又听说，吕将军大将有神，善战无敌，不可击也。

闻名不如见面，今日才知将军是这样的英雄。

唉，如果我直接被义父许配给他，该有多好！

每每想到他凝望着我的那双含情的眼睛，我就心如刀绞。

我也想拥有自己的爱情，可是，我的身体，却不得不献给恶贼，献给这个战乱不休的国家。

我没有办法清清白白地跟将军在一起啊！

和貂蝉匆匆一面之后，吕布外出办事，数日后才回。正在他筹措迎亲事宜时，突然听到旁人议论说，董太师新纳了一个如花似玉的美妾，名作貂蝉。吕布不敢相信，愤愤不平地去司徒府找王允问罪，责问他为何负约。王允早知他会前来，装模作样地叹息道："太师知道吕将军将娶妻，便道要为将军迎亲。太师与将军情同父子，要带小女走，谁敢推阻？小女只得随太师入府，已不在老夫身边。也许将军问问太师，问他何日替你娶亲吧？"

吕布听罢虽然生气，但心知貂蝉已被董卓霸占，他如何敢责问太师？只能把满腔的怒火强压下去。

一天，董卓有事在府中召见吕布。谈完事情之后，董卓临时要去前朝办事。吕布走入后花园的凤仪亭散心，没想到貂蝉早已闻听吕布的动向，在此等候多时。她一见到吕布，立刻泪流满面，转身就走。

吕布见貂蝉美艳尤胜当日，看她哭泣的样子，赶紧怜惜地拦住她，问到底发生了什么事。可貂蝉只是摇头，无论如何不肯说话。见她这样为难，吕布越发想要问出个究竟。貂蝉最后哽咽道："将军别问了。妾身虽许给将军，谁料被太师所占，身子已污。不配与将军一起了。"说完，她转身要走。

这几句话，听得吕布热血沸腾，赶紧上前抱住她。貂蝉含泪望向他，说："妾身已被强行糟践，虽百般推阻，不能免。无缘侍奉将军了。此生能见到将军一面，已是满足。从今与君永别！"说完，她挣扎着就要往湖里跳。这样的美人说出如此情话，吕布怎么会不动心呢？他激动地抱住貂蝉，说："空为一世英雄，却不能庇一女子，生又何趣？此生不把你从那老贼手中救出来，吕布誓不为人！"貂蝉就势倒在吕布的怀里。

恰恰就在此时，董卓回府，后花园是必经之路，他在回廊里一眼看到凤仪亭，吕布与新宠貂蝉正在搂搂抱抱，勃然大怒，三步并作两步冲到亭边，顺手取得一支戟，挺戟直刺吕布；幸亏吕布手疾眼快，把戟挡开，飞步跑了出去。董卓眼看追赶不上，便用戟遥掷吕布，吕布却已走远。这一幕被貂蝉尽收眼底。

> 侍奉这天下的仇敌，让我恶心。
> 看到像头肥猪一样的躯体在身旁，更让我鄙夷自己。
> 每当我要向恶贼含情脉脉，说他是天下最有能力的人，
> 说我崇拜他、顺从他的时候，我心里真是难以抑制地难过。
> 但是，不如此，就不足以取信他，就不足以保全自己，更无法让计策成功。
> 唉，吕布将军确实是天下豪杰，英俊勇武。
> 可惜，你我皆为棋子。郎虽有情，妾虽有意，
> 却敌不过天下大势。
> 只怕，吕将军将来未必肯顾惜我这残花败柳。
> 不牺牲一时的身躯贞节，不委曲求全，
> 又如何能除去逆贼，如何能让天下安稳？

所以，我也只能把你当成一颗棋子。

不要怪责我。

对董卓，貂蝉只能曲意逢迎。在凤仪亭被董卓撞破后，董卓怒责貂蝉，她赶忙跪下，说原本只是去后花园散步，谁料吕布前来调戏，她宁死不从，如果不是太师回来得及时，她就要跳湖了。说罢，拔出挂在墙上的宝剑，架在脖子上就要自尽。这是貂蝉第二次拿自己的生命作赌注。

其实，不管是吕布还是董卓，都是阅人无数、身经百战的人。貂蝉想要在他们面前取得信任，并不是一件容易的事情。她冒险用自尽的方式，来表达对他们的"忠贞"，这其实也是破釜沉舟之举，把自己的性命押注在男人的一念之间，若是其中一人稍有犹豫，貂蝉的下场都只能是一个"死"。

救下要自尽的貂蝉后，董卓心软了，他心想：貂蝉既然人在内花园，又如何知道吕布会前来？这不是她的错。于是，他将矛头对准吕布，对他动了杀心。

董卓的智囊李儒得知后急忙劝谏，说："昔楚庄王绝缨之会，不追究调戏爱姬的将士，后来楚庄王得其相救。如今太师欲成大事，却为了一个女人而去掉吕布这样的猛将，失去左膀右臂，大事不可为矣。"董卓虽然气愤难平，但也知道李儒说得有理，杀吕布的事也只能暂时按下不提。

凤仪亭风波，原本顶多是董卓和吕布心里的一根刺，虽如鲠在喉但不致命。可没想到，吕布对貂蝉念念不忘，事后，他跑到王允府中告诉他，他的女儿貂蝉已被太师霸占。王允听后叹息道："我与小女，也不愚钝。难道不知后果吗？小女临行收拾行装前，哭泣得不能自已，说既然许给将军，她就是将军的人了，不能再委身他人，几乎自尽。只是后来担心连累老夫，才舍身而已。全是老夫无能啊！"

吕布越听越怒，拍案大骂董卓，恨恨地说："唯有杀了董卓这毒夫，方能解得了我夺妻之恨。"可言毕，他又有点泄气，颇为无奈地对王允说，"若非我们情系父子，吕布即当前往！"

听罢，王允微笑说："太师姓董，将军姓吕，本非骨肉，掷戟时难道有父子情吗？"这几句话，一针见血，点醒了吕布，他道："司徒可有计谋？"王允这才与他密议，反复推敲，遂定约而去。

回去后，吕布找了个机会，向董卓道歉，声称自己在凤仪亭是酒后失态，跪求原谅。董卓怕吕布心生嫌隙，也称误会了他和貂蝉。两人冰释前嫌，和好如初。

数日后，献帝召见群臣，董卓戒备森严，特地叮嘱吕布随行。甲士毕集，吕布也全身甲胄，手持画戟，守候在门前。骑都尉李肃入内请命。护卫兵士像墙一样，把董卓、吕布、李肃等人夹在中间行走，外人水泼不进。董卓才放下心来。

到了北掖门，卫兵在外停步，吕布在前面做先导，李肃忽然回身刺向董卓。毫无防备的董卓受伤跌倒，大声呼救，叫道："吕布！"

吕布现身，厉声说："有诏讨贼！"董卓怒骂："庸狗也敢如此！"话未说完，吕布一戟刺入董卓咽喉，杀死了他。随后，吕布从怀中取出诏书，向众人宣读说，董卓大逆诛夷，余皆不问。于是内、外董卓吏士的骚动渐渐平息。

在司徒王允的指示下，吕布回抄董卓家，又令御史中丞皇甫嵩，率兵往郿坞，接管了兵权。董卓之死，大快人心。

这一出连环计确实精彩。可很多人想必会心生疑惑：吕布杀死了董卓，王允和貂蝉的连环计成功了。可貂蝉呢，她人去了哪里？

先说吕布。杀死董卓后，吕布依附袁绍。与曹操争夺兖州失败后，吕布袭取徐州，割据一方。建安三年十二月，也就是199年2月，吕布于下邳被曹操击败并处死。临死前，吕布曾跟曹操说："曹公得到我，可以统一天下了。"曹操颇为心动，但刘备却在一旁说："明公，您看见吕布是如何侍奉丁建阳和董太师的吗？"三姓家奴的履历使得吕布终被缢杀枭首，人头被挂在城墙示众。

吕布被曹操绞杀之后，貂蝉的下落成了一个千古之谜。有人说，貂蝉在吕布死后，被赠予关羽，但关羽怕被一个当过间谍的美人坏了名声，便斩杀了貂蝉；有人说，貂蝉虽然有大节、有正义，但不愿污了关羽的名声，毅然自尽；还有人说，貂蝉逃走了，曹操派人追杀貂蝉，貂蝉被逼自尽；当然，也有人说，貂蝉最终削发为尼，平静度过余生。

　　我不会告诉你们，我的下落在哪里。

　　每一次，女人在为国献身后，在以一人之躯敌过千军万马之后，总是被当作耻辱。

　　就像几百年前的西施，救了她的族人，本应被奉为英雄，却暗暗地成了大家的羞耻。

　　这世间之丑恶，无过于此。

　　吕布将军，亦如是。

　　他替你们杀死人人除之而后快的奸贼，却被安上不忠旧主的罪名。让他"三姓家奴"遗臭万年。

如今军阀纷乱，良禽择木而栖，知逆贼而杀之，吕将军又何错之有？

然而如今，他与我，百口莫辩。

我敬他，重他；他也待我甚好。

我多么想一生都追随他啊！只可惜，不能。

蔡东藩在《后汉演义》里写的一段话，很有启发意义："司徒王允累谋无成，乃遣一无拳无勇之貂蝉，以声色为戈矛，反能致元凶之死命，红粉英雄真可畏哉。"

勇敢的人，内心都独立而强大。所以，我更喜欢1994版《三国演义》中貂蝉的结局：在董卓和吕布相继死后，貂蝉选择独自归隐，远离权力斗争的中心。她追随自己的内心，像天边白云，随清风而去。

王昭君：要确定的生活，不要无尽的等待

　　"四大美人"是一个家喻户晓的组合。她们能名留青史，肯定不只因为她们是古往今来最"美"的四个人，更因她们身上都承载着家国的重任，承担着历史的转折。比如王昭君，虽然在和亲的女性里，她不是最早的，也不是最远的，级别更不是最高的，但她恰好见证了汉帝国与匈奴的力量博弈，见证了匈奴由盛而衰的过程。

　　呼韩邪单于是王昭君即将嫁许的人。《后汉书》里记载，"昭君字嫱"，呼韩邪来朝的时候，元帝要赐给他五位宫女；昭君入宫多年，见不到皇帝，心灰意冷，就主动向掖庭求行。呼韩邪临走前，元帝把五位美女赐给他，其中就有王昭君。结果昭君一出现，顾影徘徊，美貌竦动左右。元帝被她的美惊呆了，想把她留在后宫。但是，已答应外邦的求婚，不能失信，又不得不熄了心中的念头。他赏给王昭君锦帛28000匹、絮16000斤及黄金美玉等贵重物品，并亲自送出长安10余里。

　　据《西京杂记》记载，汉元帝因后宫女子众多，无法雨露均施，就让众位佳人呈上自己的画像，看图召见宠幸。宫人都贿赂画工，独王昭君不肯，所以她的像被画得最差，不得见汉元帝。后来匈奴来求

亲，汉元帝就按图像选了王昭君，临行前才发现昭君优雅大方、容貌最美，悔之不及，追究下来，就把毛延寿、陈敞等画工都杀了。

> 我没有别人说的那么难过，能够进宫为爹娘换得饱餐，又不愁衣食，已是我的幸运。
>
> 多少姐妹与我一样，终生见不到君主。
>
> 我并不特殊，又何必自怨自艾？
>
> 有人贿赂画师，一见面，也免不了被拆穿，又何必呢？
>
> 皇帝有上百个妃嫔，还有上千个像我们这样，没有名分，随时等着蒙召的宫女。
>
> 一辈子可能会被宠幸一次，然后他再也认不出来了。
>
> 这与画像不美，又有何干？
>
> 我不甘于总是被动地等待，被动地等着也许某天奇迹出现。
>
> 我想远嫁到匈奴，他们会把我当作天朝上国的公主，会尊我为阏氏，也就是王后。
>
> 我想要确定的生活，而不是无尽的等待。
>
> 这样还能促进大汉与匈奴的和平。
>
> 朝廷必会善待我的爹娘与弟弟。值得！

王昭君肩负着汉匈和亲之重任，历时一年多，于第二年初夏到达漠北。

呼韩邪单于见到王昭君的美貌，大喜过望，上书表示愿意永保塞上边境和平。汉朝因此觉得边境安宁有望，专门为了王昭君改年号为"竟宁"。呼韩邪娶了王昭君，号其为宁胡阏氏，"宁胡"是使匈奴得以安宁之意。汉匈双方都对这次和亲感到高兴，并寄予厚望。

但是，两人的年龄差至少有30岁，想象他们多么相爱，也未必可能。其实更愿意相信两人的关系是以政治任务为主要的维系。两人生了一个儿子伊屠智牙师，后为匈奴右日逐王。

我们很难揣测王昭君对这段婚姻有没有后悔过。确实，敢于去一个未知的地方，过未知的生活不容易，何况是平日不出闺阁的年轻女孩。

胡地的风俗已让人百般不适应，而且，她还要面对一个极其复杂的政治环境、单于的多个儿子和若干个妻子，还要面对匈奴王庭当中的不同政治势力。更何况，彼时的匈奴正不断被分裂和弱化，四周都在虎视眈眈。

一个从没有政治经验的女子，在这个新的环境里，她要面对的，绝不仅是如何取悦年老丈夫的问题，她要迅速了解新的政治形势，掌握一定的统治能力。

3年后，呼韩邪单于去世。而王昭君刚过20岁，还带着一个2岁的男婴。

王昭君面临困境：匈奴是游牧民族，实行的是"收继婚制"，大多数是兄弟亡故收其寡妻为妻子，以及儿子收庶母（父妾）为妻者。父亲的妻妾作为继承遗产的一部分，往往被嫡子（非亲生子）所娶。《史记·匈奴列传》里写道："父死，妻其后母；兄弟死，皆取其妻妻之。"

而王昭君毕竟是从汉宫里出来的，她读过书，母嫁庶子，是为"烝"，在汉族的礼义当中，这是违反人伦和天道的，她无法接受这种"乱伦"的行为。王昭君上书汉廷，要求返回大汉。

此时，汉元帝的儿子汉成帝已即位。成帝考量了一下与匈奴的关系，决定敕令这位前朝女子"从胡俗"，也就是改嫁给呼韩邪单于长子复株累单于。

翩翩之燕，远集西羌，高山峨峨，河水泱泱。

父兮母兮，道阻且长，呜呼哀哉！忧心恻伤。

想当初，我告别故土，登程北去。

一路上黄沙滚滚、马嘶雁鸣，我心绪难平；

一曲《琵琶怨》，让南飞的大雁忘记了摆动翅膀，纷纷跌落于平沙之上。

我选择了出塞和亲，选择告别父老乡亲。

原本以为，我可以吃苦，离开后宫那种无望的生活，也算是慰藉了。

谁能想到，苦寒我忍受了，王庭上那些仇汉的大臣，冷嘲热讽我也忍受了。

我陪着苍老的丈夫度过了他人生的最后阶段，我也默认了。

但是，为何我却要再嫁给他的儿子？

一个虽然比我大，但平时却尊我为母的人？

无人伦、无廉耻，难道是我的归宿吗？

如果不是为了和亲的使命，我那牙牙学语的孩子，我为什么要活下去？

苍天啊！我何时才能踏上返家的旅程，再弹一曲《琵琶怨》？

王昭君怀着痛苦的心情，嫁给了庶子复株累单于。

虽然这段新婚姻，有违王昭君的文化背景，令她痛苦，但复株累单于与王昭君年龄差不多，在长期的生活中，两人相处得很和睦。复株累单于在位期间，沿袭了其父的遗志，积极改善与汉朝的关系，开放边塞汉匈贸易。

昭君对汉匈关系做出的贡献，还体现在她的后代方面。在复株累单于与王昭君共同生活的日子里，两人生下了两个女儿。

两个女儿，须卜居次云（居次即公主）和当于居次，对匈奴和汉匈关系，都颇有影响力。

尤其是大女儿须卜居次云，既是一位名副其实的女将军，又是一位外交大使，在匈奴内部的政治斗争和对汉朝的谋求和平上，都表现得胆识过人。这是王昭君最大的安慰吧。

但是，造化弄人，在王昭君嫁给复株累单于11年之后，单于去世了。王昭君又一次陷入再嫁的窘境。

史书没有记载王昭君的生卒年。一种说法是，王昭君知道自己将作为财产，继续嫁给下一任新单于的时候，绝望地自杀了；另一种说法是，王昭君一直活到了王莽篡位，并且在王莽挑起汉匈之间纷争的时候，心力交瘁而去世。

无论哪种说法都没有找到证据。我更愿意相信她是善终的。

王昭君的和亲，缔造了汉匈之间长达近40年的和平，包括她的女儿，也一直在为此做贡献。元朝诗人赵介说，王昭君一个人，就顶上霍去病和他的军队了。一方面，她作为绝世美人，未被君王赏识，她的经历成为后世文人"怀才不遇"的精神寄托；另一方面，她克服了文化上的水土不服，用青春和生命，让汉匈化干戈为玉帛，真正的价值又岂是那些争宠的后宫小女子所能匹敌的！

秋瑾：女人也可以成为战士

秋瑾是民国的一位女英雄，生于光绪元年（1875年）。秋家自曾祖起，世代为官，秋瑾从小就随兄读家塾，好文史、能诗词，还学会了骑马和击剑。

最开始，秋瑾的婚姻，为人称羡。19岁时，她跟随做官的父亲来到湖南省湘潭县，在当地结识了湘潭首富、曾国藩的表弟王黻臣。王黻臣看人可谓一针见血，他见秋瑾不仅聪慧机灵，而且更为难得的是，一言一行很有主见，颇有管家的潜力。于是，托媒人送礼，给儿子王廷钧提亲。

这桩亲事算是门当户对，才貌双全。王廷钧比秋瑾小2岁，文质彬彬，虽科考失利，但知书达理。王家又是湘潭著名的富户，拥有良田万亩，并设有四处当铺，有"百万富翁"之称。王黻臣给儿媳秋瑾的结婚礼物，是湘潭城里的一间当铺，这在当时引起轰动。

王家以迎娶秋瑾为荣，王廷钧虽然平庸，但他颇仰慕秋瑾的诗名与才华。婚后次年，儿子沅德出生，家中大小事都由秋瑾张罗，两人感情甚笃，不久后，又生了第二个孩子。

如果只是一位普通的富家女子，这样锦衣玉食的生活，已经算是好归宿了。但是，时代已经发生变革，自由平等的风气吹来。女子不再是依附于男性，以服务和取悦丈夫、家庭为最高职责了，她们也有自己的思想和理想，不是男人的应声虫。

秋瑾志趣高尚、性格刚烈，受不了封建家庭的种种束缚。而且丈夫王廷钧在志趣、爱好上与秋瑾也毫无共通之处。秋瑾叹息道："琴瑟异趣，伉俪不甚相得。"

都说王家锦衣玉食，不缺吃不少穿，

我又事事能做主，廷钧还愿意听我的，

我怎么能不满，我为什么还不满？

可是，王家高门大户，谁料天壤之间竟有王郎？

廷钧不好读书，不务正业，每天游手好闲，吃喝玩乐。

耳目闭塞、浑浑噩噩，全无半分热血！

《马关条约》一出，举国哗然。我劝廷钧：

"天下兴亡，匹夫有责，你要好好读书，为国家和个人的前途着想。"

廷钧却道："朝廷只能割地赔款，委曲求全，我们这些匹夫有个屁责？"

谭嗣同于菜市口捐躯，为国为民，视死如归。

然廷钧却骂其是中华乱党、士林败类。

我的革命志向与理想，遭到他的训斥：

"自古以来，这都是男人的事情，你休胡思乱想。"

廷钧内心污浊，庸俗不堪；除了醉生梦死，就是吃喝玩乐。

可怜谢道韫，不嫁鲍参军。

想我，心怀天下，如何能忍受这样一个市井小人？

我却偏要去寻求真理，女人也有救国救民的责任！

秋瑾度过了近七年的婚姻生活，苦闷不已。她越来越排斥王廷钧，百般看不起；王廷钧亦无奈，便开始流连于秦楼楚馆，触犯了秋瑾的大忌。秋瑾是一个有女权思想的人，她追求女性的人格和平等；疾恶如仇，平日最看不惯男人蓄妾的陋俗和嫖妓的淫性。在此之前，秋瑾就曾劝当地一位富人的两位小妾自立，而且还搅黄了这户人家嫁女为妾的做法。还有一次，路遇留学生带着雏妓招摇过市，她便用日语狠狠地教育了留学生一顿。一位有独立性格的女子，怎么可能容忍丈夫眠花宿柳的行为呢！

另外，秋瑾在婚姻生活之外，结交了不少女性豪杰。她在湖南的婆家时，就常与唐群英、葛健豪往来，她们都与曾国藩有姻亲关系，被称为"潇湘三杰"，情同手足，亲如姐妹。葛健豪热衷于女学教育，两度主办女子职业学校，是女革命者。唐群英，也是中华民国的缔造者之一，女权运动领袖，中国同盟会第一位女会员，创立了女子北伐队；唐群英更有名的行为是，在1912年8月25日国民党召开成立大会时，因为新党纲中仍未恢复"男女平权"条文，唐群英率10余人盛怒之下冲进会场，围打宋教仁。

秋瑾虽在闺阁之中，却可以经常和志同道合的革命女性交流，互相鼓舞。秋瑾又被唐群英引荐进入中国同盟会，结识了一群革命家，成为会员。

秋瑾在北京的惊世骇俗之举是"上戏园子"：她坐着西式的四轮马车去听戏，一反女性不能抛头露面去戏园子，甚至连票都不卖给女客的旧例，开创了上层社会女性进戏院的先河。有一种说法是，王廷钧觉得丢人现眼，还对秋瑾实施了家暴。

秋瑾想要留学日本，为了阻挠她，王廷钧偷偷将她的珠宝首饰及积蓄全部窃走，致使秋瑾更坚定了离开丈夫的决心。她变卖了仅剩的财产和衣物，加上朋友的资助，只身东渡日本。

秋瑾的革命人生，由此开始。

秋瑾开始去中国留学生会馆所设的日语讲习所补习日文，常参加各种集会，登台演说革命救国和女权道理。她也渐渐由一位家庭妇女，成长为一位活跃的社会活动家，创办了《白话报》《中国女报》等刊物。她在《敬告姊妹们》一文中说：

> 唉！二万万的男子，是入了文明新世界。
>
> 我的二万万女同胞，还依然黑暗沉沦在十八层地狱，一层也不想爬上来。
>
> 足儿缠得小小的，头儿梳得光光的；
>
> 花儿、朵儿，扎的、镶的，戴着；
>
> 绸儿、缎儿，滚的、盘的，穿着；
>
> 粉儿白白，脂儿红红的搽抹着。
>
> 一生只晓得依傍男子，穿的、吃的全靠着男子。
>
> 身儿是柔柔顺顺的媚着，气虐儿是闷闷的受着，
>
> 泪珠是常常的滴着，生活是巴巴结结的做着：
>
> 一世的囚徒，半生的牛马。
>
> 试问诸位姊妹，为人一世，曾受着些自由自在的幸福未曾呢？

1905年，秋瑾归国，与徐锡麟等人先后加入光复会。她一直冲在舆论阵地的第一线。不仅如此，她与多位同盟会会员相约在长江流域各省响应起义，并担任浙江方面的发动工作。秋瑾与安徽的徐锡麟约定，在皖、浙二省同时发动起义。

这绝不是头脑发热的起义，秋瑾很有规划。除了组建军队，利用关系获得官府执照、购买枪支弹药，训练军队之外，她还很清楚革命的代价。就在秋瑾正积极筹措的时候，传来盟友刘道一长沙落败、杨卓林南京就义、宁调元岳州被捕、孙毓筠南京被囚、胡瑛武昌被捕的消息，败讯连连，革命党人或死或囚。

平常人，或许就打退堂鼓了，但秋瑾革命的决心却更坚定了。

不久，又传来徐锡麟刺杀恩铭被捕，被剖心争食的惨剧。秋瑾被查出来有牵连，绍兴知府贵福派人前去捉拿她。

即便此时，秋瑾仍然很理性。她拒绝了要她离开绍兴的一切劝告，表示"革命要流血才会成功"；她也拒绝了大通学堂师生提前起义的要求，认为这样会造成不必要的伤亡。1907年7月13日下午，清军包围大通学堂，秋瑾疏散学生，掩护其他人逃走，最后被捕。

鲁迅认为，秋瑾留下来等待清兵，也有杀身成仁的个人英雄主义一面，乃是革命党人对烈士的热烈掌声将秋瑾送上刑台；而介绍秋瑾加入同盟会的冯自由更认为："盖自闻徐锡麟死耗，已蓄义不独生之志矣。"

秋瑾坚决不吐供，绝笔，仅是"秋风秋雨愁煞人"一句，便从容就义于绍兴轩亭口，时年仅32岁。

那是中国由近代社会向现代社会激烈转折的时候；而秋瑾，是中国第一个为民族民主革命流血的女革命家。她摆脱了优越和看似温暖的家庭生活，转而追求刀口上舐血的战斗，无怨无悔。

秋瑾参与革命，追求男女平权，并不是因为她受到男权的迫害，而是因为她意识到，作为一位女性，应该和男性一样，要活得有尊严、有追求，同样可以关心国家大事，可以为捍卫国家的尊严而奋斗、牺牲。她用自己的行动，为无数的民国女性做出了榜样，以此告诉大家：女人也一样可以成为战士，一样可以成大事！

吕碧城：自由的孤独，温柔的叛逆

民国红颜吕碧城的故事，首先要从秋瑾被害说起。

1907年7月15日，秋瑾在绍兴遇难，无人敢为其收尸，中国报馆都不敢报道。就在众人为一代女杰的慷慨赴死感叹时，一个神秘的人物设法将她的遗体偷出，又在灵前祭奠。

之后，一篇用英文写就的文章——《革命女侠秋瑾传》，发表在美国纽约、芝加哥等地的报纸上，引起颇大反响，文章的署名人是吕碧城。这位胆大包天、不怕惹来杀身之祸的吕碧城是谁呢？和秋瑾一样，她也是一位顶天立地的奇女子。

吕碧城原本是官宦之女，父亲是光绪年间进士吕凤岐，做过国史馆协修及山西学政；母亲严氏是清咸丰年间女性文坛领袖之一沈善宝的外孙女，可谓家学深厚。母亲生了四个女儿，她排行老三。不幸的是，吕碧城12岁的时候，父亲就去世了。

更不幸的是，吕家的亲戚欺负孤儿寡母，想霸占她们的财产，竟然唆使匪徒将母亲和妹妹劫持。母亲和妹妹为了免受羞辱，要服毒自尽。当时吕碧城和姐姐不在家，一番斡旋，买通了江宁布政使星夜遣兵营救，才将母女二人救活。

而与吕碧城订婚的汪家，却在这个时候落井下石，认为吕家已没落，又认为小小女孩竟能呼风唤雨，大概不能安于室，决意退婚。这在当时可是奇耻大辱。

母亲为了免遭亲戚谋财害命，忍痛放弃财产，带着四个尚未成年的女儿回到娘家，投奔在塘沽任盐运使的舅父严凤笙。多年后，愤愤不平的吕碧城，仍以"众叛亲离，骨肉龃龉，伦常惨变"来描述当时所发生的那一幕人间惨剧。

　　　　原本以为，母妹被歹徒劫掠，已是奇耻大辱；

　　　　谁料，主使歹徒行凶的，竟是我的叔伯亲戚们！

　　　　本以为母妹服毒被救，已是不幸中的万幸；

　　　　谁料，我9岁就订婚的汪家，竟然以"匪徒劫掠有损名声，你本事太大我们汪家驾驭不了，你爹死了你们家配不上我们"为由退婚。

　　　　奇耻大辱！

　　　　原本以为，女人嫁人是找了依靠，可以遮风挡雨。

　　　　谁料，风雨都是这个男人和男人家里带来的！

　　　　如果没有男人，我们母女五人还是好好的！

　　　　我要当一独立女子，决不依附于男人，也不给男人奴役！

年少就遭到家庭惨变的吕碧城，在舅舅家过了六七年平静的日子。1903年，直隶总督袁世凯招天津早期的教育家傅增湘担纲兴办天津女子学堂。年轻的吕碧城当时深受这股风潮的影响，遂有了奔赴女学的念头。尤其是听到舅舅秘书的太太方夫人准备去天津，她就约着跟方夫人一同前往，探访女学。

没想到，遭到舅舅的阻拦和责骂。

意志坚定的吕碧城，第二天便不辞而别，此时的她不仅没钱，还没行李。富家女子离家出走，这在当时也算一件惊世骇俗的事。

吕碧城在天津人生地不熟，走投无路时写了封信给方夫人。恰好，方夫人住在《大公报》馆内，这封信被《大公报》的总理英敛之看到，英敛之看她文字颇佳，赏识她的才华，给她安排了一份工作，委任她做了《大公报》的编辑。

《大公报》于1902年6月创刊，由英敛之任总理，以"敢言"著称。特别是与慈禧手下炙手可热的袁世凯顶撞抗争了十几年，名满全国。吕碧城的文章陆续在《大公报》上发表，引起很多人的关注，其中多篇都在宣讲女子解放与女子教育。

> 民者，国之本也；女者，家之本也。
>
> 凡人娶妇以成家，即积家以成国。
>
> 有贤女而后有贤母，有贤母而后有贤子，古之魁儒俊彦受赐于母教。
>
> 儿童教育之入手，必以母教为根基。
>
> 如若问我，为什么会提倡兴女学、倡女权、破夫纲，这套观念从何而来？
>
> 难道，我少年时的家庭罹难，母妹几乎毙命，家财全被褫夺一空，还不够说明问题吗？
>
> 女子不被当人，女子全无能力行走江湖，只教育她们学习闺阁女红、管理家政。

一旦没有男子了，只能任人屠戮。

我们女子有手有脚，有聪明有智慧，有耐心有能力，

为何就不能进入社会，与男子学习同样的东西，做同样的工？

母亲弱，如何庇护子女？母亲无能，如何教育出顶天立地的子女？

提倡女子教育，就是要通过新文化和新文明的洗礼，

使女子成为"对于国不失为完全之国民""对于家不失为完全之个人"的新女性，

最终"使四百兆人合为一大群，合力以争于列强"。

吕碧城的观点，宛如石破天惊。她积极地兴女权、倡导妇女解放，甚至有"绛帷独拥人争羡，到处咸推吕碧城"之说。在长期撰文并拥有了一定社会影响力之后，吕碧城开始积极筹办北洋女子公学。她认为，办女学开女智、兴女权才是国家自强之道的根本。当时，开办现代学校本来就是开创之举，何况是女子学校？何况还是一个独身的女人来创办？

她的努力，也得到了很多人的帮助。一方面，有英敛之等社会贤达为其全力呼号，英敛之从注册、邀董事、觅校址、聘教习、求教社会朋友等，都亲力亲为；又有时任天津海关道的唐绍仪支持，保证了拨款和经济来源；此外，还有直隶学务处督办卢木斋、《日日新闻》报总理方药雨等名流的支持。由此，也可窥见吕碧城卓越的公关能力。

北洋女子公学成立之后，由吕碧城主导和奠定学校精神，成为后续公立女校建设的范本，打破了古代中国"女子无才便是德"的传

统。在吕碧城大力为女权呼号的时候，她认识了另一位女权主义的领军人物——秋瑾。

1904年5月，秋瑾从北京来到天津，慕名拜访吕碧城。两人相会虽然不足四天，却脾性相投，情同姐妹，订为文字之交。秋瑾也曾经用过"碧城"这一号，京中人士曾以为吕碧城的诗文都是出自秋瑾之手，两人相见之后，秋瑾便主动取消这个号，因为吕碧城已经名声在外。

犹忆当初，我收到一张红笺的名刺，写着"秋闺瑾"三个字；《大公报》的馆役高举着给我报："来了一位梳头的爷们！"

那时候，秋瑾穿着男装却梳着髻，长身玉立，双眸炯然，风度异于庸流。

我用主人的身份挽留她，与她同榻而眠。

第二天早上，我还睡眼蒙眬，睁眼便大吃一惊，因为看到了她的官式皂靴，以为她是男子。

这时，秋瑾才拿了床头柜上的小奁，敷粉于鼻。

嗟乎！谁能想到当初跟我同床共枕的女子，他日竟然喋血饮刃于街头！令人心痛！

秋瑾曾劝我一起东渡日本为革命运动，我则持世界主义，愿意进行政体改革，并无满汉之见。

谈完之后，她按她的意愿继续前行，我仍然用文字唤醒民众。

那时，她所办的《女报》，其发刊词就是我的署名之作。

后来我也因此几乎一起遇难，只是最后竟获幸免，

大概，到底是杀身成仁、名垂青史，也自有天数吧！

也就是这段交往，让吕碧城冒着极大的风险，为秋瑾收尸、下葬、立碑。

当时清政府正在大肆抓捕与秋瑾有关的党徒，那么，吕碧城缘何能够脱难？有一种说法是，官府抓捕吕碧城的知会公文，恰巧落在了时任清廷法务部员外郎袁克文之手，袁克文读过吕碧城的文章，仰慕其才华，有心救她，于是将此事告诉了父亲——时任直隶总督的袁世凯。

袁世凯听后说道："若有书信来往就是同党，那我岂不是也成了乱党？"吕碧城因此脱罪。

袁克文自此便与吕碧城过从渐密，在袁世凯就任中华民国大总统后，吕碧城还出任了总统机要秘书，这可是那个年代女性旷古未有的高位。

时任总统府外交肃政史的费树蔚与袁克文、吕碧城皆为好友；他试探过吕碧城是否属意于袁克文，吕碧城笑而不答，后再提及，吕碧城答曰："袁属公子哥，只许在欢场中偎红依翠耳。"除了袁世凯之子袁克文，还有李鸿章之侄李经羲，著名诗人樊增祥、易实甫等，吕碧城的身边不缺富贵子弟和才子妙人。可吕碧城却始终单身，在那个时代，这是不可思议的事。

生平可称许之男子不多。

梁任公即梁启超，早有妻室。汪季新即汪精卫，年岁较轻。

汪荣宝，曾任民政部右参议、国会众议院议员，

驻比利时、驻日公使等职，善书法，工诗文；尚不错，亦已有偶。

我之目的不在资产及门第，而在于文学上之地位。

因此难得相当伴侣，东不成，西不合，有失机缘。

幸而手边略有积蓄，不愁衣食，只有以文学自娱耳！

女人怕的不是嫁不出去，而是没有钱。

古人云，"嫁汉嫁汉，穿衣吃饭"。

我如今之富有，也少有男子能及。

单身也罢，何必跟不喜之人结伴一辈子呢？

吕碧城虽然在大总统府任职，但自1915年袁世凯打算称帝之后，她对时局大失所望，毅然辞官离京，移居上海。

她确实能力非凡。与外商合办贸易，两三年间就积聚起可观的财富。在上海静安寺路自建洋房别墅，其住宅之豪华、生活之奢侈、打扮之入时，为沪上人士艳羡生妒，而且，吕碧城出入欧洲或旅游，或游学，或定居，因为有钱，随心所欲。她说过："余习奢华，挥金甚巨，皆所自储。"也就是说，钱都是她自己赚的。

晚年，吕碧城逐渐对宗教产生兴趣，她开始吃素，大力宣传保护动物，"护生戒杀"，并正式皈依佛教。

吕碧城是新旧交替的女性。她的奇，在于每一个领域都敢于突破、尝试，在诗词、新闻、教育、女权主义、动物保护主义等领域可谓中国第一女性。

即便在个人生活上，吕碧城也把少时丧父的一把烂牌打好了。她没有感情上的不幸，追求者非富即贵，她却遵从自己的习性，终身未婚。虽然不同于秋瑾的政治观念，却冒死为她安顿后事，大义凛然。

就算是世间男子，又有几人能这样求仁得仁？

张幼仪：哪有时间孤独哭泣

张幼仪的一生，可谓大起大落。

她的丈夫、著名诗人徐志摩，为了追求林徽因逼她打胎、离婚。她一个人在语言不通的异国他乡飘零并孤身生下孩子。可没想到，离婚后的张幼仪触底反弹，一举成为中国最早的商界女强人，以及女银行家、女教育家。

更令人意外的是，离婚后，张幼仪与徐志摩的关系反而变好了。别误会，张幼仪可不是什么"圣母"，她只不过是一个曾经跌落人生谷底，踩过大坑，最后一步步靠自己救赎自己的女人。

　　你总是问我爱不爱徐志摩。

　　你晓得，我没办法回答这个问题。

　　我对这个问题很迷惑，因为每个人都告诉我，

　　我为徐志摩做了这么多事，我一定是爱他的。

　　可是，我没办法说什么叫爱，我这辈子从没跟什么人说过"我爱你"。

　　如果照顾徐志摩和他的家人可称为"爱"的话，那我大概是

爱他吧。

在他一生当中遇到的几个女人里，说不定我最爱他。

张幼仪是名门望族之女。她的二哥张君劢，是很有影响力的政治家和哲学家；四哥张嘉璈，曾任中国银行总裁，是"政学系"的重要人物。当时，张嘉璈很欣赏19岁的徐志摩，想把二妹张幼仪许配给他，于是主动向徐家求亲。

徐志摩的父亲是江南富商，听到巨富之家张家来提亲，自然求之不得，一口答应。于是，当时还在念初中，年仅14岁的张幼仪，只能懵懵懂懂地退学嫁人。

出嫁前，张幼仪的母亲告诫她，在婆家只能说"是"，不能说"不"。张幼仪年龄小，只知道牢记母亲的告诫，时刻叮嘱自己要谨遵"妇德"，穿着打扮非常保守。其实论长相，张幼仪并不难看，只是看起来比较敦厚的样子。而徐志摩天性浪漫，从小到大都是成绩优异，是出了名的风流公子哥儿，接触的都是当时最摩登的女郎。他看不上只想相夫教子、只会做女红又没文化的张幼仪。

作为新文化人士，徐志摩本就很反对这桩包办婚姻。第一次见到张幼仪的照片，看到她老实巴交的样子，他便嘴角往下一撇，用嫌弃的口吻说："乡下土包子！"婚后，他更是没有正眼看过张幼仪。年幼的张幼仪，内心想必是波涛汹涌的，谁没有自尊心呢？

婚后4年，两人在一起的日子只有4个月。张幼仪足不出户，总是跟婆婆坐在院子里缝缝补补。很快就到了1918年，生下长子徐积锴的张幼仪，心里盼望着丈夫能对自己好一点儿。可不久之后，徐志摩就去留洋了。

我没有缠过足，但对于我丈夫来说，我的双脚可以说是缠过的。

因为他认为我思想守旧，又没有读过什么书。

志摩在英国，我被公公婆婆安排与他团聚，先到马赛再到伦敦。

但是到达马赛港时，我斜倚着船舷，等着上岸，然后看到他站在东张西望的人群里。

就在这时候，我的心凉了一大截。

在接船的人当中，他是那个唯一露出不想来的表情的人。

我一眼就看出来了，整个马赛港口，只有他一个人，厌恶着从船上来的亲人。

志摩陪我的第一件事，便是带我去买新衣服和皮鞋。

因为他认为，我精挑细选从国内穿来的中式服装太土了，会让他在朋友面前丢脸。

我们还拍了这辈子唯一的合影，只是为了给志摩的父母寄去。

接到我，拍完照，他作为丈夫的任务就完成了。

我竭尽全力地让自己看起来更贤惠，更乖巧，更听话，更懂得照顾公婆。

但越是这样，志摩就越讨厌我，他觉得我老土守旧、呆板无趣。

我知道，他认为我配不上他。

我想，也许他是对的吧。

随后，张幼仪在英国沙士顿安顿下来，但她和徐志摩的关系并无改善。这个时候，张幼仪已经怀上二胎，可徐志摩却突然提出要她打胎，并提出离婚。因为当时，徐志摩已经疯狂地迷恋上了才女林徽因。张幼仪感到很错愕，毕竟在那时，离婚还是一件新鲜事，而且她还有孕在身。张幼仪的观念很传统，丈夫休妻，对她来说简直就是灭顶之灾。

不知所措的张幼仪对徐志摩说："我听说有人打胎死掉的。"没想到，徐志摩不耐烦地回应："还有人因为火车事故死掉呢，难道人家就不坐火车了吗？"

徐志摩的绝情让张幼仪心冷，见她不答应，他便一走了之。张幼仪毫无办法。随着产期的临近，无奈之际，她给在德国的二哥张君劢写信求救。据说，当时的张幼仪，唯一懂的英文字母，就是PARIS。万般无奈之下，她只好挺着巨大的肚子只身一人从英国到巴黎，后来又去了柏林，把孩子生了下来。没有人知道那段时间她是怎么挨过的。

徐志摩为了追求林徽因，坚决要求离婚。他追到柏林，与张幼仪在一个朋友家里见面。张幼仪仍抱有一丝希望，咬着牙对徐志摩说："你要离婚，等禀告父母批准再办。"可徐志摩决绝地说："不行，我没时间等，你一定要现在签字！"

看到徐志摩的无情和决绝，张幼仪知道两人的婚姻再也没有挽回的余地，她只能含泪签了字。落笔的瞬间，张幼仪在想什么呢？婚后的一幕幕是否像放电影一样，在她的脑海里逐一闪过？徐志摩一次次地将她的自尊心踩在脚底，事已至此，她还能怎么办呢？两人的离婚成了中国历史上，依据《民法》的第一桩西式文明离婚案。

一个没怎么受过教育的旧式女子，带着刚出生的孩子，被迫离婚，在一个陌生的国家生活，这是一件多么可怕的事！欲哭无泪的张幼仪决定振作起来，她还有孩子，她不能倒下。张幼仪雇了保姆，自学德文，考入裴斯塔洛齐学院，专攻幼儿教育。可令她更加悲伤的是，她的小儿子在3岁的时候不幸病死。

越是到了退无可退的地步，张幼仪越是沉着冷静，她带着一颗破碎的心辗转德国，边工作边学习。她严肃的人生理念与德国严谨的工作作风很契合，在学习和工作中，她第一次找到了自信。

张幼仪将自己的一生分为"去德国前"和"到德国后"——去德国前，凡事都怕；到德国后，无所畏惧。她的变化很明显，连徐志摩在给陆小曼的一封信中都提到："张幼仪是个有志气、有胆量的女子……她现在真的'什么都不怕'。"

> 我曾经非常恐惧，
>
> 当我挺着8个月的大肚子，拎着行李箱，站在街上，不知往何处去的时候，
>
> 周围的人全是深目高鼻的外国壮汉，
>
> 我一句话不会说，一个字都不认得。
>
> 我以为我就要死去了，和我肚子里的宝宝一起。
>
> 我根本来不及恨志摩，因为我的所有力气和精力，都要用来活下去，活下去。
>
> 不懂德语，我就无法生存，所以，我夜以继日，连饭都没空吃，也要背德语单词，听德语课文。
>
> 孩子刚出生，身体很差，无人照料，我就没日没夜地用德语学了大量的育儿知识，
>
> 带他去医院，给他打针吃药，终于熬过来了。
>
> 等我能够像个正常人一样，走路、说话、交流、带孩子的时候，
>
> 我忽然发现，我不是一无所长，

只要我能学，我就能会，就没有什么办不到！

我哪有时间哭泣和哀悼！

在去德国之前，我什么都怕；在到德国之后，我什么都不怕。

回国后，说着一口流利德语的张幼仪先是在东吴大学教德语，后来在四哥张嘉璈的支持下，出任上海女子商业银行副总裁。

与此同时，张幼仪的八弟张禹九与徐志摩、江小鹣等人在静安寺路开了一家云裳服装公司。由于家族关系，张幼仪出任该公司总经理，这使她的经营能力得到了极大发挥。

公司于1927年8月7日开业，是中国第一家专业女子时装公司。这是一种非常大的创新，因为当时国内几乎没有这种商业模式，正因为如此，短短半年时间，云裳便获得成功，获利不菲，成为潮流。

更令人感佩的是，徐志摩的新婚妻子陆小曼，就是云裳的模特。人们常把陆小曼和唐瑛这两位著名的交际花，视为"云裳"的风格和标准。想必很多人会有疑问：徐志摩抛妻弃子，对张幼仪如此无情无义，他们怎么还能够合作？为什么张幼仪还愿意让陆小曼当模特呢？

一方面，张家与徐家，是通家之好，同时也是两大巨富的联姻，家族之间的政治经济关系千丝万缕。两家人的关系，并没有因为他俩的离婚而绝交。另一方面，张幼仪为人忠厚善良，纯粹是付出型的女人，即便徐志摩对她很残忍，她也并无记恨。至于陆小曼，当初造成他们离婚的并不是她。张幼仪连林徽因都不记恨，对陆小曼就更谈不上讨厌了。

而且，徐志摩之前的确憎恶包办婚姻，也看不起张幼仪的传统与无能。但是，两人的婚姻早已解除，士别三日，当刮目相看，张幼仪已经成长为非常厉害的女强人，成大事者不拘小节。有什么怨恨是放不下的呢！张幼仪的这份胸襟，连徐志摩也不得不感到钦佩，他变得对张幼仪尊重有加。

1928年，中国女子商业银行董事会一再邀请张幼仪加盟，她才转去担任商业银行总经理之职。1934年，张幼仪的二哥张君劢主持成立国家社会党，张幼仪又应邀管理该党财务，一时威风八面。抗战爆发后，张幼仪囤积军用染料，据说价格涨了1000倍后她才脱手，大发了一笔横财。

和志摩仳离，我早已不恨他。

在胡适先生那里见过志摩和小曼，他们是真心相爱的。

我不是有魅力的女人，不像别的女人那样。

我做人严肃，因为我是苦过来的。

我和志摩甚至还经常写信，关系比结婚的时候好多了。

有时候，我觉得我已经为我家人和徐志摩家人做尽了一切，

我和徐志摩的关系，始终还是很近。

你曾问我，既然我有能力经营一家银行和一家服装行，

怎么还对徐家二老和徐志摩这么百依百顺。

我想我对徐家二老有一份责任在，因为他们是我儿子的爷爷奶奶，

所以他们也是我的长辈。

我就是伴着这些传统价值观念长大的，

不管我变得多么西化，都没办法丢弃这些。

所以，我要为离婚感谢徐志摩。

若不是离婚，我可能永远都没办法找到我自己，也没办法成长。

这是张幼仪在回忆录《小脚与西服》里的话。

1926年，张幼仪回国后，徐家二老将她收为干女儿。也许是感觉自己的儿子愧对张幼仪，也有可能是为了孙子着想，徐申如将家产分成三份，儿子徐志摩和陆小曼一份，孙子和张幼仪一份，老两口一份。

而且，徐父看到张幼仪能干，后来几乎将产业全部交给她打理，连给儿子徐志摩的钱，也通过张幼仪之手，足见徐家二老对她的信任。

后来，徐志摩飞机失事去世，徐老爷也去世了，可不为人知的是，张幼仪每个月雷打不动，继续放300元到陆小曼的账户中，直到四五年以后，陆小曼的同居男友翁先生告诉她说，他可以供养陆小曼了，张幼仪才不再寄钱。张幼仪这是在替前夫照顾他的现任妻子啊。

可见，张幼仪心胸开阔、宅心仁厚。在她的思想里，还是以大家族族长的观念为主。

1949年，张幼仪移居香港。1954年与苏纪之医师结婚，两人共同生活了18年。苏纪之去世，她搬往美国与家人团聚。一直到88岁，她才安然去世。

张幼仪是一个讲究"三从四德"和贤良淑德的传统女人，虽然曾经被男人无情地抛弃，但经过自己的奋斗，她一举成为精明能干的商界女强人。而她与徐志摩的感情则一直是一个谜，常常被拉出来与林徽因、陆小曼做比较，但张幼仪永远是张幼仪，她更应该被人记住的，不是徐志摩的前妻，而是一位成功的女企业家、女银行家和女教育家。

褪去一切外在的光环，她是一个坚韧、独立、活得有尊严的女人。